KB135929

작별의 의식

INSTITUT FRANÇAIS

Cet ouvrage a bénéficié du soutien des Programmes d'aide à la publication de l'Institut français.

이 책은 프랑스문화원의 출판번역지원프로그램의 도움으로 출간되었습니다.

La Cérémonie des adieux

by Simone de Beauvoir

ⓒ Editions Gallimard, 1981

Korean translation copyright ⓒ 2021 Hyeonamsa Publishing Co., Ltd.

This Korean editions was published by arrangement with Gallimard through Sibylle Books Literary Agency, Seoul.

이 책의 한국어판 저작권은 시빌 에이전시를 통해
갈리마르와 독점 계약한 (주)현암사에 있습니다.
저작권법에 의해 한국 내에서 보호를 받는 저작물이므로
무단 전재 및 무단 복제를 금합니다.

시몬 드 보부아르

작별의 의식

La Cérémonie des adieux

함정임 옮김

ᇂ 현암사

작별의 의식

초판 1쇄 발행 · 2021년 6월 20일

지은이 · 시몬 드 보부아르
옮긴이 · 함정임
펴낸이 · 조미현

책임편집 · 박이랑
디자인 · 나윤영

펴낸곳 · (주)현암사
등록 · 1951년 12월 24일 (제10-126호)
주소 · 04029 서울시 마포구 동교로12안길 35
전화 · 02-365-5051 팩스 · 02-313-2729
전자우편 · editor@hyeonamsa.com
홈페이지 · www.hyeonamsa.com

ISBN 978-89-323-2152-3 (03860)

책값은 뒤표지에 있습니다. 잘못된 책은 바꾸어 드립니다.

사르트르를 사랑했고,

사랑하고 있으며,

사랑하게 될 사람들에게.

사르트르와 보부아르의 젊은 시절.
1929년 철학교수 자격시험 과정이 그들의 첫 만남이었다. 사르트르의
나이 24살, 보부아르는 21살이었다. 그 시험에서 사르트르는 수석으로
보부아르가 차석으로 합격했다.

카페에서 차를 마시고 있는 보부아르와 사르트르(1946).
이들은 서로를 속박하지 않는 자유로운 계약 결혼 관계를 유지하며
연인이자 지적인 동반자로 반세기를 함께했다.

사르트르는 보부아르를 '카스토르'라는 애칭으로 부르곤 했다.
늘 부지런하게 일하는 비버(프랑스어로 카스토르)에 빗대어 줄기차게 공부하고
쓰고 행동하는 그녀를 지칭한 것이다.
그는 첫 소설『구토』를 '카스토르에게' 헌정했다.

파리 라스파이유 거리에 있는 보부아르의 아파트 서재에서.
사르트르의 아파트와 지척이었고, 둘은 늘 이곳에서 함께 읽고 작업했다.
보부아르의 뒤로 사르트르의 사진들이 놓여 있다.

1980년 4월 19일 사르트르의 장례식에는 5만여 명의 사람들이 마지막 경의를 표하기 위해 파리의 도로를 메우며 장례 행렬을 따랐다.

ⓒ 함정임

사르트르의 유해는 몽파르나스 묘지에 안치되었다.
몇 년 후인 1986년 4월 보부아르도 그의 옆에 나란히 묻혔다.

'그의 죽음이 우리를 갈라놓고 있다. 나의 죽음이 우리를 결합시키지 못할 것이다.
 그렇게 된 것이다.
 우리의 생生이 그토록 오랫동안 일치할 수 있었다는 것만으로도 이미 아름답다.'

일러두기

- 외래어는 국립국어원 외래어표기법에 따랐다. 지명은 사전에 등재되어 있지 않을 경우 독자에게 친숙한 것으로 표기했다.
- 본문 아래에 있는 주석 중 작가의 원주는 숫자로, 옮긴이의 주는 *로 표시했다. 독자의 이해를 돕기 위한 간단한 단어 설명은 본문 중에 괄호 안의 작은 글씨로 표시했다.
- 단행본 도서는 겹낫표(『 』), 단편은 홑낫표(「 」), 신문과 잡지는 겹화살괄호(《 》), 노래·연극·영화 등의 제목은 홑화살괄호(〈 〉)로 표시했다.

차례

들어가며

여기 내 책 중에서 인쇄되기 전에 당신이 읽지 못한 첫 번째 책이 있습니다. 어쩌면 유일한 책일 것입니다. 이 책은 모두 당신께 바치는 헌정인데, 당신과는 아무 상관이 없어졌습니다.

우리는 젊었을 때, 열을 올려 토론하다가 둘 중 하나가 이기면 끝장을 내며 의기양양하게 상대에게 말하곤 했지요. "당신 꼼짝 못 하게 됐네요!" 이제 말 그대로 당신의 작은 관 속에서 꼼짝 못 합니다. 당신은 거기에서 나오지 못할 것이고, 나는 당신에게 가더라도 만나지 못할 것입니다. 세상 사람들이 나를 당신 옆에 묻는다 해도, 당신의 잿가루와 나의 유해는 서로 오가지 못할 것입니다.

내가 사용하는 이 '당신'이라는 말은 이목을 끌기 위한 하나의 방편, 수사적 표현입니다. 누구도 '당신'이란 말을 귀담아 듣지 않습니다. 그러니까 나는 어느 누구에게 말을 하는 것이 아닙니다. 사실, 내가 말을 하고 있는 대상은 바로 사르트르의 친구들입니다. 사르트르의 마지막 몇 년을 좀 더 알고 싶어 하는 사람들 말입니다. 나는 이 책에서 그 몇 년에 대해 이야기했습니다. 내가 몸소 겪었던 것들이었습니다. 그중에는 내 이야기도 조금 들어 있습니다. 증인은 자신에 대한 증언도 일부 하게 되어 있으니까요. 그렇지만 가능한 한 나에 대해서는 적게 말했습니다. 무엇보다 그것은 내가 전하려는 주제가 아니니까요. 어떻게 그 일들을 겪었는지 나에게 물어오는 친구들에게 답변한 것처럼, "그것은 말로 할 수 없고, 글로 쓸 수도 없고, 생각으로 할 수도 없는 것, 이를테면 삶으로 산 것, 그게 전부다."라고 말할 수밖에 없습니다.

이 이야기는 주로 내가 십 년간 지속해온 일기를 바탕으로 한 것입니다. 더불어 여기에는 내가 모은 수많은 증언들도 있습니다. 사르트르의 마지막 생을 뒤돌아보도록 글과 육성으로 도움을 준 분들에게 고마움을 표합니다.

1970년

일생 동안, 사르트르는 끊임없이 자신에게 질문을 던지며 살았다. 자신이 "이데올로기적인 관심"이라 불러온 것을 소홀히 하지 않았고, 놓지 않았다. 그런 연유로 그는 "머릿속에 뼈처럼 박혀 있는 문제를 없애버리기 위해" 힘겨운 노력을 기울이며 종종 "자신에 반하는 생각"을 선택했다. 68혁명에 가담했고, 깊이 감동받았다. 그 사건은 그에게 새로운 정비의 계기를 만들어주었다. 그는 지식인으로서 거세되는 것을 느꼈고, 그러한 경험을 통해 이어지는 2년 동안 지식인의 역할에 대한 생각을 가다듬으며, 자신이 가졌던 견해를 변경하기에 이르렀다.

사르트르는 자주 자신이 품고 있는 지식인에 대한 생각을 드러내곤 했다. 당시까지,[1] 사르트르는 지식인이라는 것을 지식의 보편성과 그 지식을 생산한 지배 계급 사

---

[1] 특히 그는 일본에서 여러 차례 강연을 진행했다.

이의 모순을 폭로하는 "실천적 지식 기술자technicien du savoir pratique"로 해석했다.* 그러니까 지식인이란, 헤겔이 정의한 것처럼 죄책감의 화신이었다. 그는 죄책감을 인식하는 것으로 양심을 달래면서 프롤레타리아 편에 서 있다고 자족하는 것이 지식인이라고 간주했었다. 사르트르는 이제 이 단계를 넘어설 필요가 있다고 생각했다. 즉, 그는 고전적 지식인에 반하는 새로운 지식인을 설정했다. 새로운 지식인이란 스스로 새로운 *민중적 지위*를 얻기 위해 애쓰며 지식인으로서의 순간(지식인 단계)을 부정하는 존재이다. 즉 새로운 지식인은 진정한 보편성을 쟁취하기 위해 대중과 융합하는 길을 모색하는 존재인 것이다.

사르트르는 아직 분명하게 정립되지 않았음에도 이러한 행동 노선을 따라가고자 했다. 1968년 가을, 그는《엥테르 뤼트Interluttes, 상호투쟁》의 편집을 맡았다.《엥테르 뤼트》는 일종의 소식지로, 어느 때는 인쇄로 또 어느 때는 등사기로 등사되어 행동대원들 사이에 회람되었다. 사르트르는 여러 차례 가이스마르를 만났고, 1969년 초에 가이스마르가 자신에게 밝혔던 아이디어에 깊은 관심을 가지고 있었다. 바로 대중이 직접 대중을 대상으로 하는 신문을 편집하는 것이었다. 그것은 더 좋은 신문, 그러니까 투쟁을 통해 부분적으로 재편된 민중이 대중을 그 과정으로 이끌

---

* 사르트르는 1965년 9월과 10월 일본을 방문하여 도쿄와 교토에서 세 차례 강연했다. 이 강연록이 『지식인을 위한 변명Plaidoyer pour les intelletuels』(Gallimard, 1980)이다.

기 위해 이야기하는 그런 신문을 만드는 것이었다. 그 계획은, 시작하자마자, 불발에 그쳤다. 그러나 가이스마르가 G.P.(프롤레타리아 좌파)에 가입하고, 모택동주의자들이 그와 함께 《라 코즈 뒤 푀플La Cause du peuple, 인민의 대의》을 창간했을 때, 그 계획은 성사되었다. 이 신문은 소유주가 없었다. 기사는 노동자들이 직접 또는 간접적으로 쓰는 것으로 했고, 판매는 운동가들이 담당하는 것으로 했다. 《라 코즈 뒤 푀플》은 1970년 초부터, 프랑스에서 노동자들이 투쟁을 주도할 수 있다는 견해를 내놓고 있었다. 이 신문은 자주 지식인들에게 적대적이었고, 롤랑 카스트로 재판에서는 사르트르에게조차 적대적이었다.[2]

한편, 가이스마르의 중재로 사르트르는 G.P. 당원들을 여러 명 만났다. 《라 코즈 뒤 푀플》이 체제를 격렬하게 공격하는 몇몇 기사들을 내보낸 것으로 수석 편집장인 르 당텍과 부 편집장인 르 브리가 체포되었을 때, 가이스마르

---

2 롤랑 카스트로는 '혁명 만세'(V.L.R., Vive la Révolution) 조직의 투사로 클라벨, 레이리스, 주네, 그리고 그 외 몇몇 사람들과 함께 난방용 가스 사고로 질식해 죽은 이주 노동자 다섯 명의 죽음에 항의하기 위해 프랑스경제인연합회(C.N.P.F., Conseil National de Patronat Francais) 사무실을 점거했다. 경찰은 그들을 폭력을 사용해 체포했다가 카스트로만 제외하고 풀어주었다. 카스트로는 경찰차가 신호등의 빨간불에 멈춰 있을 때, 차에서 뛰어내려 도피를 시도했다. 경찰들한테 다시 붙잡힌 카스트로는 그들에게 폭력을 행사한 혐의로 고소당했다. 그는 유죄 판결을 받았는데, 판사가 정치적인 현안으로 소송을 다루지 않고, 오로지 이치에 따라 진행했기 때문이었다. 사르트르는 카스트로를 위해 증언했고, 《라 코즈 뒤 푀플》은 이 증언을 악의적으로 논평했다.

와 다른 몇몇 대원들은 사르트르에게 그들의 자리를 맡아 줄 것을 제안했다. 사르트르는 주저 없이 받아들였다. 자기 이름이 가지고 있는 비중이 모택동주의자들에게 유용할 수 있다는 생각에서였다. 사르트르는 훗날 브뤼셀에서의 한 강연에서 "나는 내가 잘 알려져 있다는 사실을 냉소적으로 내세웠습니다."라고 말했다. 그때부터 모택동주의자들은 지식인에 대한 자신들의 판단과 전략을 수정하게 되었다.

나는 『결국Tout Compte fait』*에 르 당텍과 르 브리의 재판에 대하여 썼다. 재판은 5월 27일에 열렸고, 사르트르는 증인으로 나가 증언했다. 그날, 정부는 G.P. 해체를 선언했다. 바로 그에 앞서 공제조합에서 집회가 있었는데, 가이스마르는 여기에서 5월 27일의 재판에 항의하기 위해 거리로 나오도록 사람들에게 호소했었다. 그는 단지 8분 동안 말했을 뿐인데 체포되었다.

사르트르가 주간으로 편집한 《라 코즈 뒤 푀플》 첫 호는 1970년 5월 1일 발행되었다. 당국은 그를 공격하지 않았지만, 내무부에서는 신문을 매호마다 압수했다. 다행히 인쇄업자가 대부분의 부수를 압수당하기 전에 유출시켰다. 그러자 당국은 판매원들을 덮쳤고, 해산된 단체를 다시 조직하려고 한다는 명목으로 특별 재판에 회부했다. 나

---

* 시몬 드 보부아르가 자신의 삶을 돌아보면서 쓴 회상록으로 1972년 갈리마르 출판사에서 출간되었다.

는 사르트르와 나, 그리고 많은 동지들이 어떻게 파리 한복판에서 그다지 불안해하지 않으면서 그 신문을 팔았는지도 이야기했었다. 어느 순간부터 당국은 이 헛된 싸움에 지쳤고, 《라 코즈 뒤 푀플》은 가판대에 배포되었다. '《라 코즈 뒤 푀플》의 친구들'이라는 협회가 창립되었고, 미셸 레리스와 내가 회장이 되었다. 처음에는 협회 등록이 거부되었다. 그래서 우리는 허가를 얻기 위해 행정법원에 제소해야만 했다.

1970년 6월, 사르트르는 S.R.(스쿠르 루주, 붉은 구원대)[*]을 창설했다. 사르트르와 티용이 이 기구의 주요 골자를 만들었다. 이 조직의 목표는 탄압에 대항하여 투쟁하는 것이었다. 사르트르가 대부분 작성한 글을 통해, 국민발의위원회는 아래와 같이 선언했다.

S.R.은 합법적으로 선포된, 독립적이고 민주적인 기구가 될 것이다. 이 단체의 중요한 목적은 압제의 희생자들을 정치적, 법률적으로 보호하고, 그들과 그들의 가족들에게 물질적, 정신적 지원을 공정하게 수행하는 데 있다...
민중 연대를 결성하지 않고는 정의와 자유를 지켜낼 수가 없다. 민중으로부터 탄생한 스쿠르 루주는 투쟁을 통해 민중에게 봉사할 것이다.

---

[*] 1920년에 창설되었다가, 1970년대 재창설되었다. 좌파의 이념에 복무하거나 극단적인 좌파 마르크스-레닌주의 정치적인 노선을 따르는 자선 또는 무장 단체.

S.R.은 주요 좌파 그룹들과 기독교 간증회Témoignage chretien, 그리고 다양한 인사들을 포함하고 있었다. 이 기구의 정치적인 강령은 광범위했다. G.P.의 해산 이후, 마르슬렝이 선포한 검거 물결에 대항하자는 것이 골자였다. 수많은 대원들이 투옥되었다. 그들의 재판에 관련된 정보를 수집하고, 행동 방안을 강구해야 했다. S.R.의 회원은 수천 명에 달했다. 기초위원회가 파리와 지방의 여러 지역에 조직되어 있었고, 지방의 조직위원회 중에서 리옹 위원회가 가장 적극적이었다. 파리의 위원회는 특별히 이민자 문제를 맡았다. 이 그룹들은 정치적인 활동 반경의 폭이 매우 넓었는데, 그중에서 모택동주의자들이 가장 광범위하게 활동을 펼쳤고, 그들이 이 조직들을 거의 장악했다.

투사적인 임무를 열정적으로 수행하면서도, 사르트르는 많은 시간을 자신의 문학 작업에 바쳤다. 그는 대작 플로베르 연구의 제 3권을 완성했다. 1954년 로제 가로디Roger Garaudy*는 사르트르에게 다음과 같이 제안했었다. "동일한 인물을 함께 연구해봅시다. 저는 마르크스주의적 연구 방법으로, 당신은 실존주의적 연구 방법으로 풀어보는 것입니다." 사르트르는 플로베르를 선택했는데, 이전에 『문학이란 무엇인가』에서 그에 대해 혹평을 했었다. 그랬던 사르트르가 플로베르의 서한집을 읽으면서 그에게 빠져들었다. 사르트르의 관심을 끈 것은 플로베르가 상상想像을

---

* 프랑스 정치학자, 철학자, 작가, 프랑스 공산당의 주요 인물.

가장 우선시했다는 점이었다. 사르트르는 그때 노트 10여 권을 채웠고, 1955년에 중단했던 원고 1000쪽을 썼다. 그는 1968년에서 1970년 사이에 집필했던 원고를 완전히 고쳐 썼다. '집안의 천치L'Idiot de la famille'라 제목을 붙였고, 아주 열성적으로 거침없이 써갔다. "이 책은 하나의 방법, 한 인간을 보여주는 것이 목적이다."

사르트르는 여러 차례 자신의 의도를 피력했다. 1971년 콩타와 리발카와 함께 대화하면서, 그는 이것이 과학적인 작업이 아니라는 것을 밝혔다. 왜냐하면 개념들(concepts)이 아닌 관념들(notions)을 사용했는데, 관념이란 그 안에 시간을 내포하는 사유 행위이기 때문이었다. 예를 들면, 수동성 관념처럼. 그는 플로베르에 대하여 모종의 *감정 이입*의 태도를 취하고 있었다. 사르트르는 "내 목적은 이렇다. 필요한 자료를 가지고 있고, 그것을 적용할 방법을 잘 사용한다면, 누구든지 완벽하게 알게 된다는 점을 증명하는 것이다."라고 말하면서, "플로베르라는 사람이 어떻다는 것이 파악되지 않는데, 어떻게 훌륭하게 이해하게 되는지 내가 보여주게 될 때, 체험이라고 부르는 것, 다시 말해 있는 그대로 이해되는 삶을 알게 해주는 것이 된다. 어떤 분명한 지식이나, 어떤 주제에 대해 세워놓은 의식 없이도."라고 했다.

사르트르의 모택동주의자 친구들은 이 기획을 다소 비난했다. 그들은 사르트르가 전투적인 논설을 쓰거나 위대한 민중 소설을 쓰기를 더 원했을 것이다. 그러나 이 점에 관한 한, 그는 어떤 압력에도 멈추지 않았다. 그는 동료들의 관점을 이해했지만, 나누려하지 않았다. 『집안의 천치』서문에서 그는 이렇게 말했다. "내용 면에서 보면, 내가 현실에서 도피한 인상을 준다. 그러나 그와 반대로, 방법 면에서 보면, 내가 지금 여기 현실에 함께 하고 있는 느낌을 받게 된다."

사르트르는 후에 브뤼셀에서 가진 인터뷰에서 이 문제를 다시 언급했다. "나는 17년 전부터 플로베르 연구 작업에 몰두해왔다. 이 책은 복잡하고, 어떤 면에서는 부르주아적인 문체로 씌어졌기 때문에 노동자들의 흥미를 끌지 못할 것이다... 그런데 나는 거기에 매여 있다. 말하자면, 이런 것이다. 내 나이 예순일곱이다. 쉰 살 이후 이 작업을 해왔고, 전부터 이 작업을 하는 것을 꿈꾸어 왔다. 플로베르를 쓰는 한, 나는 재생récupéré,* 되어야 할 부르주아 계급의 앙팡 테리블anfant terrible, 무서운 아이**인 것이다."

사르트르가 마음 속 깊이 품은 생각은, 그 어떤 역사적 순간, 그 어떤 사회 정치적 맥락 속에서도 인간에 대한 이해를 바탕으로 한다는 것, 플로베르 연구 역시 인간 이해를 도울 수 있으리라는 것이었다.

1970년 9월, 우리가 로마에서 얼마간 행복하게 보낸 뒤

---

* 68혁명 이후 다시 태어나는 존재라는 의미로 해석하는 견해가 있다.
** 시인 장 콕도의 소설 제목에서 유래한 신조어. 세상에 철저하게 무관심하고 자기만의 폐쇄된 방식으로 살아가며 기성 사회의 질서를 전복시키는 위협적인 존재를 가리킴.

파리로 돌아왔을 때, 사르트르는 다양한 일들에 관여하고 있다는 사실에 아주 흡족해했다. 그는 라스파이유 대로에 있는 작고 소박한 아파트 11층에서 살고 있었다. 건너편이 몽파르나스 공동묘지였고, 아주 가까이에 내 집이 있었다. 그는 이런 환경을 좋아했다. 그는 반복적인 생활을 이어나갔다. 오랜 여자 친구들인 완다 K., 미셸 비앙 그리고 그의 양녀 아를레트 엘카임을 정기적으로 만났다. 사르트르는 매주 이틀을 아를레트네 집에서 잤다. 다른 날 저녁은, 내 집에 와서 보냈다. 우리는 대화하고, 음악을 들었다. 나는 음악 감상실을 중요하게 만들어놓았고, 매달 사들이는 음반으로 감상실이 풍부해졌다. 사르트르는 비엔나파─특히 베르크Alban Berg와 베버른Anton Webern─와 현대 작곡가들─슈톡하우젠Kalheinz Stockhausen, 제나키스Iannis Xenakis, 베리오Charles-Auguste de Beriot, 펜데레츠키Krzysztof Penderecki, 그리고 다른 많은 현대 작곡가들─에게 많은 관심을 보였다. 그러다가도 그는 기꺼이 고전 음악의 대가들에게로 돌아갔다. 그는 몬테베르디Claudio Monteverdi, 제수알도Carlo Gesuald를 좋아했고, 모차르트의 오페라들─특히 〈코지 판 투테 Cosi fan tutte, 여자는 다 그래〉─과 베르디의 오페라를 좋아했다. 우리는 음악실에서 감상을 하면서, 삶은 달걀 하나 또는 베이컨 슬라이스 한 조각을 먹었고, 스카치를 조금 마셨다. 나는 부동산 중개인들이 "로지아(외랑)가 있는 화가의 아틀리에"라고 부르는 곳에서 살았다. 낮 동안에는 천장이 높은 큰 방에서 보냈다. 내부에 계단이 있어 침실로 연결되었고, 침실은 발코니를 통해 욕실과 연결되어 있었다. 사르트르는 위에 있는 침실에서 잤고, 아침에 나와 차를 마시기 위해 내려왔다. 때로 그의 여자 친구들 가운데 릴리안 시겔이 그를 찾아왔고, 그와 함께 그의 집 근처에 있는 작은 카페로 커피를 마시러 가곤 했다. 사르트르는 저녁에 종종 내 집에서 보스트Jacques-Laurent Bost[*]를 보곤 했다. 란츠만Claude Lanzmann[**]과도 꽤 자주 만났다. 사르트르는 이스라엘-팔레스타인 문제에서 의견이 맞지 않았음에도 그에게 친밀감을 느끼고 있었다. 그는 실비Sylvie Le Bon[***]가 우리와 함께 보내는 토요일 밤들을 특히 좋아했고, 우리 셋이 라 쿠폴La Coupole[****]에서 만나는 일요일 점심 식사 시간을 아주 좋아했다. 우리는 이따금 다른 친구들도 만났다.

오후마다 나는 사르트르의 집에서 작업을 하곤 했다. 나는 『노년』의 출간을 기다리고 있었고, 내 회고록의 마지막 권을 구상하고 있었다. 사르트르는 『집안의 천치』에서 '닥

---

[*] 1916-1990. 신문작가, 작가, 시나리오 작가, 번역가. 사르트르의 제자이자 추종자로, 한때 보부아르와 연인관계였다.

[**] 1925-2018. 신문기자, 작가, 영화감독. 1952년 《레 탕 모데른》의 기자로 시몬 드 보부아르를 만나 1959년까지 동거했다.

[***] 1941- . 보부아르의 양녀. 철학자. 보부아르가 상속녀로 지정했고, 그녀 사후 실비 르 봉드 보부아르가 되었다. 보부아르의 작업을 출판하는 전문가이자 책임 에디터이다.

[****] 파리 몽파르나스 대로에 있는 대표적인 철학, 예술, 문학 카페이자 레스토랑, 브라스리

터 플로베르'*의 초상을 다시 읽으면서 교정을 보았다. 환상적인 가을이었다. 온통 푸르렀고, 황금빛으로 물들었다. 그해(우리는 학기 단위로 해를 계산하는 버릇이 있었다)는 아주 전조가 좋았다.

9월에 사르트르는 S.R.이 조직한 대집회에 참가했다. 요르단의 후세인 왕이 팔레스타인 사람들을 학살한 것을 규탄하기 위해서였다. 6천 명이 거기에 모였다. 사르트르는 거기에서 오랫동안 만나지 못했던 장 주네Gean Genet**를 만났다. 주네는 검은 표범이라는 단체에 소속되어 있었고, 《르 누벨 옵세르바퇴르Le Nouvel Observateur》에 그에 대한 기사를 쓴 적이 있었다. 그는 요르단으로 떠날 준비를 하고 있었는데, 요르단에서 팔레스타인 난민촌에 머물기를 원했다.

오래전부터 나는 더 이상 사르트르의 건강을 염려하지 않고 있었다. 하루에 봐야르 담배 두 갑을 피웠지만, 그의 동맥염은 악화되지 않았다. 그런데 9월 말 나는 갑작스럽게 두려움에 사로잡혔다.

토요일 저녁이었다. 우리는 '도미니크'라는 식당에서 실비와 함께 저녁 식사를 했다. 그날 사르트르는 보드카를

---

* 귀스타브 플로베르의 아버지 아쉴-클레오파스 플로베르
** 1910-1986. 시인이자 극작가, 소설가, 사상가. 태어나자마자 버려져 위탁아로 자랐고, 도둑질로 간 소년원에서 시를 쓰기 시작해 생애 많은 부분 감옥에서 보냈다. 사르트르는 그를 대상으로 '성 주네'론을 썼다. 소설『도둑 일기』, 희곡『하녀들』등이 널리 알려져 있다.

많이 마셨다. 내 집으로 돌아온 그는 졸다가 담배를 손에서 떨어트리며 완전히 곯아떨어졌다. 그러다 우리의 부축을 받아 자기의 방으로 올라갔다. 다음날 아침, 그는 아무 문제 없어 보였고 집으로 돌아갔다. 그런데 오후 2시에 나와 실비가 그와 점심 식사를 하기 위해 찾아갔을 때, 그는 걸음을 옮길 때마다 몸을 가누지 못하고 가구들에 자꾸만 부딪쳤다. 라 쿠폴에서 나오면서도 그는 아주 조금 마셨음에도 비틀거렸다. 우리는 그를 택시에 태워 드라공 가에 있는 완다의 집으로 데리고 갔다. 택시에서 내리면서 그는 거의 쓰러질 뻔했다.

이전에도 사르트르는 현기증을 일으키곤 했다. 1968년 로마에 갔을 때였다. 트라스테베레 구역에 있는 산타마리아 광장에 도착해 차에서 내리려는데 다리가 비틀거려서 실비와 내가 부축해야 할 정도였다. 여태껏 그러한 사실을 그다지 중요하게 여기지 않았으면서도 그때 나는 놀랐었다. 왜냐하면 그때 그는 술을 한 모금도 마시지 않았기 때문이었다! 이런 사태가 한번도 문제로 드러나지 않았기에 더 심각하게 느꼈다. 나는 그날 일기에 썼다. "집으로 돌아오자, 밝았던 스튜디오 색깔이 바뀌어 보였다. 벨벳 양탄자는 죽음의 의복을 연상시켰다. 살아가는 것이 이런 식이다. 행복과 기쁨의 순간들이 있는가 하면, 위협은 머리 위에서 어른거리고, 인생은 괄호 속 여담 같은 것."

이 문장을 몇 줄 옮겨 적으면서 나는 놀라고 있다. 이런 불길한 예감은 어디에서 오는 것일까? 겉으로는 평온해

보였지만, 지난 20여 년 동안 한시도 경계를 멈추지 않았다고 생각한다. 첫 경고는 1954년 여름, 소련(U.R.S.S.) 여행이 끝나면서 있었다. 사르트르는 고혈압 위기로 병원으로 이송되었다. 1958년 가을에, 나는 불안증 속에 살았다.[3] 사르트르는 생명을 위협하는 돌발적인 사태를 가까스로 피했던 것이다. 그 이후 위협은 항상 있었다. 의사는 그의 대동맥과 소동맥이 너무 좁은 상태라고 말했다. 아침마다 그를 잠에서 깨우러 갈 때면, 그가 숨을 쉬고 있는지 서둘러 확인하곤 했다. 그렇지만 진짜 불안해한 것은 아니었다. 내가 환각에 사로잡혀서 그런 것이었다고 해도, 그것은 무언가를 의미하고 있었다. 사르트르의 새로운 병들로 인해, 사실 나는 그의 허약함을 모르고 있지 않았지만, 그걸 계기로 새삼 비극적으로 인식하게 된 것이다.

다음날 사르트르는 거의 안정을 되찾고 주치의인 자이드만 박사를 보러 갔다. 의사는 몇 가지 검진을 했고, 다음 일요일에 전문의와 상담하기 전까지 사르트르에게 과로하지 않아야 한다고 말했다. 전문의인 르보 교수는 단정적으로 말하지 않으려고 했다. 신체의 균형 상실은 내이(內耳) 또는 뇌의 문제일수도 있다고 했다. 그의 요청으로 뇌전도 검사를 했는데, 아무 이상이 없었다.

사르트르는 피로했다. 입 안이 곪고, 독감 위험이 있었다. 그러나 10월 8일, 갈리마르 출판사에 방대한 플로베르

---

3 내 책 『사물의 힘』을 볼 것.

원고를 넘기고는 몹시 기뻐했다.

모택동주의자들은 그가 포쉬르메르와 다른 공업 지대로 여행을 하도록 일정을 짰다. 그곳들을 돌아보면서 노동자들의 노동 조건과 삶을 연구하기를 바랬기 때문이었다. 10월 15일, 사르트르 담당 의사들은 이 여행을 금지시켰다. 자이드만 박사 말고도, 그는 여러 전문의들에게 찾아가 눈과 귀, 머리와 뇌를 진찰받았다. 그들을 적어도 열한 번 이상 방문했을 것이다. 그들은 뇌의 좌측 부분(언어를 관장하는 부분)에서 심각한 혈액순환 장애와 혈관 수축이 있음을 밝혀냈다. 그는 흡연을 줄여야 했고, 일련의 효력이 센 주사 치료를 겪어 내야 했다. 이로부터 두 달 뒤 뇌전도 검사를 다시 할 것이고, 분명 그때에는 치유될 것이라고 했다. 그러려면 과로해서는 안 되고, 특히 육체적으로 무리해서는 안 되었다. 사실 플로베르 집필이 끝난 지금, 그에게는 과로할 이유가 전혀 없었다. 그는 원고를 읽어나가면서 탐정소설을 읽었다. 그리고 막연하게 희곡을 쓰는 몽상에 빠졌다. 그는 이 10월 동안 르베이롤전 도록에 서문을 썼는데, 이 전시회는 '평화공존'이라는 제목으로 열렸다. 우리는 르베이롤의 그림들을 아주 좋아했다. 르베이롤은 로마에서 우리와 함께 이틀을 보냈었고, 우리는 그에게 친밀감을 느꼈다. 그와 알게 되면서 그의 아내와도 친해졌다. 그녀는 체구가 자그마한 아르메니아인으로 활달하고 재미있는 여자였다. 우리는 그 이후 몇 해 동안 이 부부와 꽤 자주 보게 되었다. 그들은 1960년에 우리를 쿠바로 초대한 적 있었던 프랑키라는 기자와 교분이 있었다. 이 기자는 후에 카스트로의 친소련 정책에 반대했다는 이유로 추방되었다.

여러 건강 문제에도 불구하고, 사르트르는 정치 활동을 이어갔다. 내가 『결국』에서 쓴 것처럼, 경찰이 시몽 블뤼망탈(《라 코즈 뒤 푀플》 인쇄인)의 공장에 들이닥친 것은 바로 이때이다. 가이스마르를 통해 사르트르는 글뤽스만 Andre Glucksmann*과 알게 되었다. 사르트르는 그와 인터뷰를 가졌는데, 거기에서 그는 프랑스에서 노동자들의 투쟁에 대한 《라 코즈 뒤 푀플》의 분석을 반복했다(인터뷰는 헤센 HR 방송에 10월 22일 방영되었다).

10월 21일, 가이스마르의 재판이 열렸다. 가이스마르는 르 당텍과 르 브리의 체포에 반대하는 모임에 참석했었는데, 거기에서는 약 5천 명이 모여 "27일, 모두 거리로!"라고 외쳤다. 여러 명이 나와서 연설했지만 그중 가이스마르만 체포되었다. 그가 G.P.에 소속되어 있기 때문이었던 것이 분명했다. 게다가 27일 시위는 유혈적이지도 않았다. 경찰은 최루탄을 터트렸고, 시위대들은 나사못을 조금 투척했지만 한 사람도 다치지 않았다. 그럼에도 불구하고 무거운 판결이 내려질 것으로 예상했었다. 사르트르는 증인으로 소환되었다. 그러나 그는 자신에게 부여된 상투적인 역

---

* 1937~2015. 프랑스 철학자. 68혁명의 대표적인 좌파 운동가. 베트남 난민 이주를 도왔고, 사르트르의 참여를 이끌었다.

할을 보수적인(부르주아) 법정에 나서서 하는 것보다 차라리 비앙쿠르의 노동자들에게 이야기하러 가는 것이 낫다고 선택했다. 경영주는 그가 공장에 진입하는 것을 금지했다.

한편, 공산당은 아침 8시에 르노 자동차 공장 노동자들에게 사르트르를 경계하도록 전단지를 배포했다. 사르트르는 공장 밖에서 드럼통에 올라 확성기로 다소 제한된 소수의 청중들 앞에서 연설했다. "가이스마르의 행동이 옳은지 그렇지 않은지 말해야 할 사람은 바로 여러분입니다." 사르트르는 말했다. "나는 거리에서 증언하기를 원합니다. 왜냐하면 나는 지식인이기 때문입니다. 그리고 매번 그런 것은 아니었지만, 아주 좋은 결과를 가져왔던 19세기, 그때의 민중과 지식인의 유대관계를 오늘날 되찾아야 한다고 생각하기 때문입니다. 민중과 지식인이 분리된 지 50년이 되었습니다. 그러니 이제 그들은 하나가 되어야 합니다."

사르트르의 반대파들은 그의 개입을 야유하는 데 열을 올렸다. 공산당은, 상당히 많은 지식인들이 공산당원이라는 점을 들어 민중과 지식인 사이의 유대가 확고하다고 그를 반박했다. 그러는 사이에 가이스마르는 18개월의 징역형을 선고받았다.

사르트르는 《자퀴즈j'accuse, 나는 고발한다》라는 새로운 신문 창간에 참여했다. 이 신문의 첫 호는 11월 1일에 발행되었다. 그는 신문을 이끄는 그룹 — 그중 린하르트, 글뤽스만, 미셸 망소, 프로망제, 고다르와 관계를 맺고 있었다. 이 신문은 운동가들이 쓴 기사들이 아니라 지식인들이 작성한 르포 기사들로 발행되었다. 사르트르는 몇 편의 기사를 거기에 썼다. 창간호에 이어 더 발행된 것은 이후 2회뿐이었다. 2호는 1971년 1월 15일, 3호는 3월 15일. 릴리안 시겔이 결혼 전 원래 성인 셰디크로 발행인이 되었다. 시겔은 《자퀴즈》가 《라 코즈 뒤 푀플》로 통합될 때에도 발행인의 자리를 유지했다. 따라서 그녀는 사르트르와 함께 《라 코즈 뒤 푀플》—《자퀴즈》의 공동 발행인이 되었다. 그런데 정부는 사르트르를 체포하려고 하지 않았기 때문에 두 번씩이나 피고인석에 앉은 것은 그녀였고, 사르트르는 그녀가 유리하게 증언을 했다.

그러는 동안 사르트르의 건강은 계속해서 나를 불안하게 했다. 그는 지겨운 시간을 보낼 때 — 해야 할 많은 일들로 지겨워졌을 때 — 과음을 했다. 밤에도, 낮에도 그는 종종 잠에 빠져 지냈다. 11월 5일 진찰했던 르보 교수는 그의 이러한 수면 상태는 처방했던 현기증 약에 원인이 있다고 말했다. 그에 따라 약의 복용량을 줄였다. 11월 22일, 사르트르는 X선 뇌 사진을 찍었고, 결과는 아주 만족스러웠다. 얼마 지나지 않아, 르보 교수는 완전히 나았다고, 더 이상 현기증은 일어나지 않을 것이라고 그를 안심시켰다. 사르트르는 그 말에 행복해졌으나, 한 가지 걱정이 남아 있었다. 치아 문제였다. 그는 틀니를 해 넣어야 했는데, 그것으로 대중 앞에서 연설을 할 수 없을까봐, 그런 상징적이고 분명한 이유로 두려워했다. 결과적으로 치과의사는 매우 훌륭하게 작업을 마쳤고, 사르트르의 마음은 다시 평온해졌다.

사르트르는 콩타와 리발카가 『장 폴 사르트르의 글』이라는 제목으로 출간한 책을 보고 흡족해했다. 그는 『집안의 천치』의 교정본으로 교정 작업을 했다. 12월, 탄광 재판을 주재했을 때, 사르트르의 건강 상태는 최고였다.

나는 이 재판에 대해 내 책 『결국』에 썼지만, 사르트르가 그것을 아주 중요하게 생각했기 때문에 여기에서 다시 이야기해보기로 한다. 1970년 2월, 에넹-리에타르 탄광에서 갱내 가스 폭발로 16명의 광부가 죽었고 여러 명의 부상자가 발생했다. 탄광의 책임이 명백했기 때문에 신원미상의 몇몇 청년들이 간부들 집무실들에 화염병(몰로토브 칵테일)을 던졌고, 화재가 일어났다. 경찰은 아무 증거 없이 모택동주의자 4명과 전과자 2명을 체포했다. 그들의 재판은 12월 14일에 열렸고, S.R.은 12일 토요일, 랑스에서 민중재판을 소집했다.

이 재판을 준비하기 위해 사르트르는 12월 2일 릴리안 시겔을 동반하고 광부들을 조사하러 갔다. 그는 브뤼에로 내려갔고, 예전에는 광부였지만 현재는 모택동주의자로 활동하는 앙드레라는 운동가 집에서 묵었다. 그의 아내 마리는 토끼 요리를 저녁 식사로 준비했는데, 그것은 사르트르가 아주 싫어하는 음식이었다. 사르트르는 예의상 토끼 요리를 먹어 삼켰고, 그 여파로 천식 발작이 일어나 두 시간 동안 그 집에서 몹시 고생했다. 다음날 그는 그 지역에서 꽤 알려진 조제프라는 나이 든 운동가와 그 외 몇몇 광부들을 만났다. 이어, 두에 교외에서 전 G.P. 간부였던 쥘리와 이야기를 나눴다. 사르트르는 이 사람의 자신만만한 태도를 아주 거슬려하면서도 좋아하고 있었다. 그리고 그는 거의 반쯤 눈이 보이지 않는 외제니 캉펭이라는 노파를 만났고, 독일군에 총살당한 레지스탕스 광부들의 아내와 어머니도 만났다.

재판은 12월 12일 랑스 시청에서 열렸고, 탄광 회사의 명백한 책임임이 밝혀졌다. 사르트르는 다음과 같은 엄정한 논고로 소송을 요약했다. "그러므로 나는 다음과 같은 결론을 제시한다. 국가-소유주는 1970년 2월 4일 살인죄를 저질렀다. 제6갱구의 간부와 책임 엔지니어들은 그 집행자들이다. 따라서, 그들도 고의적 살인죄를 저질렀다. 그들은 안전보다는 수익을 선택하고, 인간의 생명보다 물질의 생산을 우선시함으로써 고의적으로 자행한 것이다." 그다음 월요일, 허위로 씌운 방화범 6명에 대한 재판이 열렸고, 그들은 무죄 석방되었다.

그보다 조금 앞서, 사르트르는 《라 코즈 뒤 푀플》 이외에 좌파 신문 두 곳의 책임을 맡았었다. V.L.R.(혁명 만세)의 기관지 《뚜Tout, 전체》와 《라 파롤 오 푀플La Parole au peuple, 민중의 말》이 그것이다.

1971년

1월 초, 소련과 스페인에서 세상의 이목을 집중시킨 재판이 열렸다. 레닌그라드 재판과 부르고스 재판. 1970년 12월 16일, 11명의 소비에트 시민들 — 우크라이나인 1명, 러시아인 1명, 그리고 유대인 9명 — 이 레닌그라드 법정에 출두했다. 이들은 자신의 나라를 떠나기 위해 비행기의 방향을 돌리려고 계획했다. 그러나 이 계획은 실행에 옮기기 전에 누출이 되었고, 6월 15일에서 16일 밤, 이들은 각자 다른 도시에서 체포되었다. 이들 중 음모를 조직해온 쿠즈네초프와 이륙 후 항로 변경을 할 예정이었던 조종사 딤쉬츠, 2명이 사형을 언도받았다. 7명은 10년에서 14년 강제노동형을 선고받았고, 다른 2명은 4년과 8년 형을 선고받았다.[4] 1971년 1월 14일, 파리에서 그들을 지지하는 대규

---

4 딤쉬츠와 쿠즈네초프는 사형 집행이 되지 않았다. 의심할 여지없이 엘리제궁의 대통령으로부터 내려온 압력 덕분이었을 것이었다. 1973년, 『어느 사형수의 일기』라는 쿠즈네초프의 원고가 파리에 도착했고, 프랑

모 집회가 있었고, 사르트르도 거기에 참여했다. 로랑 슈와르츠, 마돌, 우리의 이스라엘인 친구 엘리 벤 갈도 현장에 있었다. 모두 소련의 반유대주의를 규탄했다.

부르고스 재판에는 바스크인들이 출두했다. 프랑코에 의해 국가반역죄로 기소된 바스크 분리주의 단체(E.T.A.) 소속 사람들이었다. 지젤 알리미가 방청객의 자격으로 재판에 참석했고, 갈리마르 출판사에서 출간된 책에 이 내용을 썼다. 그녀는 사르트르에게 이 책의 서문을 부탁했고, 사르트르는 아주 흔쾌히 써주겠다고 수락했다. 그는 서문에서 바스크 문제가 무엇인지 정의하고, 그들의 투쟁, 특히 E.T.A.의 역사를 이야기했다. 전체적으로 프랑코 정권의 탄압에 대하여 분개했으며, 특히 부르고스의 재판이 진행되는 절차를 공격했다. 이를 계기로 사르트르는 마음속에 품고 있던 생각을 자세히 말했다. 즉, 정부들이 기반을 두고 있는 추상적 보편성과 살과 뼈로 이루어진 사람들인 민중을 통해 구체화된 특별한 보편성 사이의 모순을 확실한 사례를 통해 설명한 것이다. 나라 안에서나 밖에서나, 식민지 피지배자들이 저항적으로 추진하고자 하는 것이 바로 이 구체화된 특별한 보편성이고, 인간은 자신들의 상황, 문화, 언어 속에서 이해하는 것이기 때문에 바로 이것이야말로, 공허한 개념이 아닌 유효한 것이라고 피력했다.

스어로 출간되어, 엄청난 반향을 일으켰다. 1979년 4월, 쿠즈네초프, 딤쉬츠 그리고 다른 공모자 3명은 미국에서 체포된 2명의 소련 스파이들과 교환되었다.

중앙집권주의적이고 추상적인 사회주의에 반하여 사르트르는 "분산적이고 구체적인 또 다른 사회주의를 권장"했다. "바스크인들의 고유한 보편성이 그것이다. E.T.A.가 압제자들의 추상적 중앙집권주의에 반대하는 것도 바로 그 점이다." 사르트르는 "고유의 영토, 고유의 언어, 새로워진 고유의 풍습에 기반한 사회주의적 인간을 창조해야 한다"고, "바로 그 순간부터 인간은 스스로 생산물의 생산물이 되는 것을 멈추고, 비로소 인간의 아들이 된다"고 말했다.

2년 후, 사르트르가 《레 탕 모데른Les Temps Modernes, 현대》의 한 호(1973년 8-9월호) 전체를 브르타뉴, 오크*, 억압받은 모든 소수 민족들의 요구에 할애한 것은 바로 위와 같은 관점에서였다.

가이스마르는 상테 감옥에 수감되어 있었다. 그는 정부로부터 상당한 우대를 받고 있었지만, 더 나은 복역 환경을 자신들에게도 요구하며 단식 투쟁에 돌입해 있던 다른 정치범들과 연대했다. 몇몇 좌파 인사들도 그들의 주장을 지지하기 위해 역시 단식을 결정했다. 그들은 한 진보적인 신부의 배려로, 몽파르나스 역에 있는 생베르나르 성당에서 유숙을 하게 되었다. 미셸 비앙도 이들 농성자들에 합류했고, 사르트르가 꽤 자주 찾아갔다. 그들이 21일 농성 끝에 단식을 중단하고 플르방과 면담을 시도하러 갈 때

---

* 오크어 사용 지역, 프랑스 루아르 강 남부 6개 지역

도 동행했다. 사르트르는 많이 걷기에는 건강이 너무 약해져 있었기 때문에 오페라 광장까지 자동차를 탔고, 거기에서부터는 방돔 광장까지 걸어서 갔다. 그들은 법무부 청사 앞에서 와 있음을 알렸으나, 법무장관 플르방은 맞아들이지 않았다. 그러나 나중에, 플르방은 승복했다. 그는 단식 농성에 가담했던 수감자들에 대해 특별 대우를 부여하고 처우를 개선하겠다고 약속했다. 그러나 이 약속은 거의 지켜지지 않았다.

2월 13일, 사르트르는 모택동주의자 동료들의 설득에 넘어가 아주 어리석고 무모한 일에 가담했다. 바로 사크레쾨르 대성당을 점거하는 행동이었다. S.R. 시위 도중에 V.L.R.의 투사인 리샤르 데제이가 최루탄을 맞아 얼굴이 흉하게 일그러졌다. 여론을 환기시키기 위해 G.P.는 대성당 점거를 결정한 것이었다. 이미 대주교의 승인을 받아놓은 상태였다. 사르트르는 장 클로드 베르니에, 질베르 카스트로, 릴리안 시겔의 호위를 받으며 성당 안 ─ 거기에는 몇몇 신도들이 있었다 ─ 으로 들어갔고, 샤를르 주교에게 면회를 요청했다. 사르트르가 처음 말을 건 신부는 그의 요청을 주교에게 전달하겠다고 했다. 15분이 흘렀고 그는 돌아오지 않았다. 그리고 성당의 모든 문들이 하나만 남기고 닫혀졌다. 시위자들은 ─ 그러는 사이 수가 불어났는데 ─ 자신들이 갇혔다는 것을 알았다. 열려 있는 문 하나로 들어온 경찰들이 사람들을 무차별적으로 구타하는 동안, 카스트로와 베르니에는 사르트르와 릴리안을 붙잡아 끌어당겨서는 구석에 숨겼다. 카스트로와 베르니에는 사르트르와 릴리안을 밖으로 나가게 하는 데 성공했고, 자동차에 둘을 태워 어느 카페로 데려가 들여보냈다. 그들은 조금 뒤 돌아와서 충돌이 매우 격렬했다고 전했는데, 한 청년이 창살에 엉덩이를 찔리기도 했다는 것이었다. 나는 실비와 저녁에 사르트르를 보러 갔었는데, 그는 그 모든 것을 개탄스럽게 생각했다. 며칠 전 시위 끝에 이미 심하게 두들겨 맞았던 운동가들은 이번 일로 사기가 꺾일 수밖에 없었다. 2월 15일 사르트르는 장 뤽 고다르와 함께 많은 신문에서 크게 보도하고 있는 이 사건에 대하여 기자회견을 했다. 2월 18일에 그는 S.R.에서 탈퇴했다. 사르트르의 눈에는 이 단체에서 모택동주의자들이 너무 중요한 자리를 차지한 것으로 보였다.[5]

며칠 후, 기요 사건이 터졌다. 기요라는 한 고등학생이 경찰을 구타했다는 사실과는 다른 이유로 기소되어 현행범으로 체포된 것이었다. 고등학생들이 대규모로 항의에 나섰다. 수천 명의 학생들이 수많은 경찰차들이 막아서 있는 카르티에 라탱의 도로에 자리를 잡고 앉았다. 결국 기요는 석방되었다. 그러나 파리 거리 분위기는 격노한 상태였다. 특히 데제이의 일그러진 대형 얼굴 사진들이 벽마다 붙어 있었다. 3월 중순, 좌파와 오르드르 누보Ordre nouveau, 신질

---

5 사르트르는 간부 요직에서 물러났지만, 여전히 S.R. 주최의 많은 활동에 참가했다.

서* 사이에 격렬한 충돌이 있었다. 많은 경찰들이 다쳤다.

사르트르는 이 모든 소요 사태를 엄중히 주시하고 있었다. 그의 건강 상태는 아주 좋아보였다. 그는 『집안의 천치』교정을 계속 보아나갔다. 내 집에 자리를 만들었던《레탕 모데른》의 모든 회의에도 참석했다.

4월 초가 되자 우리는 생폴드방스로 출발했다. 사르트르는 아를레트와 함께 열차로 갔고, 나는 실비와 자동차로 갔다. 우리가 묵었던 호텔은 그 작은 마을의 성문 입구에 있었다. 낮에는 관광객들로 북적였지만, 아침과 저녁에는 고요했다. 우리가 간직한 소중한 추억과 닮은 그런 곳이었다. 사르트르는 아를레트와 별관에 묵었다. 나는 실비와 오렌지 나무들이 심어진 정원 가에 있는 작은 건물에 묵었다. 아주 작은 테라스로 연결된 커다란 침실과 널찍한 거실이 있었다. 대들보가 드러나 있는 벽은 초벽으로 하얗게 칠해져 있었고, 선명한 색깔의 아름다운 칼더 작품들이 걸려 있었다. 긴 나무 탁자와 등받이가 없는 긴 의자, 찬장이 갖추어져 있었고, 정원으로 향하고 있었다. 나는 거기에서 대부분의 저녁 시간을 사르트르와 함께 보냈다. 우리는 스카치를 마셨고, 이야기를 나눴다. 우리는 소시지 조금 또는 초콜릿 한 조각을 저녁으로 먹었다. 대신 점심 식사를 위해서는 근처의 훌륭한 레스토랑으로 그를 데리고 갔다.

---

* 사회, 경제 및 문화 분야에서 새로운 질서의 출현을 위한 연구 및 문서 센터 형태로 1969년부터 1973년까지 활동했던 프랑스, 민족주의 및 극우 정치 운동

가끔은 우리 넷 모두 거기에서 모이기도 했다.

첫날 저녁 우리는 생폴* 맞은 편 언덕에서 빛나는 거대한 불빛에 놀랐다. 그것은 전기로 밤을 환하게 밝히고 있는 온실들이었다.

오후에는 각자 책을 읽었다. 아니면 우리가 좋아했던 장소들을 다시 돌아보면서 산책을 했다. 그중에서도, 카뉴**와 우리가 몇 년 전에 기분 좋게 묵었던 멋진 호텔을 다시 가보게 되어 행복했다. 어느 오후에는 마그 재단*** 미술관에 갔었는데, 옛날 우리가 알고 있던 곳이었다. 샤르****의 전시회가 열리고 있었다. 그의 친필 원고와 책들 주위에 모여 있는 그림들이 정말 아름다웠다. 클레, 비에이라 다 실바, 자코메티의 조각 작품들과 미로의 많은 작품들이었는데, 미로의 그림은 그가 나이들어 갈수록 점점 더 다채로워졌다.

마지막 날, 사르트르는 호텔에 아이올리 소스를 주문했다. 햇빛이 비치지 않아서 "난방 장치가 있는 곳"에서 먹

---

  * 현지에서는 생폴드방스를 줄여 생폴로 부른다. 인근에 마티스가 살았던 방스가 있어서 이와 구별하여 부르기도 한다.

 ** 카뉴쉬르메르. 언덕 위의 요새 마을인 생폴드방스에서 바닷쪽으로 내려가면 펼쳐져 있는 아름다운 항구도시로 르누아르의 집이 박물관으로 문을 열고 있다.

*** 예술 후원자이자 수집가인 마그(Maeght) 부부와 앙드레 말로 주도로 1964년 문을 연 생폴드방스의 미술관으로 샤갈, 브라크, 자코메티의 조각들이 전시되어 있어 유럽의 대표적인 현대미술관으로 손꼽힌다.

**** 르네 샤르, 시인

었는데, 커다란 벽난로와 책장이 있는 멋진 공간이었다. 사르트르는 아를레트와 저녁 열차로 출발했고, 실비와 나는 다음날 아침 자동차로 떠났다. 사르트르는 이번 여행에 매료되었다.

사르트르는 파리에 돌아와서도 아주 행복해했다. 2천 쪽 짜리 『집안의 천치』로 가득 채운 엄청난 상자를 갈리마르 출판사로부터 받은 것이었다. 그는 『구토』를 출간했을 때만큼 기쁘다고 나에게 말했다. 곧바로 매우 호의적인 평들이 쏟아졌다.

5월 초, 푸이용*이 우리에게 친구의 죽음을 알려왔다. 내가 『회상록Mèmoires』에서 파니에라고 불렀던 친구였다. 푸이용의 말에 따르면, 파니에는 은퇴하고 나서 너무 지겨워하다가 스스로 죽도록 방치한 것이었다고 했다. 파니에는 간염에 걸려 있었고, 그것이 간경변으로 진행되었다. 몇 년 일찍 르메르 부인이 죽었는데, 우리의 과거 행복했던 한 시절 전체가 그와 함께 끝내 사라지고 말았다. 그러나 오래전부터 파니에는 우리에게 완전히 낯선 존재가 되어 있어서 우리는 그 소식을 담담하게 받아들였다.

과티솔로가 감정에 북받쳐 떨리는 목소리로 사르트르에게 전화한 것도 5월 초였다. 파디야 사건에 관하여 피델 카스트로에게 보내는 매우 격렬한 편지에 서명해달라

---

* 1916-2002. 프랑스의 민족학자. 사르트르와 가까웠고, 인류학과 철학 잡지에 관여했다

는 내용이었다. 이 사건은 여러 단계를 거쳤다. 첫 번째, 쿠바에서 널리 알려진 시인 파디야가 동성애를 이유로 체포되었다. 두 번째, 과티솔로, 프랑키, 사르트르와 나, 그리고 몇몇이 서명한 정중한 항의 편지가 전달되었다. 세 번째, 파디야는 석방되었고 뒤몽과 케롤이 C.I.A. 요원이라고 비난하는 정신 나간 자기비판문을 작성했다. 그의 아내도 자기비판을 했는데, 경찰이 자신을 '친절하게' 대해 주었다고 진술했다. 이들의 발표는 수많은 항의를 불러일으켰다. 우리의 예전 쿠바 통역사였고, 역시 망명을 택했던 아르코샤는 그러한 고백을 받아낸 것으로 보아 파디야와 그 아내가 고문을 받았을 거라고 《르 몽드》에 썼다. 이 모든 것의 배후에 리센드로 오테로가 힘을 행사하고 있었다. 1960년 쿠바에 갔을 때 거의 모든 여정에서 우리를 수행했던 사람이었다. 그는 현재 쿠바의 문화 전체를 좌지우지하고 있었다. 과티솔로는 진짜 경찰 도당들이 쿠바를 지배하고 있다고 생각했다. 우리는 카스트로가 이제는 사르트르를 적으로 여기고 있다는 것을 알게 되었다. 카스트로는 사르트르가 프랑키*의 나쁜 영향을 받고 있다고 말했었다. 당시 연설에서, 카스트로는 프랑스 지식인 대부분을 공격했다. 사르트르는 동요하지 않았는데, 오래전부터 쿠바에 대한 환상을 더 이상 가지고 있지 않았기 때문이었다.

휴가를 보내고 돌아온 뒤, 사르트르는 측근들과 좌파 동

---

* 카를로스 프랑키, 카스트로 정권 비판 작가로 후에 이탈리아로 망명

료들 외에도 몇몇 친구들을 나와 함께 보았다. 티토 제라시는 우리에게 미국의 지하조직에 대해 이야기했다. 로사나 로산다는 그녀가 간행하는 신문 《매니페스토Manifesto》를 운영하는 데 겪는 기복에 대해 상세하게 설명했다. 이 신문은 격주간에서 일간지로 바뀌고 있었다. 로베르 갈리마르는 출판사들 뒤에서 일어나고 있는 내막을 설명해주었다. 우리는 알리라는 이집트 기자와 점심 식사를 했는데, 그는 1967년 우리가 이집트에 갔을 때 우리의 모든 여정에 수행했었다. 5월 초에는 일본인 친구 토미코를 다시 만났다. 그녀는 막 마친 아시아에서의 긴 여행 이야기를 우리에게 해주었다.

5월 12일, 사르트르는 이브리 관청 앞에서 열린 시위에 참가했다. 이유인 즉슨, 약간 정신이 박약한 이민자인 베아르 베알라라는 사람이 작은 트럭에서 야쿠르트 한 단지를 훔쳤는데, 경찰들이 그에게 발포를 해서 심하게 부상을 입힌 것이었다. 사건 정보를 조사한 뒤, S.R은 경찰에 항의하는 시위를 준비했다.

그즈음 사르트르는 내 집에서 많이 지냈다. 그의 아파트 엘리베이터가 고장났기 때문이었다. 11층 아파트를 올라가야 하는 것은 그에게 너무 힘든 일이었다.

5월 18일, 여느 화요일처럼 그는 저녁 때 내 집으로 왔다. 그 전 월요일 저녁과 밤을 아를레트 집에서 보낸 후였다. "괜찮아요?" 나는 늘 그에게 하던 대로 물었다. "괜찮아요! 썩 좋지는 않지만." 그렇게 말했지만 사실은 다리가 휘청거리고, 알아들을 수 없게 중얼거리고, 입이 약간 비뚤어지고 있었다. 전날 밤 우리는 음악을 들으며 보냈고 거의 말을 하지 않았기 때문에 그가 피곤해 있었는지 알아차리지 못했다. 안 좋은 상태인데도 그는 저녁에 아를레트 집으로 갔던 것이었다. 그리고 내가 지금 보고 있는 상태로 그는 아침에 깨어났다. 밤 동안 약간의 발작이 있었음이 분명했다. 오래전부터, 나는 이런 일을 두려워해왔고, 나 스스로 냉정을 지키자고 약속해왔다. 나는 같은 시련을 겪었지만 헤치고 나가 멀쩡하게 회복됐던 친구들의 예를 떠올렸다. 어쨌든 사르트르는 다음날 주치의를 보러 가야 했다. 그래서 나는 마음이 조금 진정이 되었다. 아주 조금. 나는 두려움을 드러내지 않으려고 무진 애를 써야 했다. 사르트르는 평소 마시던 양의 위스키를 마시겠다고 요구했다. 자정이 되자 그는 더 이상 제대로 발음을 하지 못했고, 침대까지 몸을 끌고 가는 것이 많이 힘들어 보였다. 온 밤을 나는 불안감을 떨쳐버리려고 애썼다.

다음날 아침, 릴리안 시겔이 사르트르와 함께 자이드만 박사 집으로 갔다. 그는 나에게 전화를 걸어 다 괜찮다고 말했다. 혈압은 180이고 ─ 이것이 그에게는 정상이었다 ─ 곧바로 신중한 치료를 시작할 것이라고 했다. 조금 뒤 걸려온 전화에서 릴리안은 어딘가 밝지 않았다. 자이드만에 따르면 이번 위기는 10월의 것보다 더 심각한데, 불안한 것은 문제들이 너무 빨리 나타났다는 것이었다. 이유 중 하나는 의심할 여지 없이 지난 3월 이후 그가 약을 더 이상 먹지 않은 것에 있었다. 또한 이따금 11층을 걸어 오른 것도 그에게 안 좋았다. 그러나 결정적으로는 뇌의 좌측 부분에서 혈액 순환에 큰 어려움이 있었다.

나는 오후에 사르트르의 집에 갔고, 그가 더 나아지지도 더 나빠지지도 않은 것을 알았다. 자이드만은 그에게 걷는 것을 엄격하게 금지시켰다. 다행히 엘리베이터가 복구되어 있었다. 저녁에 실비가 자동차로 우리를 내 집으로 데려다주었고, 잠시 머물렀다. 사르트르는 과일주스만 마셨다. 실비는 사르트르의 모습을 보고 아연실색했다. 나는 이번 발작이 — 그 자신은 깨닫지 못했을 테지만 — 그에게 끔찍한 충격을 주었을 것이라고 생각했다. 그는 몹시 쇠약해 보였다. 담배를 입에서 계속 떨어뜨렸다. 실비가 담배를 주워서 주면 그는 받았고, 다시 손가락 사이에서 빠져나갔다. 이러한 동작이 되풀이되었는데, 죽을 듯이 슬펐던 그날 밤 몇 번이나 같은 동작을 했는지 몰랐다. 뭐라고 할 계제가 아니었으므로 나는 전축을 틀었다. 음반들 중에서 베르디의 〈레퀴엠〉을 틀었다. 사르트르가 굉장히 좋아하던 곡이었고, 우리가 자주 들었던 곡이었다. "지금 이 상황에 딱 들어맞는 곡이군." 사르트르가 중얼거렸고, 실비와 나는 소름이 돋도록 오싹해졌다. 조금 뒤 실비가 떠났고, 사르트르는 곧 잠자리에 들었다.

아침에 깨어났을 때, 그는 오른팔을 거의 움직일 수 없는 것처럼 보였다. 그 정도로 무겁게 마비되어 있었다. 그와 함께 아침 식사를 하기 위해 왔던 릴리안이 나에게 속

삭였다. "어제보다 더 좋지 않아 보여요." 그들이 나가고 난 뒤, 나는 병원의 르보 교수에게 전화했다. 그는 올 수 없으니 다른 전문의를 보내겠다고 말했다. 나는 사르트르 집에 가서 그를 살펴보았고, 열한 시 반에 마우도 의사가 도착했다. 그는 한 시간 동안 사르트르를 진찰하고 나서 나를 안심시켰다. 신경계통 감각 능력은 훼손되지 않았고, 머리도 온전한데, 가볍게 말을 더듬는 것은 입에 마비가 왔기 때문이라고 했다. 오른손이 약해진 상태여서 여전히 담배를 쥐는 데 어려움을 겪었다. 그의 혈압은 140이었다. 그가 복용해온 약들로 인해 이렇게 혈압이 떨어진 것이었다. 마우도는 새로운 처방을 했고 48시간 동안 각별히 주의하라고 했다. 휴식을 많이 취해야 하고 절대 혼자 있어서는 안 된다는 것이었다. 그렇게 하면, 지금으로부터 10일 또는 20일 후면 완전히 회복될 것이라고 했다.

사르트르는 순순히 모든 검사를 받았다. 하지만 방에만 있어야 하는 것은 듣지 않았다. 예수승천절 휴일로 고등학교에서 시간이 난 실비가 우리를 라 쿠폴에 태워다주었고, 우리 셋은 거기에서 점심을 먹었다. 사르트르는 확실히 나아지고 있었다. 그러나 그의 입은 여전히 비뚤어진 채였다. 다음날 같은 장소에서 아를레트와 점심을 먹고 있을 때, 프랑수아 페리에가 그를 알아보고는 내 테이블로 와서 말했다. "무슨 일이죠. 입이 저렇게 비뚤어지다니, 아주 심각해 보입니다." 다행히, 나는 '이번만큼은' 그리 심각한 것은 아니라는 것을 알고 있었다. 이어지는 며칠 동안은 잘 지나갔고, 월요일 아침, 자이드만은 나에게 곧 치료를 중단할 것이라고 알렸다. 그러나 이어서 정상적인 생활을 되찾기까지 꽤 긴 시간이 걸릴 것이라고 덧붙였다. 그는 아를레트에게도 어쩌면 사르트르가 완쾌되지 못할지도 모른다고 말했다.

그런데 5월 26일 수요일, 우리가 보스트와 함께 저녁 시간을 보낼 때 그는 걸음걸이와 말을 완전히 회복했고, 기분도 좋게 되찾고 있었다. 사르트르 앞에서, 나는 웃으면서 보스트에게 말했다. 술, 차, 커피, 각성제 소비를 조절하기 위해 그와 싸워야 할 것이 확실하다고. 사르트르는 자러 올라갔고, 내 아틀리에 위로 툭 나와 있는 발코니에서 이렇게 노래하듯 흥얼거렸다. "나의 카스토르(사르트르가 부르는 보부아르 애칭)에게 조금이라도 폐를 끼치고 싶지 않아요…" 나는 그 말에 감동했다. 그리고 라 쿠폴에서 나와 함께 점심 먹을 때, 그가 약간 둥근 얼굴에 파란 눈의 갈색 머리 소녀를 가리키면서 이렇게 물었을 때에도 나는 감동했었다. "저 소녀가 내게 누구를 생각나게 하는지 알겠소?" 나는 모른다고 대답했다. "저 나이 때의 당신을 생각하고 있소."

오직 한 가지만이 잘 되지 않고 있었다. 그의 오른손이 여전히 약했다. 그는 피아노를 연주하는 데 애를 먹었고 ― 아를레트 집에서 그는 즐겨 피아노를 연주하곤 했었다 ― 종이 위에 글을 쓰는 것도 힘들었다. 그러나 지금 당장 그것이 중요하지는 않았다. 다시 작업을 시작할 수 있도록 기다리면서 그는 『상황 VIII』과 『상황 IX』의 교정을 보았고, 그것으로 꽤 바빴다.

6월에 사르트르는 모리스 클라벨과 함께 리베라시옹 신문사l'Agence de press Libération를 설립했다. 그들은 매일 소식지를 발행할 수 있을 것이라는 판단 아래, 신문사의 목적을 밝힌 취지문에 공동 서명했다.

우리는 진실을 지키기 위한 새로운 기구를 함께 만들고자 한다... 진실을 아는 것만으로 충분하지 않다. 그 진실을 들을 수 있도록 해야 한다. 리베라시옹 신문사는 보도하는 모든 내용의 진실을 엄격하게 점검하면서, 접수되는 뉴스들을 매일 정기적으로 배포할 것이다⋯. 리베라시옹 신문사는 모든 것을 알리고 싶어 하는 기자들에게, 모든 것을 알고 싶어 하는 사람들에게, 발언권을 제공하는 새로운 플랫폼이 되고자 한다. 본 신문사는 민중에게도 발언권을 줄 것이다.

6월 말에, 사르트르는 혀에 끔찍한 통증이 생기기 시작했다. 고통 없이는 말을 할 수도 먹을 수도 없었다. 내가 그에게 "참 운이 나쁜 해네요. 끊임없이 병에 시달리시니." 라고 말하자, 그는 "아, 별 것 아니오. 늙으면, 그런 게 대수롭지 않소."라고 대답했다. "왜죠?"라고 묻자 "그것도 그리 오래 가지 않는다고 하잖소."라고 그가 말했다. "당신의 말은, 그래서 인간은 죽어간다는 말인가요?"라고 내가 물었고, "그렇소. 조금씩 조금씩 망가지는 게 정상이지. 젊을 때는 다르지만."이라고 그가 말했다. 그렇게 말하는 그의 음색이 내 마음을 뒤흔들어 놓았다. 그는 벌써 생의 다른 쪽에 가 있는 것 같았다. 모두들 그를 보면서 그런 그의 태도를 느끼고 있었다. 그는 많은 일에 무심해 보였다. 분명 자기 자신의 운명에 초연해졌기 때문일 것이었다. 그러다 보니 그는 자주 슬프기보다는, 멍해 있었다. 나는 실비와 함께 보내는 저녁에만 그가 즐거워하는 걸 보았다. 6월에 우리는 사르트르의 66세 생일 파티를 실비의 집에서 했다. 그는 행복해했다.

사르트르는 치과에 다시 다녔고 치통이 멈추었다. 그 결과로 그가 5월 이후 호전되고 있었음을 알 수 있었다. 자이드만은 그가 완전히 회복된 것으로 보았다. 그리고 사르트르는 나에게 자신의 나이에 만족한다고 여러 번 반복해 말했다.

그렇지만 나는 그를 떠나 있는 게 불안했다. 내가 실비랑 여행하는 동안, 그는 아를레트와 함께 3주를, 완다와는 2주를 보낼 것이었다. 나는 이 여행이 좋았지만, 사르트르와 떨어지게 되는 것이 늘 내겐 충격이었다. 이번에는 내가 그와 라 쿠폴에서 점심을 먹었고, 실비가 4시에 나를 데리러 오기로 했다. 나는 그 3분 전에 자리에서 일어섰다. 그가 형언할 수 없는 표정으로 웃으며 내게 말했다. "자, 이것이 바로 작별 의식*이로군!" 나는 아무 대답도 못하고 그의 어깨에 손을 얹었다. 그 미소, 그 말이 오랫동안 나를 따라다녔다. 나는 '작별'이라는 말에 몇 년 후에 내가 맞이하게 될 최대의 의미를 부여했다. 그러나 그때 그 말을 할 사람은 오직 나였다. 나는 실비와 함께 이탈리아로 떠났다. 다음날 저녁, 우리는 볼로냐에서 묵었다. 아침에는 동쪽 해안 방향으로 이어지는 고속도로를 탔다. 희미한 안개가 풍경을 감싸고 있었다. 내 평생 그토록 부조리하고 고독한 감정을 느껴본 적이 없었다. 난 무엇을 하고 있는가? 왜 나는 여기에 있는가? 나는 내가 사랑하는 이탈리아를 보며 곧 정신을 차렸다. 그러나 밤마다, 잠들기 전에 오랫동안 울었다.

한편, 사르트르는 스위스를 돌아보고 있었다. 가끔 잘 있다는 전보를 보내 와서 나를 안심시켜 주었다. 그러나 우리가 합류하기로 했던 로마에 도착하자, 아를레트로부터 한 통의 편지를 받았다. 사르트르가 7월 15일 다시 쓰러졌다는 것이었다. 처음 쓰러졌던 때처럼 아를레트가 그를 확인한 것은 잠에서 깨어난 뒤였다. 그는 5월보다 더 입이 비뚤어지고, 발음에 문제가 있고, 팔은 뜨겁고 찬 것에 무감각하다고 했다. 아를레트는 사르트르를 자동차에 태워 베른의 의사한테 갔는데, 그는 완강하게 내게 알리지 못하게 했다는 것이었다. 사흘 후, 위기를 넘기자 아를레트는 자이드만에게 전화했고, 그는 이렇게 말했다. "그처럼 경

---

* 작별 의식(La cérémonie des adieux), 사르트르의 이 말이 곧 이 책의 제목이 되었다.

련이 있었다면, 동맥이 아주 헐은 것이 확실합니다."

나는 테르미니 역으로 그를 데리러 갔다. 그는 내가 보기 전에 소리쳐 나를 불렀다. 밝은 색 양복을 입고 있었고, 챙 달린 모자를 쓰고 있었다. 잇몸이 곪아서 얼굴이 부었으나 건강은 좋아보였다. 호텔 7층에 있는 우리의 작은 아파트에 여장을 풀었다. 호텔 테라스에서 엄청난 전망을 감상했는데, 퀴리날레 언덕과 판테온 지붕, 산피에트로 대성당, 그리고 카피톨리움 언덕을 볼 수 있었다. 밤마다 우리는 자정이 되면 그곳의 조명들이 꺼지는 것을 바라보곤 했다. 그 해에는 이 테라스를 유리로 튼 살롱으로 부분적으로 변형해, 노출된 외부와 내실을 유리로 분리하고 있었다. 그러므로 우리는 하루 온종일 언제든 거기에 앉아 있을 수 있었다. 사르트르의 치주염은 완전히 가라앉았고, 아픈 데가 전혀 없었다. 무기력했던 표정은 더 이상 보이지 않았고, 활기를 되찾고, 잘 웃었다. 그는 새벽 1시까지 잠자리에 들지 않았고, 아침 7시 반 경에 일어났다. 9시쯤 침실에서 나가 보면, 그는 테라스에 앉아 로마의 아름다운 정경을 바라보면서 책을 읽고 있는 것이었다. 그리고 오후에 두 시간 낮잠을 잤고, 그것으로 더 이상 졸지는 않았다. 나폴리에서 완다와 함께 그는 긴 산책을 했고, 폼페이에도 다시 가보았다. 로마에서 우리는 산책하고 싶은 마음이 별로 들지 않았다. 움직여 어디를 돌아다니지 않아도, 어디에서나 구경할 수 있었다.

2시경, 호텔 근처에서 샌드위치를 먹었다. 저녁에 우리는 나보나 광장으로 저녁을 먹으러 걸어서 가거나 근처 레스토랑에 갔다. 때로 실비가 자동차로 트라스테베레나 아피아 안티카 거리로 드라이브를 시켜주었다. 사르트르는 햇빛이 쏟아지는 곳을 지나갈 때면 모자를 챙겨 썼다. 그는 정확하게 약을 챙겨 먹었고, 점심에는 백포도주 딱 한 잔, 저녁에는 맥주, 그리고 이어서 테라스에서 위스키 두 잔을 마셨다. 커피는 마시지 않았고, 아침 식사에 홍차만 마셨다(지난 여러 해 동안, 그는 새벽 5시에 지독하게 진한 커피를 끓여 들이마셨었다). 그는 『집안의 천치』 제 3권을 교정보았고, 이탈리아 탐정 소설 『탐정들gialli』을 읽으며 시간을 보냈다. 이따금 로사나 로산다를 만났고, 어느 오후에는 우리의 유고슬라비아 친구인 데디제의 방문을 받았다.

이번 로마 여행 동안의 사르트르를 보면서, 그의 여생을 20년으로 예측해볼 수 있었다. 무엇보다 그 자신도 그렇게 생각했다. 어느 날 내가 늘 같은 탐정 소설을 읽는다고 불평하자, 그가 이렇게 말했다. "그게 정상이오. 양은 정해져 있으니 말이오. 앞으로 20년 동안 새로운 책을 읽을 거라는 기대는 안 하는 게 좋소."

파리로 돌아와서 사르트르는 아주 좋은 상태를 지속했다. 혈압은 170이었고, 반사 신경은 좋았다. 자정 무렵 잠자리에 들었고, 아침 8시 반에 일어났다. 낮에는 더 이상 잠을 안 잤다. 입의 마비 증상은 남아 있었고, 음식을 씹는 데 어려움이 있었고, 때로 혀 짧은 발음을 했다. 글쓰기도 완전히 예전 필체를 되찾지 못했다. 그러나 그것으로 걱정하지 않았다. 그는 사물과 사람들에 대해 다시 세심한 관심을 기울였다. 『집안의 천치』첫 두 권에 받았던 뜨거운 환호에 대하여 매우 신경을 썼다. 제3권을 갈리마르 출판사에 넘겼고, 제4권에 매진했다. 『마담 보바리』연구를 수행할 생각이었다. 그는 출간하게 될 내 신간 『결국』의 원고를 공들여 읽고 지적했고, 나에게 아주 훌륭한 조언을 해주었다. 나는 11월 중순에 다음과 같이 기록했다. "사르트르가 건강이 아주 좋아서 나도 거의 평온을 유지하고 있다."

11월 말에 사르트르는 15세 알제리 소년 제랄리가 살해된 것에 항의하기 위해서 구트 도르*에서 열린 시위에 푸코, 주네와 함께 참가했다. 이 소년이 사는 아파트 경비원이 10월 27일 소총으로 소년을 쏘아서 죽게 한 것이었다. 경비원은 소년이 너무 시끄럽게 했고, 두말할 것도 없이 도둑으로 생각했었다고 우겼다.

사르트르는 푸아소니에르 거리로 갔고, 푸코와 클로드 모리악Claude Mauriac**은 그 구역 노동자들에게 호소하는 긴 플래카드를 들고 있었다. 경찰들이 사르트르를 알아보았고 개입하지 않았다. 그는 확성기로 제랄리 조사위원회 사무소를 연다고 알렸다. 다른 장소를 찾아보는 동안, 구트 도르의 소교구 홀에 마련할 것이라고 했다. 푸코가 여

---

    * 파리 북동부 19구 아랍인, 이민자들이 모여 사는 변두리 동네를 통칭함.
  ** 소설가이자 평론가. 대표작으로 『내면의 대화』, 『오늘의 비문학』, 『부동
不動의 시간』 등이 있다. 소설가 프랑수아 모리악의 장남이다.

러 차례 연설을 하는 가운데, 행렬은 라 샤펠 대로까지 이어졌다. 사르트르는 조사위원회에 참여하고 싶어했다. 그러나 며칠 뒤 함께 점심 식사를 했던 주네가 그를 말렸다. 사르트르가 너무 피로해 보였던 것이다.

사르트르가 그렇게 피로했는지는 모르겠다. 그러나 12월 1일, 그는 불쑥 내게 말했다. "내 기초 건강이 고갈되어 버렸소. 일흔 살을 넘기지 못할 것 같소." 내가 반박하자, 그가 덧붙였다. "당신이 말했잖소. 세 번째 발병을 하면 회복되기 어려울 거라고." 내가 그렇게 말했었는지 전혀 기억이 나지 않았다. 틀림없이 그가 과로할 것에 대비해 경고로 말했을 것이었다. "당신이 겪은 것들은 아주 가벼운 거였어요."라고 내가 대답하자, 그가 "플로베르를 마치지 못할 거라는 생각이 드오."라고 말을 이었다. 내가 "그럴까봐 걱정이세요?"라고 묻자, 그가 "그래요, 걱정이오."라고 대답했다. 그리고는 자신의 장례에 대해 내게 말했다. 그는 아주 간소한 의식을 바랬고 화장火葬을 원했다. 특히 그는 페르 라셰즈*에 묻혀 있는 어머니와 양부 사이에 묻히는 것을 원치 않았다. 그는 수많은 모택동주의자들이 자신의 관을 따라가주기를 바란다고 했다. 자신의 장례식에 대해 자주 생각하는 것은 아니라고 내게 말했으나 그런 생각을 하고 있었던 것이다.

---

* 파리 최대의 공동묘지로 동부 묘지를 가리킨다. 발자크, 프루스트, 쇼팽, 에디트 피아프 등과 파리 코뮌 무명 용사들이 묻혀 있다.

다행스럽게도 이 문제에 대해 그의 기분은 자주 바뀌었다. 1972년 1월 12일, 그는 즐거운 표정으로 내게 말했다. "우린 어쩌면 훨씬 더 오래 살 거요." 그러더니 2월 말에는 이렇게 말했다. "아, 십 년 후에도 건강이 좋을 것 같소." 가끔 그는 자신의 '마비증(미니플레지)'을 웃으면서 말했지만, 더 이상 자신이 위험한 상태에 있다고 생각하지는 않았다.

1972년

감옥의 제도를 바꾸겠다고 한 플르방의 약속이 지켜지지 않자 사르트르는 법무부에서 기자회견을 하기로 결정했다. 1972년 1월 18일, 그는 미셸 비앙을 동반해서 콩티낭탈 호텔에서 S.R. 일원들과 몇몇 친구들 ─ 들뢰즈, 푸코, 클로드 모리악 ─ 을 만났다. 라디오 방송 ─ R.T.L.과 유럽 1 ─ 의 중계차 2대가 현장에 나와 있었다. 대표단은 방돔 광장에서 모여 법무부로 질러 들어갔다. 푸코가 말을 했고 믈룅 죄수들이 보내온 증언을 읽었다. 군중들이 "플르방은 사퇴하라. 플르방을 독방에 보내라. 플르방은 암살자다." 라고 외치고 있었다. C.R.S.(공화국 보안 기동대)가 군중들을 해산시켰다. 그들은 조베르 기자를 체포했다. 그 기자는 어떤 이민자가 곤봉으로 두들겨 맞는 것에 개입했다가 무지막지하게 얻어맞아서 병원으로 실려 가야만 했었다.[6] 사르트르와 푸코는 그를 석방하도록 중재에 나섰다. 시위자들은 리베라시옹사로 갔다. 거기에는 방돔 광장에는 모습을 나타내지 않았던 서른 명 남짓 열성분자들과 기자들이 있었고, 그들 중에는 감옥에서 막 나온 알랭 가이스마르가 있었다. 사르트르는 장 피에르 페이 옆 테이블에 앉았다. 그는 무슨 일이 벌어지고 있는지 재미있게 설명해주었다. "C.R.S.가 특별히 폭력적인 게 아니오." 그가 말했다. "그렇다고 특별하게 부드러운 것도 아니고, 늘 하던 대로 한 거요." 그가 말을 마치자, 모임은 해산되었고 그는 집으로 돌아갔다.

사르트르가 아주 즐겁게 동참한 작업은 바로 콩타*와 아스트뤽**이 그를 위해 만드는 영화였다.《레 탕 모데른》 동료들(이스라엘에 가 있는 란츠만을 제외하고)에 둘러싸여서 그들의 질문에 답변하면서 말을 했고, 자신의 이야기를 풀어놓았다. 영화는 보통 사르트르의 집에서 찍었고, 때로 내 집에서 찍었다. 계속 동일한 상대와 대화하는 그를 보는 것이 좀 단조로웠지만, 그들과 친했기 때문에 아주 자연스럽게, 아주 허심탄회하게 대화했다. 그는 활기찼고 잘 웃었으며, 기분이 최고조였다. 그는 망시 부인(사르트르의 어머니)을 괴롭힐까봐, 그리고 다른 일에 몰두하느라 『말』의 후속 작업을 하지 않았다고 했다. 그리고 어머니의 재혼, 어머니와의 정신적인 단절, 양부와의 관계, 라로셸

---

6 파리의 모든 기자들이 이에 항의하기 위해 단결했었다. 그들은 내무부 앞에서 대규모 시위를 벌였다.

* 미셸 콩타. 사르트르 연구자

** 알렉상트르 아스트뤽. 영화감독, 1977년 영화 〈사르트르〉를 연출했다.

에서의 생활을 이야기했다. 라로셸에서 파리지엥으로 분류되어 동급생들과는 조금 거리를 두고 지내면서, 고독과 난폭함에 처음 눈을 뜨게 된 셈이라고 말해야 했던 것이다. 그는 열한 살에 자기가 더 이상 신을 믿고 있지 않음을 갑작스럽게 깨달았고, 열다섯 살 쯤에, 지상의 불멸이 사후의 영원불멸을 대신한다는 것을 자신의 사상으로 깨우쳤다. 그때 "글쓰기의 신경증la névrose de l'écriture*"이라는 것에 사로잡혀 있었고, 읽은 책의 영향으로 명성을 꿈꾸기 시작했는데, 당시 그는 명성과 죽음을 하나의 연결고리로 묶게 되었다.

또한 니장Paul Nizan** 과의 우정과 경쟁, 그리고 프루스트와 발레리의 존재를 발견한 점을 이야기했다. 그가 지하철에서 주운 미디 수첩에 알파벳 순서로 자신의 생각을 기록하기 시작한 것이 바로 열여덟 살 즈음의 이 시절이었다.*** 그때 그가 했던 가장 중요한 생각은 이미 자유에 대한 사상이었다. 이어서 그는 에콜 노르말(고등사범학교) 시절의 행복했던 몇 년 간을 간략하게 이야기했다. 당시 친구들과 함께 탈라스(talas, 고등사범학교의 전투적 가톨릭 학생회원들)에게 경미한 폭력을 행사한 것도 말했다. 베르그송을 읽으

* 글을 써야만 한다는 강박증
** 소설가이자 기자, 좌파 지식인. 사르트르, 보부아르와 고등사범학교 동급생으로 제2차 세계대전 때 덩케르크 전투에서 전사했다.
*** Mydi라는 제약회사 로고가 새겨진 수첩으로 알파벳 순으로 되어 있다. 이 무렵은 사르트르가 에콜 노르말 시험을 준비하던 시기다.

면서 철학에 이르렀고, 이후 철학이 그의 본질이 되었다.
"내가 하는 모든 행위의 일관성은, 곧 철학이다."

사르트르는 이어서 베를린에서의 체류, 후설이 그에게
끼쳤던 영향을 환기시켰다. 교수로서의 일, 성인이 되는
것에 대한 혐오, 이 혐오감과 동시에 환각제 경험에서 기
인된, 그의 상상계l'imaginaire 연구와 관계가 있는 신경증에
대해 이야기했다. 또한 『구토』와 단편 「벽」이 자신에게 의
미하는 바가 무엇이었던가에 대해서도 설명했다.

인터뷰 내용은 나치의 유명한 연합군 포로수용소였던
'제17포로수용소'를 거쳤던 일, 『바리오나』를 창작한 것,
파리로의 귀환, 「파리떼」 등으로 옮겨갔다. 그런 다음 실존
주의의 유행, 1940년대 말 자신이 표적이 되었던 공격들,
문학적 앙가주망의 의미와 자신의 정치적 입장에 대해 이
야기했다. 그의 정치적 입장에 대해서는, R.D.R.의 가입과
탈퇴, 당시 프랑스를 휩쓸고 있던 반공주의의 물결로 인
해, 특히 뒤클로Jacques Duclos 사건과 전서구傳書鳩, pegeons voya-
geurs*들로 인해, 1952년 공산주의자들과 가까워지기로 결
심했던 것에 대해 말했다. 그는 드골에 대해서 "역사에서

---

* 한국 전쟁에 파견되었다가 1952년 5월 임무를 완수하고 유럽방위군으
로 부임하던 미국의 리즈웨이 장군이 파리를 방문했을 때, 이를 반대하
는 시위를 프랑스 정치가이자 공산당 지도자인 자크 뒤클로가 주동하
면서, 시위 중 우연히 자동차 트렁크에 실린 비둘기들이 연락책으로 사
용되는 전서구라는 혐의로 경찰에 체포된 사건을 지칭한다. 당시 프랑
스 공산당원들은 그가 한국 전쟁에서 세균전을 펼쳤다는 것에 대한 비
난과 함께 대규모 반대 시위를 벌였다.

해로운 인물"로 언급했다. 그리고 현 사회의 천박함을 규탄했다.

사르트르는 늘 품어왔던 도덕적 불안에 대해 털어놓았다. 그리고 형태는 다르지만, 도덕을 정치에 연결시켰던 모택동주의자 친구들에게서 동일한 불안을 발견하고는 기뻐했던 것에 대해서도 이야기했다. 그는 자신의 도덕지상주의에 대하여 길게 다시 정의했다. "근본적으로 나에게 문제는, 정치를 선택할 것인가 도덕을 선택할 것인가, 또는 정치와 도덕이 결국 하나인가를 밝히는 것이었어요. 그리고 지금 나는 출발점으로 돌아왔습니다. 민중들과 같은 행동을 해온 수준으로 보자면, 그렇게 보아준다면, 훨씬 풍부해진 상태로 말이지요. 요즘은 거의 어디에나 도덕적인 문제가 있습니다. 정치적인 문제가 곧 다름 아닌 도덕적인 문제입니다. 이런 차원에서 나는, 예를 들면, 모택동주의자들에게 전적으로 동의합니다... 사실 나는 1945년과 1947년 사이에, 도덕에 대한 글을 두 편 썼습니다. 완전히 현혹적인 글이었지요... 이후 1965년쯤 리얼리즘의 문제와 도덕의 문제를 함께 다루면서 도덕에 관한 또 다른 글을 썼습니다."

인터뷰를 마치면서 사르트르는 자신이 가장 중요하게 생각하는 주제, 그러니까 고전적 지식인과 이제 자신이 되고자 선택한 새로운 지식인 사이의 대립이라는 문제로 돌아왔다.

영화 촬영 작업이 끝나지 않은 2월 24일, 사르트르의 친구인 벨기에인 변호사 랄르망[7]이 브뤼셀의 젊은 변호사회를 통해 그를 초청했다. 탄압에 대한 강연을 해달라는 것이었다. 우리는 실비가 운전하는 자동차를 타고 오후 한 시쯤 고속도로로 출발했다. 햇빛이 좋았고, 실비가 준비해 온 베이컨을 넣은 크루아상을 먹기 위해 휴게소에서 쉬었다. 5시 반에 도착해 곧바로 방이 예약되어 있는 호텔을 찾았다. 우선 짐을 풀고, 바로 한잔하러 갔다. 랄르망과 베르스트레텐[8]이 와서 우리와 합류했다. 베르스트레텐은 여전히 아름다운 푸른 눈을 하고 있었으나, 몸이 말라서 콘라드 베이트*와 닮아보였다. 우리는 둘과 그들의 친구와 함께 그랑 플라스에 있는 레스토랑 시뉴에서 저녁 식사를 했다. 그랑 플라스는 다시 보아도 감탄스러웠다. 이웃한 작은 거리들을 조금 산책한 뒤, 팔레 뒤 콩그레스(국제회의장)를 향해 갔다.

우리는 한눈에 청중들이 완전히 부르주아들임을 알아보았다. 여성들은 옷을 잘 차려 입었고, 미용실에서 막 나온 것처럼 보였다. 1968년 이후 양복 정장과 넥타이를 하

---

7 랄르망은 알제리 F.L.N(민족해방전선)을 위한 투쟁에 가담하면서, 동지들과 함께 몇몇 알제리인들의 국경 통과를 돕고 있었다. 그는 사르트르를 위해 브뤼셀에서 알제리 전쟁에 대한 대규모 강연회를 조직해왔다.

8 그는 사르트르의 철학을 강의하는 교수였다. 사르트르에 대한 책을 한 권 썼고, 사르트르와 메를로퐁티가 만든 철학 선집을 사르트르와 함께 편집하고 있었는데, 이 총서는 갈리마르에서 '철학 총서'라는 이름으로 출간되고 있었다.

* 독일의 배우

68

지 않았던 사르트르는 이날 저녁 까만 풀오버 스웨터를 입었는데, 청중들은 힐난하는 시선으로 그를 바라보는 것이었다. 사실 사르트르는 거기 모인 부류의 사람들과는 전혀 볼 일이 없었다. 그런데 왜 랄르망은 그를 초대했던 것인지 정말이지 이해할 수가 없었다.

사르트르는 별로 큰 열의 없이 자신의 글인 〈계급의 정의와 민중의 정의〉를 읽었다. 사르트르는 말했다. "프랑스에는 두 가지 정의가 존재합니다. 하나는 관료적 정의이고, 다른 하나는 원시적 정의입니다. 관료적 정의는 프롤레타리아 계급을 자신들의 사회적 신분에 묶어두는 것을 말하고, 원시적 정의는 프롤레타리아 계급과 하층 계급이 프롤레타리아화하는 데 맞서서 자신들의 자유를 주장하는 근원적인 계기를 만드는 것을 말합니다... 모든 정의의 원천은 국민입니다... 나는 민중의 정의를 가장 깊고 유일하게 진실한 것으로 선택했습니다..." 그리고 그는 덧붙였다. "만약 어떤 지식인이 민중을 선택한다면, 선언문 선언, 항의를 위한 조용한 회합, 또는 개혁파 신문들이 게재하는 기고의 시대는 끝이 났다는 것을 알아야 합니다. 자기가 사용 가능한 수단으로, 민중에게 말을 하기 위해 그토록 많은 말을 하려고 애쓸 필요가 없습니다." 이렇게 말하고, 그는 《라 코즈 뒤 푀플》이 무엇인지에 대해서, 그리고 자신이 신문에서 어떤 역할을 하는지에 대해서 설명했다.

부르주아적 법률의 잘못된 방향을 보여주기 위해 사르트르는 가이스마르의 경우와 롤랑 카스트로의 경우, 그리고 《라 코즈 뒤 퓌플》과 친구들' 사건을 인용했다. 그는 10년 동안 계속 악화되어온 감옥의 제도들에 대하여 설명하고, 재판관들이 순종적으로 겪어온 중대한 압력들을 규탄했다.

사르트르의 말은 청중들의 생각을 초월하는 것이었다. 몇몇 좌파들의 적절한 질문이 있었고, 많은 어리석은 질문들이 던져졌다. 사르트르는 대충대충 답변했다. 한 가지 재미있었던 장면은, 강연 중인 사르트르를 찍기 위해 카메라와 함께 바닥을 기어 다니는 아스트뤽을 보는 것이었다. 그러느라 바지가 무릎까지 쓸려 내려가 엉덩이를 보이고 말았다. 첫 줄에 앉은 청중은 진지한 표정을 유지하느라 무진 애를 썼다.

강연이 끝나고 퇴장하는 중에, 어떤 부인이 사르트르를 바라보며 투덜거렸다. "차려 입을 필요가 없었네." 그러자 다른 부인이 말했다. "청중을 상대로 강연을 할 때는 신경을 써야죠, 갖춰 입어야지요." 변호사회가 칵테일파티를 마련한 에라스무스의 집은 매우 예쁘고 장식이 아주 잘 되어 있었는데, 이곳에서 또 다른 여성 청중이 주제를 환기시켰다. 이 여성은 사르트르를 직접 공격했다. 노동자 계급에서 부르주아 계급으로 '상승'되었는데, 그렇게 상승된 노동자들의 첫 번째 노력은 바로 넥타이를 매고 다니는 것이라고 했다.

다음날 사르트르는 저녁 식사 직전에 도착했던 아를레트와 함께 열차를 타고 돌아갔고, 나는 실비와 함께 자동차를 타고 돌아왔다...

　파리에서 우리는 오베르네이의 암살을 알게 되었다. 그것은 긴 이야기의 비극적 종말이었다. 르노 자동차의 노동자들 중 두 명이 자의적으로 해고되었고, 그것은 사실상 정치적 동기를 가지고 있던 해고였다. 일자리를 잃은 두 노동자 튀니지인 사독과 포르투칼인 호세는 단식 투쟁을 시도했고, 이에 프랑스인 크리스티앙 리스가 가담했다. 이들은 불로뉴*의 뒤돔 가에 있는 교회에 은신처를 마련했다. 2월 14일 오후가 끝나갈 무렵, 사르트르는 노동자들과 이야기를 하기 위해 세갱 섬에 있는 르노 작업장에 갔다. 가수 콜레트 마니, 가셈 알리 위원회[9] 회원들, 그리고 기자들 몇 명을 대동하고 선구先驅 차편으로 비밀리에 그곳으로 들어갔다. 그들은 열성 모택동주의자들의 해고 — 특히 단식 투쟁중인 사람들의 해고에 항의하는 유인물을 나누어주었다. 그러자 경비원들이 거칠게 그들을 내쫓았다. 훗날 사르트르는 기자회견에서 이 사건의 경위를 이야기했다. "우리는 노동자들에게 말을 하러 갔습니다. 르노 자동차 회사는 국영이므로, 사람들은 그곳을 돌아다닐 수 있어야 했습니다. 그런데 우리는 노동자들과 함께 이야기를 할 수 없었습니다. 르노는 독단적 파시즘이라는 것을 증명한 것입니다. 우리를 보호해줄 노동자들이 없다는 것을 확인

9　모든 인종 차별 행위 또는 이민자들에게 가해지는 억압 행위를 고발하기 위해 불로뉴에 창설되어 있었던 위원회

*　파리 교외 불로뉴 비앙쿠르를 가리킨다.

하자, 경비원들이 난폭해졌습니다. 여러 사람이 심하게 맞았고, 한 여성은 계단에서 떠밀렸습니다."

1월 말부터 매일, 열성 모택동주의자들은 불로뉴비앙쿠르의 포르트 에밀 졸라에서 르노 투쟁 위원회의 유인물들을 나누어주었다. 2월 25일 그들은 해고와 실직, 인종차별에 항의하는 시위를 그날 저녁 샤론느에서 열어야 한다고 호소했다. 그들 중에는 1년 먼저 국영 기업에서 해고당했던 피에르 오베르네이의 모습이 보였다. 그는 세탁소에서 배달차 기사로 일하고 있었다. 제복을 입은 8명의 경비들이 신경을 곤두세우고 문을 막아서고 있었다. 노동자들이 퇴근하기 시작하는 시간이라, 철책이 열려 있었던 것이다. 모택동주의자들과 경비원들 사이에 말다툼이 붙었고, 이어 서로 떠밀고 당기기 시작했다. 망루에서 사복 차림의 한 남자가 이 장면을 지켜보고 있었다. 모택동주의자들이 공장 안쪽으로 몇 걸음 밀고 들어오자, 그 남자가 외쳤다. "물러서! 안 그러면 쏜다." 그로부터 2미터 거리에 있던 오베르네이가 뒷걸음질쳤다. 트라모니라는 그 남자가 방아쇠를 당겼다. 불발이었다. 다시 쏘았고, 오베르네이는 쓰러졌다. 그는 공장 안 쪽으로 도망쳤다.

이 살인 사건이 있고 난 뒤 노동자들 쪽에서는 시위와 난투극이 있었고, 경영자 측에서는 또다시 해고를 했다. 사르트르는 르노 공장 앞에서 조사를 벌였다. 기자가 그에게 물었다. "당신이 직접 나서서 조사해야 할 필요를 느낍니까? 당국의 공식적인 처사를 믿지 않는 겁니까?" "안 믿습니다, 전혀." "그렇다면, P.C.(Parti Communiste, 공산당)의 태도에 대해서는 어떻게 생각합니까?" "그들의 태도는 황당한 것입니다. 그들은, '그들[10]이 공모자들이라는 증거는, 바로 서로를 죽이고 있다는 사실이다' 라고 말하고 있습니다. 이것은 거의 납득하기 어려운 논거로 보입니다. 그러니까 모택동주의자들에 맞서서 정부와 공조하고 있는 것은 오히려 공산당들입니다."

2월 28일, 사르트르와 나는 미셸 망소의 안내로 오베르네이의 암살에 항의하기 위해 개최된 대규모 시위에 합류했다. 엄청나게 많은 사람들이 모였다. 사르트르가 걷는 데 힘이 들어 거기에 오래 머물지는 못했다. 나는 슈와지르[11]의 모임이 있어서 사르트르와 함께 장례식에 갈 수 없었다. 그는 미셸 비앙과 함께 장례식에 참석했다. 사르트르는 다리 때문에 끝까지 따라갈 수 없었으나, 모여든 이 거대한 인원들이 심상치 않다는 것을 알았다. 1968년 5월 이래, 혁명적인 신좌파가 그토록 많은 사람들을 파리에 운집시킨 적은 단 한 번도 없었다. 언론에 따르면 적어도 20만 명이 모였다고 했다. 언론마다 모두 좌파의 부활이라 했고, 그 중요성을 강조했다.

한편, 사르트르는 암살이 있고 며칠 뒤, N.R.P.(Nouvelle Résistance populaire, 새로운 민중' 저항)가 보복으로 국영기업 해고

---

10 '그들'이라는 지칭은 P.C.의 복수로 좌파와 부르주아를 일컫고 있다.

11 슈와지르(Choisir)는 내가 공동 회장을 맡고 있는 여성 단체이고, 그날 나의 출석은 불가피했다.

담당자인 노브레트를 납치한 것에는 동조하지 않았다. 누군가 그에 대한 성명을 요구해온다면 뭐라고 할 것인지 골치 아프게 자문하고 있었다. 납치자들도 역시 당혹해하고 있었다. 결국 그들은 어떠한 조건도 없이 노그레트를 신속히 석방했다.

N.R.P.는 프롤레타리아 좌파의 투쟁 조직으로, G.P.가 해산된 후에도 비밀리에 살아 남아 있었다. 노그레트의 납치 이후 N.R.P.는 갈림길에 놓였다. 테러리즘에 과감하게 투신하든지 해체하든지 해야 했다. 그들은 테러리즘을 혐오했기 때문에 두 번째 해결책을 선택했다. 얼마 지나지 않아 N.R.P.는 S.R.의 해체를 이끌었다. 이 조직은 사실 모택동주의자들의 손에 넘어가 있었는데, 그들이 해산을 결정하자, 더는 관심을 갖지 않게 된 것이었다.[12]

사르트르가 미셸 망소의 책『프랑스의 모택동주의자들 Les maos en France』의 서문을 쓴 것은 바로 이 시기이다. 모택동주의자들 중 몇몇 지도자들과의 인터뷰를 모은 책이었다. 사르트르는 서문에서 그들을 어떻게 보고 있는지, 그들과 함께하는 동조의 이유에 대하여 설명했다. 그는 다음과 같이 분명하게 말했다. "모택동주의자들이 신봉하는 자연발생적 방임주의에 따르면, 혁명적 사상은 오직 인민으로부터 생겨나고, 인민만이 행동을 통해 그 사상을 키우고, 완전한 발전을 가져온다. 프랑스에는 아직 인민이 존

---

12 그럼에도 불구하고 이 조직은 얼마 동안 더 지속되었다.

재하지 않지만, 그곳이 어디든 대중이 실행에 옮기게 되면, 그들은 이미 인민이 되는 것이다…" 그는 모택동주의자들의 태도에서 도덕적 측면을 많이 강조했다. "혁명적 폭력은 그 즉시 '도덕적인 것'이 된다. 노동자들은 그들 자신이 역사의 주제가 되기 때문이다."라고 사르트르는 말했다. "모택동주의자들에 따르면 민중이 원했던 것은 자유였고, 자신들의 행동을 축제로 변화시키고자 한 것이다. 예를 들면, 공장 안에서 고용주들의 격리가 바로 그것이다. 노동자들은 이른바 '도덕적인 사회', 즉 "소외로부터 벗어난 인간이 집단과의 진정한 관계 속에서 자신을 발견할 수 있는 사회"를 구축하려고 노력하고 있었다.

또한 그는 폭력, 자발성, 도덕성, 이것이 모택동주의 혁명 운동의 세 가지 성격이라고 했다. 그들의 투쟁은 점점 덜 상징적이게 되고, 상황에 따라 바뀌면서 점점 더 현실적이 되는 것이라고 말했다. "모택동주의자들은 반反권위주의적인 방식으로 자본주의가 조직된 시기에 일어난, 새로운 형태의 계급투쟁에 적응할 수 있는 유일한 혁명세력임을 보여주고 있다."

한편 고전적 지식인의 역할을 거부했음에도 불구하고, 사르트르는 선언문에 사인해달라는 청원들이 들어오면 마다하지 않았다. 3월 초, 그와 푸코, 클라벨, 클로드 모리악, 들뢰즈는 콩고를 지지하는 호소문을 발표했다.

봄이었다. 갑작스럽고 눈부신 봄. 하루 또 하루가 흘러갔고, 어느 날 태양은 여름의 태양이 되었다. 싹이 텄고, 나무들이 푸르러졌고, 광장에서는 꽃들이 피어났고, 새들은 노래하고 있었다. 거리마다 싱그러운 풀내음이 났다.

대체로 우리의 생활은 판에 박은 듯 지난해와 같이 이어졌고 즐거웠다. 우리는 같은 친구들을 만났고, 가끔은 조금 덜 친하지만 관계를 맺고 있는 사람들을 만났다. 아메리카에서 돌아온 티토 제라시John Gerassi와 함께 점심을 먹기도 했다. 그는 '블랙 팬서들'*의 두 수장인 클리버Elderidge Cleaver와 휴이Huey Percy Newton가 반목하고 있는 갈등에 대하여 길게 설명했다. 그는 더 지적이고 더 활력이 있는 클리버에 호감을 느끼면서도, 휴이의 신중함을 높이 평가하고 있었다. 그는 사르트르가 그의 편으로 개입해주기를 바랐을 것이었다. 그러나 충분히 정보를 알지 못했기 때문에 사르트르는 가담하는 것을 거절했다.

우리는 또한 토드**와도 점심 식사를 했다. 토드는 오랜 수소문 끝에 아버지와 재회한 사람이었다. 그에게는 매우 중요한 일 같았다. 우리는 그가 부인과 헤어진 이후 거의 만나지 않았다. 그의 부인은 우리가 많이 사랑했던 니장의 딸이었다. 토드가 언제나 아버지라는 존재를 찾고 있었기 때문에, 속 깊은 선량함을 종종 가벼운 친절로 표했던 사르트르는 어느 책에 "나의 반항하는 아들에게"라고 써서 그에게 준 적 있었다. 그러나 사실, 아들이 있었으면

---

* 흑표범단. 1960년대 미국의 급진적 흑인민권단체
** 프랑스의 언론인이자 소설가. 사르트르의 친구인 니장의 사위로 사르트르와 드 보부아르의 측근으로 분류된다.

하는 생각은 한 번도 사르트르 머릿속에 떠오른 적이 없었다. 그는 콩타에게 "70세의 자화상"에 대해 말했었다. "나는 아들을 갖고 싶다는 생각을 해본 적이 없었다, 전혀. 그리고 나보다 젊은 남성들과의 관계에서 부자 관계를 대리할 대상을 찾으려 하지도 않는다.[13]

그리고 우리는 실비와 아를레트와 함께 생폴드방스를 향해 떠났다. 거기에서 우리는 1년 전과 거의 같은 생활을 했다. 책을 읽고, 눈이 시리도록 파란 하늘 아래 산책을 하고, 트랜지스터 라디오로 프랑스 뮤지크*를 들었다. 우리는 카뉴에, 그리고 마그 재단 미술관에 다시 갔다. 사르트르는 아주 행복해 보였다.

파리로 귀환하자 사르트르는 곧바로 투쟁적인 활동을 재개했다. 당시 파리 지역에는 빈 집이 165,000채였다. 구트 도르 주민들 — 거의 대부분 북아프리카 이민자들 — 은 이 빈집들 중 라 샤펠 대로에 있는 빈 집 건물 한 채에 정착을 했었다. 그런데 이들은 이곳에서 이틀 밖에 머물지 못했다. 경찰이 그 건물을 포위한 것이었다. 포위된 사람들은 맨 위층에 숨어 있었다. 경찰들은 대형 사다리를 세워놓고 유리창을 모두 부쉈다. 안에 있는 사람들에게 모두

---

13 사르트르는 자신의 아들로는 토드에게 조금도 마음이 가지 않았던 만큼, 그를 좋아하지 않았다. 그리고 토드가 자기 책에 은근히 드러내려고 했던 것과는 반대로 아주 표면적인 관계를 유지했다.

* 음악 전문 채널. 주로 클래식과 재즈에 초점을 두고 있지만 다양한 음악이 나온다.

집을 비우라고 명령했다. 남자들은 알 수 없는 곳으로 끌려갔고, 여자들과 아이들은 어떤 수용소에 모아 놓았다.

이에 항의하기 위해, S.R.은 롤랑 카스트로가 주도하는 기자 회견을 열었다. 클로드 모리악, 페이, 조베르가 출석했다. 사르트르는 이 모임에 참여했다. 그는 제랄리 사건 이후에 일어난 투쟁 행동 전체를 취합했고, 거기에서 정치적인 의미를 이끌어냈다. "이것이야말로 이제 적敵으로 불러야 한다." 다시 말해 이들 투쟁 운동은 바로 강제권에 대항해 일어나게 된 것이라고 주장했다. 사르트르는 다음과 같이 말했다. 첫째, 그런 집들은 사람이 거주할 만한 곳이 아니다. 정말이지 머리 위를 가릴 지붕이 없어서 들어갈 수밖에 없는 사람들이나 살 수 있는 곳이다. 둘째, 그런 불행한 거주자들을 쫓아내는 것은 분명한 인종차별주의를 보여주는 것이다. 그러니까 예를 들면, 제랄리 가족은 알맞은 아파트를 얻지 못했다. 그래서 집도 절도 없는 이 불쌍한 사람들은 그 비참한 바라크에 피신해 있었던 것이다. 이 바라크도 어느 단체에 팔려 임대아파트를 짓기 위해 시일 내에 철거될 것이다. 그러니 비인간적인 행위에 맞서서 지역민이 자발적으로 일어났던 것이다. 우리가 다시 계급투쟁에 들어가면서 직면하게 되는 것은 바로 자본주의이다. 사르트르는 덧붙였다. "경찰이 거주자들을 퇴출시키면서 여전히 사용가능한 집들을 파괴한다는 사실을 유의해야 합니다."

사르트르는 다양한 일들에 관심을 가지고 있었다. 그의

눈에는 그것들이 모두 서로 연관되어 있는 듯이 보였다. 4월에 그는 정신병에 대하여 하이델베르크 환자 단체 회원들이 편집한 책에 편지체로 서문을 썼다. 그는 그들이 "정신의학에 대한 반대를 표명하며 유일하게 강경노선을" 취한 것을 치하했다. 왜냐하면 마르크스주의적 해석으로 보면, 소외란 정신적 소외와 그것을 엄습하는 억압에서 참모습을 발견할 수 있기 때문에 "정신병은 자본주의에서 있을 수 있는 유일한 삶의 형태"라는 것이었다.

언제나처럼 우리가 가장 좋아하는 기분 전환은 친구들을 만나는 것이었다. 그해 봄, 우리는 카탈라 부부[14]와 함께 점심을 먹었다. 그들은 소련의 지식인 상황이 전보다 더 나빠졌다고 말했다. 4년 전, 카탈라는 챠코프스키(모스크바에서 가장 중요한 문학주간지 편집장)의 최근 소설을 《르 몽드》에 소개했었다. 그는 그 소설을 직접 번역했는데, 이후에 그는 그 소설이 매우 나쁜 데다가 스탈린주의 소설이라고 선언했다. 그러자 모스크바에서는 더 이상 그에게 어떤 번역 의뢰도 하지 않았다. 그는 프랑스 출판사에 알렉세이 톨스토이Aleksei Tolstoy*의 작품을 번역해주며 살았다. 소련 당국은 그의 아내 루시아에게 남편과 헤어지

---

14 우리는 모스크바에 갈 때마다 이들 부부를 만났다. 고등사범학교 시절의 옛 동창인 카탈라는 전쟁 중에는 드골주의자였다. 그리고 1945년 공산주의자가 되었다. 그는 러시아 작품을 프랑스어로 번역하는 일을 했다... 그의 아내는 러시아인으로... 잡지사에서 일했다. (『결국』)

* 『흡혈귀 가족』, 『이비쿠스』 등을 쓴 러시아의 작가

지 않으면 프랑스 비자를 내주지 않겠다고 했다. 바로 그래서 그들은 4년 동안 파리에 오지 못했다. 결국 그녀는 직위를 잃었고, 지금은 일자리도 없었다. 그녀가 여권을 얻은 것은 프랑스 대사관 덕분이었다. 그들은 1년 안에 확고하게 파리로 돌아올 생각을 하고 있었다. 솔제니친은 최근 소설을 소련이 아니라 프랑스에서 선보이는 것 때문에 그 어느 때보다도 미움을 사고 있다고 그는 말했다.

사르트르는 다시 치아 때문에 시달렸다. 치과의사는 그에게 10월에는 정말 틀니를 해야 하고, 대중 앞에서 연설하는 것은 곤란할 것이라고 말했다. 그는 몹시 상심했다. 이런저런 모임들에서나 사람이 조금 많은 집회에서조차 말을 할 수 없게 된다면 정치적으로 은퇴를 해야 할 것이었다. 또 그는 기억 상실을 호소하곤 했는데, 사소한 일들에서는 그의 말이 맞았다. 그러나 죽음의 공포는 그와 관계가 없었다. 보스트는 때때로 죽음의 공포를 느끼는지 사르트르에게 묻곤 했다. 그는 피에르의 동생이었는데, 그때 피에르는 죽어가고 있었다. 그러면 사르트르가 이렇게 말했다. "그래요, 가끔. 토요일 오후 카스토르와 실비를 만나야 할 때, 사고가 난다면 유감스러울 것 같다는 생각을 하지요." 사고란, 발병을 말하는 것이었다. 다음날, 내가 그에게 물었다. "왜 토요일인데요?" 그러자 그는 발작은 두 번밖에 없었고, 그때 죽음에 대해 생각한 것보다는 토요일 저녁을 빼앗겼다는 생각을 했었다고 대답했다.

사르트르는 과티솔로와 함께 파리에서 발행되는 스페

인어 잡지 『리브르Libre, 자유』에 인터뷰를 했다. 그는 이 자리에서 1972년에 있었던 정치 사건들을 분석했고, 그의 심중에 남아 있는 문제, 곧 지식인의 역할에 대하여 다시 이야기했다. 5월,《라 코즈 뒤 푀플》에 인민의 정의에 대하여 자신의 생각을 펼쳤다.

《라 코즈 뒤 푀플》은 재정이 힘들어져 발행 중단에 이르렀다. 사르트르는 책임자들이 잡지를 살릴 방법을 논의하는 아침 회의에 매일 참석했다. 그는 이른 아침 깨어났고 몹시 피로해했다. 저녁에는 음악을 들으며 잠이 들곤했다. 한번은 위스키를 딱 한 잔 마셨는데, 말을 더듬기 시작했다. 그리고 잠을 자러 올라갈 때는 휘청거렸다. 하지만 다음날 8시 반에 혼자서 일어났고, 완전히 정상처럼 보였다. 나는 『선택』에 대하여 그르노블에서 강연을 해야 했고, 비행기를 타고 가는 내내 불안했다.

다음날, 파리로 돌아오면서 나쁜 소식이 기다리고 있을 것만 같았고, 그것은 사실이었다. 아침 11시 반에 아를레트가 내게 전화를 했다. 그녀 역시 목요일 저녁에 파리에 없었고, 사르트르는 텔레비전을 보기 위해(그의 집에는 텔레비전이 없었다) 혼자 그녀의 집에서 저녁 시간을 보냈다. 자정 직전에 아를레트의 집에 도착한 퓌그는 그가 취해서 바닥에 누워 있는 것을 발견했고 사르트르를 일으켜 세우느라 삼십 분이 걸렸다고 했다. 그는 걸어서 사르트르를 바래다주었다. 사르트르는 멀지 않은 거리에 살았는데, 넘어져서 코피를 흘렸다는 것이었다. 그는 아침에 아를레트에게 전화를 걸어서, 정신이 맑은 것처럼 보인다고 말했다. 나는 오후 2시쯤 사르트르를 보러 갔다. 코에 멍이 들어 있었고, 입술은 조금 부어올라 있었는데, 정신은 맑았다. 내가 애원을 하자 그는 월요일에 자이드만 박사에게 가겠다고 약속했다. 우리는 라 쿠폴에서 점심을 먹었다. 미셸이 그와 커피를 마시려고 와서 함께했다. 나는 사르트르 집으로 다시 가서 자이드만 박사에게 전화했다. 그는 월요일까지 기다리지 말고 즉시 오라고 했다. 나는 다시 식당으로 갔다. 조금 싫은 표정을 지었지만 미셸과 함께 주치의를 만나러 출발했고, 6시경에 돌아왔다. 그의 반사 신경은 좋았다. 아무 이상이 없었다. 혈압이 210까지 올라간 것을 제외하고는. 그것은 지난 밤 술을 마신 탓이었다. 자이드만은 전과 같은 처방을 해주었고, 다음주 화요일에 다시 오라고 했다.

실비와 보낸 토요일 저녁은 멋졌다. 사르트르는 자정이 되어서야 잠이 쏟아지기 시작했고, 아침 9시 반까지 한 번도 깨지 않고 잤으며, 깨어났을 때는 원기가 넘쳤다. 6월은 아주 잘 마무리되었다. 《라 코즈 뒤 푀플》는 재간행되었고, 복간 첫 호는 성공적이었다.

7월 초, 사르트르는 아를레트와 오스트리아로 짧은 여행을 떠났다. 나는 실비와 함께 벨기에, 네덜란드, 스위스를 여행하고 있었다. 사르트르는 나에게 전보를 보냈고, 우리는 통화를 했다. 사르트르의 건강이 아주 좋은 것 같았다. 8월 12일 로마에서, 나는 그를 마중하러 역에 갔는데 만나지 못했다. 호텔로 돌아왔더니, 그가 조금 뒤 택시를 타고 왔다. 그는 말을 더듬고 있었지만 곧 내게 말했다. "조금 있으면 괜찮아질거요." 그는 혼자 있는 틈을 이용하여 열차 식당 칸에서 반 병짜리 와인 두 병을 마셨던 것이다. 그는 곧 회복되었다. 그러나 나는 그가 그렇게 마시는 것, 그러니까 왜 마실 틈만 나면 그렇게 많이 마시는지 물었다. "기분이 좋소." 그가 대답을 했으나, 내겐 그것으로 충분하지 않았다. 그가 그처럼 자기 도피를 하려는 것은, 자신의 일에 만족하지 못하기 때문이라고 추측했다. 『집안의 천치』 4권에서 그는 『마담 보바리』를 연구할 계획을 품고 있었는데, 늘 새로워져야 한다는 생각으로 구조주의 방법을 적용하려고 했다. 그러나 사실 그는 구조주의를 좋아하지 않았다. 그에 대해 그는 다음과 같이 설명했다. "언어학자들은 언어를 표면에서 다루려고 하고, 언어학에서 출발한 구조주의자들은 전체를 외부에서 해석하려고 한다. 그들로서는 가능한 가장 먼 개념들을 활용하고 있는 것이다. 그러나 나는 그렇게 하지 않는다. 나는 과학이 아닌 철학의 도면 위에 위치하고 있기 때문이다. 그러므로 나는 전체인 것을 외면화할 필요가 없다." 그러니까 어느 면에서, 그는 자신이 구상했던 계획이 마음에 들지 않았던 것이다. 아마 『집안의 천치』 첫 세 권이 『마담 보바리』의 해설을 은연중에 내포하고 있었고, 이제는 작품에서 작가로 거슬러 올라가려는 중에, 반복될 위험이 있음을 깨달았을 것이었다. 그는 깊이 생각하고, 메모를 해왔지만, 앞으로 펼칠 전체적인 구상을 못하고 있었다. 그러다 보니 일을 적게 했고, 열의도 없었다. 1975년 그는 미셸 콩타에게 말했다. "이 제4권은 나에게 가장 힘겨웠고, 제일 관심이 적었던 것이오."

그래도 우리는 휴가를 훌륭하게 보냈다. 처음엔 실비와 함께, 뒤에는 단 둘이. 6월, 사르트르는 때때로 좀 멍해 보였고, 약간 넋이 나가 있었다. 그런데 로마에서는 전혀 그렇지 않았다. 우리는 아주 마음에 들어했던 테라스가 있는 호텔에 늘 다시 들어갔다. 그리고 언제나 그렇듯이 이야기를 나누고, 책을 읽고, 음악을 들었다. 왜 그런지 모르지만, 그해 우리는 체스놀이를 시작했고 곧 열성적으로 빠져들었다.

9월 말, 파리로 돌아왔을 때 사르트르는 건강이 아주 좋았다. 그는 내 집에 다시 오게 된 것을 만족해했다. 그는 말했다. "여기에 다시 와서 참 좋소. 그 외는 내게 다 같소. 그렇지만 여기는, 난 여기에 있는 게 기쁘오." 우리는 행복한 저녁 시간들을 보냈고 나는 거의 걱정 없이 원래의 생활로 돌아왔다.

그러나 그것은 오래가지 않았다. 10월 중순, 나는 늙어감에 따른 어쩔 수 없는 노쇠를 다시 생각해야 했다. 로마에서 점심을 먹고 나서 정말 맛있는 아이스크림을 맛보러 아이스크림 가게 지올리티로 갔는데, 사르트르가 화장실로 서둘러 가는 것을 보았던 것이다. 또 어느 오후, 실비와 함께 판테온의 회랑을 따라 호텔 쪽으로 돌아오고 있었는데, 그가 걸어가다가 빠른 걸음으로 우리를 앞질렀다. 그리고는 멈추더니 이렇게 말했다. "고양이들이 내 옷에 오줌을 쌌나보오. 내가 난간 가까이 갔거든. 축축해요." 실비는 그의 말을 곧이곧대로 듣고 그를 놀렸다. 나는 문제가 무엇인지 알았지만 아무 말도 못 했다. 파리에서는 10월 초 내 아파트에서 그 일이 일어났다. 사르트르가 욕실로 올라가기 위해 자리에서 일어섰을 때, 그가 앉았던 안락의자 위에 얼룩이 있었다. 다음날 나는 실비에게 그가 차를 엎질렀다고 말했다. 그러자 실비가 말했다. "꼭 어린아이가 오줌을 싼 것 같아요." 다음날 저녁, 같은 상황에서 안락의자에 또 얼룩이 생겼다. 그래서 내가 그 문제를 사르트르에게 말했다. "당신 소변 억제가 안 되는 실금失禁이에요. 의사에게 말해야 해요." 그런데 나로서는 몹시 당혹스럽게도, 그는 아주 태연한 어조로 내게 말했다. "의사에게 말했어요. 그게 어렵게 된 게 오래 되었소. 억제 세포들을 상실한 거요." 사르트르는 늘 극도로 엄격했었다. 그는 자신의 생리 기능을 절대 언급하지 않았고, 최대한 신중히 행동했다. 그래서 내가 다음날 아침, 자제가 안 되어 난처하지 않느냐고 묻자 그가 웃으며 내게 말했다. "늙으면 겸허해져야 하오." 나는 그의 솔직함에, 그에게는 너무나 새롭게 부여된 이 겸허함에 감동받았다. 그와 동시에 그의 공격적인 면이 없어져서, 그의 체념을 보자니 가슴 아팠다.

사실 당시 사르트르가 제일 걱정하는 것은 치아였다. 자주 염증이 생겨 고통스러워했다. 아주 물렁물렁한 음식만 먹었다. 결국에는 틀니를 해 넣지 않을 수 없었다. 치과의

사가 그의 윗니 모두를 발치하던 전날 밤, 그가 내게 말했다. "하루를 우울하게 보냈소. 힘이 빠져버렸어요. 날씨도 고약하고. 그리고 내 이들이..." 그날 저녁 나는 음악을 틀지 않았다. 그가 고통을 되새기지는 않을까 두려웠다. 우리는 내게 온 우편물을 살펴보았고 체스놀이를 했다. 다음 날 정오가 되자 그의 윗니가 몽땅 뽑히고 없었다. 그는 내 집으로 왔는데, 거리를 걸어오면서 창피했다고 했다. 사실 입을 다물면 곪아서 부어올랐을 때보다 훨씬 덜 보기 흉했다. 나는 점심으로 그에게 퓨레(야채를 으깨 만든 음식)와 브랑다드(대구요리), 퐁포트 드 폼므(사과 설탕절임)를 주었다. 다음날 오후, 치과의사가 틀니를 끼워 넣었다. 의사는 그에게 일주일 동안은 어쩔 수 없이 좀 불편하겠지만, 전에 그를 괴롭혔던 모든 염증에서 벗어날 것이라고 말했다. 사르트르는 처치를 받고 진정이 되었고 전날 밤보다는 훨씬 덜 우울해 보였다.

이틀 후 5시 반 쯤, 사르트르는 아주 밝은 얼굴로 자기 집으로 갔다. 틀니가 전혀 불편하지 않고 말하는 데 아무 불편이 없으며, 전보다 잘 씹을 수 있었다. 그날 밤, 자정 무렵에 그가 내 집에 왔을 때 나는 저녁 내내 지루했을 텐데 어떻게 보냈느냐고 그에게 물었다. 그러자 "지루했소."라고 대답했다. "하지만 내 이 생각만 하니, 한결 좋았소!"

곧바로 사르트르는 전보다 더 생기 있고, 더 밝아졌다. 11월 26일, 우리는 사르트르를 찍은 영화 시사회에 참석했다. 그는 실제로 스크린에 비친 것과 같이 생활을 했고 때때로 젊음이 넘쳐보였다.(사르트르에게는 놀랍고, 또 주위 사람들을 어리둥절하게 만드는 면이 있었는데, 절대 일어서지 못하리라고 믿었던 심연의 바닥으로부터 경쾌하게, 아무 일 없었다는 듯 다시 솟아오르는 것이었다. 나는 여름 내내 그 때문에 눈물을 흘렸는데, 그는 완전히 본래의 자기 모습을 되찾은 것이었다. 마치 '나약함의 날개'가 전혀 그를 스치지 않았던 것처럼. 천국과 지옥 사이 림보에서 벗어난 이러한 회생들은, 앞으로 내가 이 페이지에서 다음 페이지로 넘기며 "그의 상태가 아주 나빴다. 그의 상태가 아주 좋았다."라고 말할 수 있었음을 설명해주는 것이다. 그에게는 마지막 순간까지, 어떤 타격에도 이겨내는 정신적이고 육체적 건강이 기본적으로 있었다.)

사르트르는 계속해서 《라 코즈 뒤 푀플》에 몰두했다. 10월, 그는 그곳 친구들과 함께 "우리는 공화국 대통령을 고발한다."라는 글을 썼다. 그것은 포스터 형식으로 배포되었고, 그 매체의 29호 부록에 게재되었다. 12월에 그는 136명의 지식인들과 함께 '새로운 인종차별주의'라는 성명서에 서명했다. 그것은 《라 코즈 뒤 푀플》에 발표되었고, 《르 누벨 옵세르바퇴르》에 게재되었다. 12월 22일 아랑다와 가진 사르트르의 인터뷰를 게재한 것도 바로 《라 코즈 뒤 푀플》이었다. 아랑다는 공공장비지원부 장관ministre de l'Équipement*의 기술 고문으로, 정부의 몇몇 인사들이

---

* 레퀴프망(l'Équipement)은 조달청 또는 산업자원부처럼 적확하게 우리

저지른 사기와 부정 행위를 입증하는 자료를 《르 카나르 앙셰네Le Canard enchaîné》**에 발표했었다. 아랑다는 증거 서류들을 법원에 제출했는데, 유일하게 그만이 기소되었다. 그의 캐릭터가 사르트르의 관심을 끌었고, 그는 아랑다와 이야기를 나누어 보고 싶어 했다. 아랑다가 이를 받아들이자 사르트르는 그를 설득하려고 했다. 정부의 실책을 폭로함으로써 국가를 공격하고, 그런 착복 행위를 막기 위해서 "부정한 행위를 거부할 수 있는 민중의 제재와 지지를 받는 정부"를 세워야 한다는 것이었다. 퐁피두 대통령이 사건을 덮어버리려고 해서 몹시 분개해 있었음에도, 아랑다는 국가를 문제 삼는 것을 주저하며 인간 본성의 나약함을 내세웠다. 사르트르는 아랑다가 싫건 좋건 나름대로 "직접 민주주의의 대변자"라는 주장을 유지했다.

11월 사르트르는 아주 마음에 드는 일에 참여했다. 피에르 빅토르, 필립, 가비 등 좌파 동지***들과 대담을 벌이는 계획이었다. 이러한 대담들에서 그는 자신의 정치 노정을 재고하고, 1968년 이후 발전해온 좌파 사상을 정의하려고 했다. 대담은 '반항하는 것은 옳다'라는 제목으로 모두 발표될 예정이었다.

사르트르와 대담에 참여한 상대는 2년 전 가이스마르

말에 해당되는 용어가 없다. 주택, 건설, 교통 등 장비를 총괄하는 부서이다.
** 1915년 9월 10일 창간된 풍자 주간지. 매주 수요일에 발매된다.
*** 이들은 1968년 5월 혁명 때 활동한 모택동주의자들이다.

가 소개한 사람들이었다. 피에르 빅토르 ― 그의 본명은 베니 레비였다 ― 는 유대계 이집트 청년으로 철학도였고, 고등사범학교에 자주 드나들었다. 그는 마르크스-레닌주의 운동 단체의 중요 인물 중 한 명이었는데, 후에 가이스마르와 함께, G.P.가 해체될 때까지 이 단체를 이끌었다. 그는 이미 사르트르와 수많은 대담을 해왔고, 사르트르는 그를 높이 평가하고 있었다. 사르트르는 그의 젊음과 그의 전투적인 태도에 매료되어 있었던 것이다. 1977년 사르트르는 빅토르와의 대담에서 이에 대해 설명을 했는데, 그와의 대화는《리베라시옹Libération》*에 게재되었다.

사르트르   자네와 어느 날 점심을 했는데, 1970년 봄이었지.

빅토르   누구를 만나게 되리라고 생각했었나요?

사르트르   밀로르 아르수이처럼 좀 이상한 인물일 거라고…그날 아침 난 꽤나 흥미를 가지고 자네를 보려고 했지. 사람들이 내게 말해주었거든. 신비로운 인물이라고.

빅토르   그래서 절 보시고…

사르트르   자넬 보고, 그 즉시 마음에 들었지. 자넨 내가 그때까지 만나온 정치가들보다 훨씬 지적으로 보였으니까. 특히 공산주의자들보다. 그리고 훨씬

---

* 사르트르가 창간에 참여한 프랑스의 대표적인 좌파 일간지

더 구애받지 않고 자유로워 보였고. 자네는 덜 정치적인 주제를 다루는 것을 거부하지 않았지. 간단히 말하자면 자네는 주요 주제 말고도 대화를 이어가는 재주가 있었어. 난 그런 대화는 여성들과 나누기를 아주 좋아하는데, 남성들과는 드물게 하고.

빅토르   선생은 저를 완전히 두목 급이나 완전히 사내로 보지는 않았던 거예요.

사르트르   자네는 어쨌든 사내였네. 그런데 여성적인 면이 있는 사내였지. 그 점에서 자네가 내 마음에 들었네.

빅토르   선생님이 저와 근본적인 이론을 놓고 토론하는 것에 흥미를 갖게 된 것이 언제였나요?

사르트르   점점 그렇게 되어갔지... 자네와의 관계도 조금씩 변해갔고... 우리 사이에는 정말 자유가 있었네. 각자의 지위를 위험에 빠뜨릴 수 있는 그런 자유가 있었단 말이지.

가비는 《레 탕 모데른》에 매우 흥미로운 기사들을 썼던 젊은 기자였다. 그는 모택동주의보다는 무정부주의에 더 가깝고, 덜 교조적인 V.L.R.(혁명 만세) 소속이었는데, 사르트르는 한동안 이 단체의 기관지인 《뚜》를 주관했었다. 사르트르는 가비에게도 아주 호감을 가지고 있었다. 그리고 그는 모택동주의자들과의 관계를 책으로 구체화하는 하는 것을 매우 기쁘게 생각했다. 덕분에 자신의 정치사상을 새롭게 정비했기 때문이었다. 어느 날 저녁, 사르트르는 아주 기분 좋은 얼굴로 보스트와 나에게 그와의 우정이 자기를 다시 젊어지게 한다고 말했다. 단지 그 우정이 완전한 결실을 맺기에는 자신의 나이가 너무 많은 것이 아쉬울 뿐이라고 했다. 1972년 12월 그가 가졌던 첫 대담 중에 그 점에 대해 아래와 같이 말했다.

"1968년, 그것은 내게 너무 늦게 일어났어요. 내가 쉰살 때 일어났더라면, 훨씬 좋았을 거요… 잘 알려진 지식인이 자신에게 요청되는 모든 일들을 수행해 나가려면, 마흔다섯이나 쉰 살은 되어야 합니다. 예를 들자면, 나는 다리가 말을 안 들어 더 이상 걷지를 못해서 시위 끝까지 갈 수 없었소. 오베르네이 장례식의 경우에도, 나는 아주 조금밖에 따라가질 못했어요…"

"내가 그대들과 함께하는 객관적인 이유를 말했는데, 다시 말해두겠소. 그리고 앞으로도 말할 것이오. 주관적인 이유 중 하나는, 모택동주의자 청년들이 나에게 요청을 해옴으로써 나를 다시 젊게 만들기 때문이오… 다만 문제는, 내가 70살이 넘어서도 정치적으로 행동하는 사람들과 섞여 있기를 바란다면, 나를 접이식 의자가 있는 차에 태워서 다녀야 할 것이고, 모든 사람들에게 골칫거리가 되어 나이가 사람을, 대접은 받지만 자리만 지키는 사람으로 만든다는 것이오. 이렇게 말하면서도 나는 조금도 우울하지 않소. 나 자신에게 충실하게 살았고, 만족하오…"

"그리고 나는 그대들과의 교류를 기쁘게 생각합니다. 물론 그대들에게 내가 필요할 때까지만 나라는 존재가 있다는 것은 두말 할 필요가 없소. 그것은 나도 전적으로 동하는 바입니다. 그러나 공동으로 행동을 하게 될 때에는 우정이, 그러니까 함께 도모한 행동을 넘어서는 그 어떤 관계, 서로 주고받는 관계가 필요하오. 그대들과 나와의 관계는 그런 깊은 의미가 담겨 있는 것이오. 그대들이 나를 문제 삼고, 내가 그대들 편에 있는 것에 이의를 제기하게 되더라도, 나는 내가 가진 수단을 다 써서 그대들을 돕는다고 생각하오. '인간이란 무엇인가'라는 질문을 하는 철학자들이 여전히 존재하는, 새로운 유형의 사람들, 노동자 지식인들이 존재하는 그런 사회를 만드는 데 말이오."

이 대담들에서 유일하게 좋지 않았던 것은, 오후 2시까지 연장해서 계속하느라 빅토르와 가비가 레드 와인을 마시면서 샌드위치를 먹자, 점심을 늦게 먹던 사르트르는 아무 것도 먹지 못한 채 함께 와인을 마신 것이었다. 저녁에 그가 졸려하면서 피로해한 것은 분명 바로 그래서였을 것이다. 1월, 릴리안 시겔이 빅토르와 가비에게—그들과 친구였다—사르트르가 술을 덜 마시도록 눈치 채지 못하게 봐달라고 부탁했다. 둘이 그렇게 했기 때문인지, 사르트르는 1월에는 졸지 않았다.

사르트르는 한 프로젝트에 관여했는데, 빅토르와 가비가 열성적이었다. 그 프로젝트는 사르트르를 굉장히 흥분시켰다. 바로《리베라시옹》이라는 제목을 갖게 될 신문의 창간이 그것이었다. 12월 16일, 브르타뉴가 14번지 리베라시옹 신문사의 새 본거지에서 준비 회합이 있었고, 사르트르가 거기에 참석했다. 가비가 2월에 발행 예정인 신문 일정을 발표했다. 사르트르는 거기에서 자기가 맡게 될 역할에 대해 말했다. "나에게 기사를 청탁하면 쓰겠소." 사르트르는 또한《라 코즈 뒤 퍼플》최근호에 실린 "단두대는, 투비에[15]에게!"라는 글에 대해 비난했다. 물론 투비에가 석방되는 것은 용납할 수 없었다. 그러나 그는 사형이 아닌 징역형을 선고받았고, 그를 단두대에서 사형을 집행하라고 요구할 아무 이유가 없었다.

---

15 투비에는 밀리스(독일 점령기의 협력자들로 구성된 무장 단체로 저항자들과 유대인들을 살해한 책임이 있거나 이러한 살인의 공범자)의 전멤버였다. 그는 1945년과 1947년 사형선고를 받았고, 1949년 절도죄로 두 번 5년 징역형과 10년 거주 제한 선고를 받았다. 이때 막 그는 퐁피두 대통령으로부터 특별 사면을 받았다. 전쟁 범죄에는 시효가 지났고, 일반 범죄에 대해서는 그렇지 않았다. 그러므로 그의 사형을 요구할 수는 없고, 다만 징역과 주거제한만을 요구할 수 있는 일이었다.

1973년

1월 4일, 새로운 준비회의가 열렸다. 그리고 1973년 2월 7일 사르트르는 《리베라시옹》을 소개하기 위해, 자크 샹셀이 진행하는 '라디오스코피Radioscopie'* 시리즈 인터뷰에 응했다. 샹셀은 방송 프로그램 성격에 맞게 사르트르의 생애와 저작들에 대해 말을 하도록 이끌었다. 사르트르는 그의 의도를 슬쩍 돌려 자기가 흥미를 가지고 있는 유일한 주제인 《리베라시옹》으로 대화를 다시 가져왔다. 얼마 뒤, 그는 이 신문을 알리기 위해 리옹에서 열린 집회에 갔고, 매우 만족해서 돌아왔다. 릴에서 열린 또 다른 집회에는 나도 함께 갔다. 집회는 대형 광장을 향해 있는 넓은 홀에서 있었다. 사람들이 많이 있었는데, 특히 젊은이들이 많았다. 사르트르와 다른 두 명의 연사가 《리베라시옹》이 어

---

* 자크 샹셀이 1968년 10월 5일 시작한 라디오 문화채널. 프랑스 앵테르에서 매주 5시에서 6시에, 1982년까지 방송되었다. 자크 샹셀의 인터뷰 대담 방송으로 유명했고, 당시 주요 인사들 대부분이 출연했다.

떤 신문이 되고자 하는지에 대하여 밝혔다. 청중들은 토론에 열렬히 참여했고《리베라시옹》이 폭로해주길 요청하며 여러 다양한 추문들을 제보했다.

2월 초, 포르트 드 팡탱* 근처에 있는 신문사 건물 사무실에서 창간식을 가졌다. 사르트르는 80장의 초대장을 보냈고 성대한 뷔페가 차려졌다. 그런데 웬일인지 — 우리는 이유를 도무지 알 수 없었다 — 사람들이 거의 오지 않았다. 신문의 협력자들만 참석했을 뿐이었다. 7시쯤 퀴니, 블랭, 물루지가 모습을 보였다.

사르트르는 다른 많은 활동을 했다. 1973년 1월 감옥에 관하여 "우리 모두를 수용소 같은 곳에 가두는 이 제도"라는 메시지를 보내어,《르 몽드》에 게재했다. 그는 브뤼셀의 잡지《프로 쥐스티시아》와 인터뷰를 했는데, 거기에서 그는 아랑다 사건**, 브뤼이앙아르투아 사건***, 미셸 푸코의 입장들****과 중국에서의 정의에 대하여 이야기했다. 그는 올리비에 토드의 책 서문을 썼다.[16] 『가난한 사람

---

16 어찌나 친절했던지, 사르트르는 부탁을 받으면 설사 공감하지 않더라도 거절하는 법이 없었다.

* 파리 북동구 19구와의 경계에 위치해 있다.

** 앞 장 1972년 아랑다 부분 참고.

*** 1972년 4월 6일 브뤼이앙아르투아(현 브뤼에라뷔시에르)에서 일어난 살인 사건으로, 십대 소녀 브리지트 드웨브르의 죽음을 둘러싸고 혐의자에 대한 법적 공방으로 언론의 조명을 뜨겁게 받은 사건이다.

**** 당시 미셸 푸코는 인간을 구속하는 특수 공간인 감옥, 수용소 등에 대한 자료 수집 및 연구 발표를 지속하면서 사르트르, 장 주네와 함께 투쟁적으로 사회운동에 참여했다.

들』이라는 책이었는데, 1957년 쥐이야르 출판사에서 출간했던 『반半시골』을 재간행한 것이었다. 사르트르는 그 책의 역사적인 배경, 즉 1955년에서 1956까지 모로코의 상황을 풀어 써주었다.

사르트르는 M. A. 뷔르니에와 인터뷰를 했고, 그것은 1973년 2월 《악튀엘Actue》*에 나갔다. "사르트르, 모택동주의자들을 말한다"라는 제목이었다. 그는 1968년 이후 자신의 정치적인 행동에 대하여, 특히 《라 코즈 뒤 푀플》와 함께 한 그의 앙가주망 활동에 대하여 분석했다. "나는 정치 목적의 비합법 활동을 믿는다."고 그는 말했다. 그는 여전히 《레 탕 모데른》에 열심이었다. 1월에는 "선거, 어리석은 계략"이라는 글을 거기에 실었다. 그는 이 글에서 우리를 고의적으로 무력하게 만드는 간접민주주의 제도를 부정했다. 이 제도는 유권자들을 원자화해서 불모不毛로 만든다고 했다. 이 호에 실린 기사들은 모두 같은 방향으로 필진들의 정치적 일치를 드러내보였다. 이러한 움직임은 큰 성공을 거두었고, 사르트르는 매우 만족해했다. 그는 2월에 《데어 슈피겔Der Spiegel》과의 인터뷰에서 프랑스 정치에 대한 분석을 다시 펼쳤다.

같은 달, 사르트르는 《리베라시옹》 기자들과 함께 빌뇌브 라 가렌느의 대규모 주택 단지를 조사하러 갔다. 그는

---

* 1967년 창간된 월간지로 1994년에 폐간되었다. 처음엔 프리 재즈 관련 글들을 실었으나, 68년 5월 이후 자유주의 운동을 담았다.

조사가 아주 유익했다고 생각하지 않았다. 조사결과로 6월에 발행되는《리베라시옹》에 토론 기사가 실렸고, 젊은이들이 의견을 발표했다. 그러나 참석했던 사르트르는 아무 말도 하지 않았다.

2월 사르트르는 기관지염에 걸렸다가 곧 회복되었지만, 아주 피로해했다. 3월 4일 일요일, 제1차 국회의원 선거일이었다.《리베라시옹》은 질문지를 보냈고, 저녁에 나와 미셸 비앙은 그와 함께 신문사로 갔다. 편집국에는 아주 많은 사람들이 있었고, 라디오 소리와 토론 소리들이 뒤섞여 웅성웅성 결과를 기다리고 있었다. 사르트르는 한쪽 구석 책상에서 신문 초판본에 나갈 훌륭한 글을 썼다. 그는 그런 소란 속에서도 그렇게 빨리, 그렇게 효과적으로 글을 썼다는 것에 만족스러워했다. 그러나 나는, 불안했다. 밤이 그에게는 너무 힘겨웠기 때문이다. 다음날 그는 미셸과 함께 라 쿠폴에서 점심을 먹었다. 미셸은 언제나 그에게 술을 너무 많이 권했다. 그는 인터뷰를 위해 미셸과 함께《리베라시옹》으로 돌아갔다. 교통 정체가 있어서 택시로 가는 데 45분, 오는 데도 똑같이 걸렸다. 저녁 7시경 그를 잠깐 만났을 때 그는 나에게 아주 힘들었다고 말했다. 그리고 8시쯤 텔레비전에서 방영하는 영화를 보려고 아를레트의 집으로 갔다. 나중에 아를레트가 내게 말하기를, 사르트르가 집에 도착했을 때 몸이 불편해 보였다고 했다. 다음날 정오쯤 아를레트가 전화했다. "사르트르가 좋지 않아요." 지난 밤, 10시쯤 발작을 일으켰다고 했다. 얼굴이 일그러졌고, 담배가 손에서 떨어졌는데, 텔레비전 앞에 앉아 있으면서 "텔레비전이 어디 있지?"하고 물었다고 했다. 아흔 살의 얼빠진 노인네 같았다는 것이었다. 그는 팔이 세 번이나 마비되었다. 긴급히 연락을 받은 자이드만은 즉시 페르빈카민 주사를 놓도록 처방했다. 첫 번째 주사는 이미 놓은 상태였다. 팔을 사용할 수 있게 되었고, 얼굴도 더 이상 일그러지지 않았지만, 정신은 좋지 않았다. 내가 살페트리에르 병원의 르보 교수한테 전화하자 그는 이틀 뒤 사르트르를 보겠다고 말했다.

그날 저녁, 보스트가 우리를 보러 왔다. 사르트르는 그보다 앞서 도착했다. 내가 그에게 발작했던 것을 말해주었는데, 그는 거의 기억하지 못하고 있었다. 보스트와 우리는 선거에 대해 이야기를 나누었다. 사르트르는 극구 스카치 위스키를 두 잔 마시겠다고 고집했고, 11시경이 되자, 얼굴이 일그러졌다. 나는 잠을 자라고 그를 보냈다. 보스트는 자정쯤 떠났고 나는 옷을 그대로 입은 채 긴 의자에 뻗었다.

사르트르는 9시쯤 내 스튜디오 위에 있는 발코니에 모습을 보였다. 내가 그에게 물었다. "좀 어때요?"그가 입을 만졌다. "좀 나아요. 이는 더 안 아파요.""그런데 이가 아팠던 게 아니었는걸요..." "맞소. 당신이 잘 알고 있소. 저녁 내내 아롱과 함께..."그는 욕실 안으로 들어갔다. 주스를 마시러 내려왔을 때, 내가 그에게 말했다. "어제 저녁에 있던 건 아롱이 아니었어요. 보스트였지." "아! 맞소. 내가

그렇게 말하려고 했소." "기억하시네요. 처음 저녁 나절에
는 좋았어요. 그런데 스카치 한 잔 마시고는, 피로해졌던
거예요." "스카치 때문이 아니오. 귀마개를 빼내는 걸 잊
었기 때문이오."

나는 미칠 것 같았다. 릴리안이 와서 그를 동반해서 커
피를 마시러 갔고, 10시쯤 내게 전화를 걸어왔다. 그의 상
태가 더욱 나빠지고 있다고 했다. 그가 그녀에게 이렇게
말했다는 것이었다. "조르주 미셸[17]과 저녁을 즐겁게 보냈
어. 그와 화해해서 아주 좋아. 싸운 것은 바보 같은 짓이었
지. 그들은 나에게 아주 깍듯하게 대했어. 11시에 내가 자
러가도록 했거든."(사르트르는 조르주 미셸과 불화한 적
이 없었다) 그는 계속 헛소리를 하고 있었던 것이다.

나는 르보 교수에게 전화해서, 그날 바로 사르트르를 보
아달라고 요청했다. 그는 자기 전공 분야가 아니므로 신경
전문의 B박사와 약속을 잡아주겠다고 말했다. 그리고는
저녁 6시에 약속이 잡혔다.

5시 반에, 나는 실비와 함께 사르트르를 찾아 아를레트
네 집으로 갔다. 그는 평소와 같이 보였다. 나는 그를 택시
에 태워 B박사에게 갔고, 그동안 일어난 일들을 설명해주
었다. B박사는 사르트르를 진찰하고는 처방전과 어느 여
의사의 주소를 주면서 즉시 가서 뇌파검사를 받도록 했다.

---

17 작가이자 극작가. 사르트르가 그의 작품들을 아주 좋아했다. 릴리안의
    절친한 친구 중 한 명이다.

카페에서 우리를 기다리던 실비가 우리와 동행했다. 우리는 현대적으로 지어진 대형 건물의 홀에 사르트르를 남겨두고 붉은 조명이 비치는 음산한 카페에 가 앉아 있었다. 새 한 마리가 휘파람을 불며 계속해서 "안녕, 나폴레옹!" 하고 외쳤다. 한 시간 후, 우리는 여의사에게로 가서 안락하고 조용한 대기실에서 기다렸다. 사르트르는 8시에 우리에게로 왔다. 전자뇌파 검사에서는 심각하게 비정상적인 어떤 징후도 보이지 않았다. 우리는 택시를 타고 실비를 중간에 내려준 뒤 내 집으로 왔다. 사르트르는 여의사가 아주 친절했고, 자기에게 거리를 보여주기 위해 발코니로 이끌었으며, 위스키를 한 잔 주었다고 말했다. 이 말들은 모두 거짓이었다. B박사는 사르트르에게 처방하기를 술은 아주 조금만, 그리고 담배는 금지시켰다. 그런데도 사르트르는 그것을 대수롭지 않게 생각하기로 작정한 것 같았다. 저녁에는 체스놀이를 하며 보냈다. 우리는 일찍 잠자리에 들었다.

다음날 사르트르는 좋아 보였다. 그러나 11시쯤 릴리안이 내게 전화를 걸었는데, 사르트르가 그녀와 아침 식사를 하면서 헛소리를 했다는 것이었다. 그는 그녀를 알아보지 못했다고 했다. 그는 그녀를 아를레트로, 또 나로 잘못 알아보았다. 그녀가 자기는 릴리안 시겔이라고 그에게 말해주자, 그는 "릴리안 시겔, 난 그 여자를 알아요. 옆 건물에 살고 요가 선생이오."라고 대답했다는 것이었다. 맞는 말이었다. 그러나 그는 릴리안과 이 요가 선생을 동일 인물로 여기지 않는다는 것이었다. 그는 또 이렇게 물었다는 것이었다. "어제 카스토르와 나와 함께 온 젊은 여자는 누구였지?" "그야 실비였겠죠." "아니, 실비는 아니었어. 바로 당신이었어."

나는 사르트르와 함께 점심 식사를 했다. 그는 여의사가 그에게 주었다는 위스키 이야기를 다시 했다. 나는 그것은 확실히 잘못된 기억이라고 말했다. 그는 받아들였다. 오후에 나는 그의 집에서 보냈다. 그는 책을 읽었다. 나도 그랬다.

다음날 아침, 사르트르는 8시 반에 살페트리에르 병원에서 B박사와 약속이 있었다. 8시에 내가 사르트르의 집 문 앞에 도착했을 때, 우리와 함께 가기로 되어 있던 아를레트가 초인종을 누르고 있었지만 대답이 없었다. 나는 내 열쇠로 문을 열었다. 사르트르는 깊이 잠들어 있었다. 그는 급히 옷을 입었고 우리는 택시를 타고 병원에 갔다. 간호원이 그를 맞았다. 택시를 붙잡는 동안, 아를레트는 내게 사르트르의 건강을 회복시키기 위해서는 자신이 사르트르와 함께 쥐나Junas*에 가서 며칠 머무는 것이 어떨지 내게 물었다. 그 다음에 아비뇽에서 만나자고 내가 제안했다. 그런데 사르트르가 그러자고 할까? 사르트르는 좋다고 말하는 것을 종종 싫다고 말한다고 그녀가 내게 말했다. 그러니 억지로 해도 그는 화를 내지 않을 것이라고 했다. 정오에 나는 살페트리에르 병원에서 B박사를 만났다.

---

* 프랑스 남부 지중해안의 가르(Gard) 지방에 있는 도시

그는 사르트르가 산소 결핍증, 그러니까 뇌가 가사假死 상태에 있다고 설명했다. 부분적으로는 담배가 원인이지만, 무엇보다 동맥과 소동맥 상태에 원인이 있다고 했다. B박사는 시골에 가서 휴양하는 계획에 찬성했고, 사르트르도 반대하지 않고 따랐다. 그의 이름과 주소를 써보라고 했고, 사르트르는 순순히 그렇게 했다. 그러자 B박사가 확신하며 말했다. "나을 겁니다."

나는 오후에 사르트르를 다시 만났고, 그는 완다의 집에서 저녁을 보냈다. 릴리안 시겔의 아들이 내 집으로 그를 데려오기 위해 완다의 집으로 그를 찾아 갔었다. 그녀는 나중에 그가 헛소리를 했었다고 내게 말해주었다. 자기 무릎 위에 흑인 여자가 앉아 있었다는 것을 그녀에게 길게 이야기했다는 것이었다…

다음날인 토요일, 실비와 함께 한 우리의 저녁은 좋지 않았다. 사르트르가 술을 마시고 담배를 피우겠다고 고집을 부려서 애를 먹었던 것이다. 다음날 점심 식사를 할 때 우리가 그를 나무라자 그는 당황해했다. 그의 아파트 엘리베이터가 또 고장이 났는데, 그는 집으로 일하러 가야 한다며 10층을 걸어 올라가겠다고 했다. 그가 일이라고 한 것은, 그리스의 저항 운동에 대해 청탁받은 원고를 쓰는 것이었다. 그는 『카페타니오스』라는 매우 훌륭한 책을 읽고 또 읽었으나, 아무것도 머릿속에 남아 있지 않았을 것이라고 나는 생각한다. 저녁에 우리는 내 집에서 체스놀이를 했다. 그는 분명히 좋아지고 있었으나 기억은 여전히 흐릿했다.

　월요일 저녁 사르트르는 온종일 『카페타니오스』를 다시 읽은 뒤, 쥐나로 떠났다. 다음날 아를레트가 내게 전화했다. 날씨가 좋고, 사르트르는 남프랑스에 온 것을 만족스럽게 여기고, 추리소설들을 읽고 있다고 했다. 그러나 그는 여전히 문제가 있었다. 그가 이렇게 물었다는 것이다. "내가 여기에 와 있는 이유가 정확하게 뭐지? 아, 그렇지! 내가 지쳐서 왔지. 그래 우리는 에르퀼 푸아로*를 기다리고 있어." 아를레트는 그가 탐정 소설을 너무 읽어서 이야기를 꾸며낸다며 가능한 한 자주 그를 이끌고 산책을 나간다고 했다. 금요일에 전화해서는 그의 기분이 아주 좋았다고, 석회질의 황무지 채석장에서 바위를 기어오르며 즐거워했다고 말했다. 그러나 사르트르의 비서 퓌그가 와서 그들과 함께 이틀을 보내고 갔는데, 퓌그가 떠난 뒤 사르트르는 아를레트에게 아주 조심스럽게 이렇게 말했다는 것이었다. "데디제가 왔다 갔지?"(데디제는 퓌그와 전혀 닮지 않았고, 아를레트와 아주 친한 사람이었다.) 토요일에 아를레트는 그가 나아지고 있다고 나에게 확인시켜주었다. 이상하게도 목요일과 금요일, 자러 가기 전에 늘 하던 대로 위스키를 달라는 것을 깜박 잊고 하지 않았다고 했다. 토요일 밤에도 술을 달라는 것을 잊었다는 걸 나는

---

　* 아거사 크리스티가 『스타일스 저택의 괴사건』, 『오리엔트 특급 살인』, 『커튼』 등 그의 작품 속에 창조한 명탐정

나중에 알게 되었다. 내가 그 사실을 사르트르에게 환기시키자, 그는 화난 말투로 내게 말했다. "내가 노망이 나서 그렇소."

일요일 아침, 아비뇽으로 향하는 열차 안에서 나는 고통스러웠다. 내가 만날 사르트르가 어떤 모습일지 알 수 없었기 때문이었다. 발랑스를 지나고 나서 꽃핀 나무들, 사이프러스 나무들을 바라보면서, 나는 세상이 기울어지고 있는 것처럼 느껴졌다. 세상이 죽음 속으로 기울어지고 있는 것 같았다.

사르트르는 택시에서 내렸다. 유럽 호텔 앞에서 내가 기다리고 있었다. 면도 상태가 좋지 않았고, 머리가 너무 길었고, 아주 늙어 보였다. 나는 그를 방으로 데려다주었고, 책 몇 권(『레이몽 루셀의 생애』, 조이스의 서간집)을 건네주었다. 나는 그와 몇 마디 나누고는 그를 쉬게 했다.

해 질 녘, 우리는 외출을 했고 아주 지척에 있는 로를로주 광장 쪽으로 걸었다. "왼쪽으로 돌아요." 하고 사르트르가 내게 말했는데, 그의 말이 맞았다. 그는 호텔을 가리켜 보이며 덧붙였다. "오늘 아침 당신이 상점에 들어갔을 때 나는 이 호텔 앞에서 기다렸소." 나는 우리가 아직 아비뇽을 산책하지 않았다고 그에게 말해주었다. "그럼, 아를레트였군." 아를레트는 택시에서 내린 적이 없었다. 사르트르는 끝까지 이 잘못된 기억을 어디에도 맞추지 못하면서도, 그 기억에 매달렸다. 우리는 샤토뇌프 뒤 파프*를 곁들여 근사한 저녁 식사를 했다. 그의 방에서, 나는 얼음을 많이 넣어 스카치 한 잔을 그에게 주었고, 체스놀이를 조금 했다. 그런데 사르트르가 잘 집중하지 못했다.

다음날 아침 사르트르의 방에서 함께 아침 식사를 할 때, 그는 심신이 아주 거뜬해 보였다. 우리는 택시를 타고 빌뇌브 레 자비뇽에 갔다. 몇 년 전 내가 3주 동안 머물렀던 호텔에서 점심 식사를 했는데, 젊은 여주인이 나를 알아보았다. 그녀는 사르트르에게 자신의 아들이 7살인데, 그를 만나보면 너무 좋아할 거라고, 왜냐하면 학교에서 그의 시를 배우고 있기 때문이라고 말했다. 그 말을 듣고 우리는 깜짝 놀랐다. 식사를 마치고 나가려고 일어서자 그녀가 사르트르에게 방명록을 내밀었다. "사인 부탁드립니다, 프레베르** 선생님." 그러자 사르트르가 "그런데 나는 프레베르 씨가 아니오."라고 말했고, 그녀는 놀라서 어쩔 줄을 몰라 했다. 우리는 생탕드레 요새를 다시 방문했다. 바람이 거세게 불었고, 사르트르의 머리카락이 바람에 흐트러졌다. 그의 몸은 그렇게나 취약해 보였다! 우리는 잠시 풀밭에 앉았다. 이어서 요새의 문 옆에 있는 벤치에 앉아서 론강과 아비뇽을 바라보았다. 봄은 찬란했다. 흐드러지게 꽃핀 나무들, 온화한 날씨, 그것은 행복과 닮아 있었다.

---

  * 론강이 흐르는 아비뇽의 교황청 인근 여름 별장 와이너리에서 생산하는 AOC 레드 와인
 ** 자크 프레베르(1900~1977)를 가리킨다. 「고엽」, 「열등생」, 「절망이 벤치에 앉아 있다」 등 대중적으로도 널리 사랑받는 애송시들을 쓴 프랑스의 대표적인 시인이자 극작가, 시나리오 작가이다.

빌뇌브 광장에서 택시를 타고 호텔로 돌아왔다. 호텔 관리인이 매일 사르트르에게 주사를 놓아주기로 한 수녀의 집으로 우리를 데리고 갔다. 호텔에서 20미터 거리였고 나는 그를 두고 왔다. 그는 무리 없이 혼자 돌아왔다. 로를로주 광장에서 저녁 식사를 한 뒤, 체스놀이를 했고, 사르트르는 예전대로 완전히 기지를 발휘했다.

다음날 아침 우리는 레 보les Baux를 다시 둘러보기 위해 운전사 딸린 자동차를 빌렸다. 레 보에 도착하니 최고의 순간이 펼쳐졌다. 황홀할 만큼 좋은 날씨에 돌들이 펼쳐져 있는 사막. 사르트르는 웃으며 내게 즐거운 표정으로 말했다. "이번 여름에, 우리 둘이 여행할 때…" 내가 그의 말을 고쳐주었다. "우리가 로마에 갈 때, 말이지요." 그러자 그가 말했다. "맞소." 그렇게 해도 그는 여러 차례, 반복해서 말했다. "우리 둘이 여행할 때…" 우리는 점심 식사를 했던 우스토 드 보마니에르*의 야외 햇빛 속에서 한 잔 마셨다. 죽은 듯이 고요한 마을 안을 산책했고 생레미와 꽃이 핀 아름다운 시골 마을을 지나 호텔로 돌아왔다. 사르트르가 시계를 보았다. "약속 있어요?" 내가 놀리면서 말했다. "그래요. 당신도 잘 알지, 오늘 아침 술집에서 만났던 그 여성과 약속이 있소." 나는 우리가 맥주집에 있었던 적이 없다고 말했다. "아니오, 갔었소. 떠날 때, 길 끝에 있었지." 그

---

* 레 보 드 프로방스에 있는 레스토랑. 부티크 디자인 호텔 보마니에르의 미슐랭 레스토랑이다.

가 어물거렸다. "그러면, 어제였나?" 나는 우리가 어떤 약속도 하지 않았다고 그가 알아듣게 말했다. 나중에 그는 머릿속에 떠도는 어떤 느낌이었다고 말했고, 내버려두었다면 호텔로 곧바로 돌아왔을 것이라고 말했다. 이후 우리는 그의 방에서 나란히 앉아 글을 읽었다. 그는 아주 느리게 읽었다. 《르 누벨 옵세르바퇴르》를 끝까지 읽는 데 이틀이나 걸렸다. 그러나 그는 자기에게 무슨 일이 일어나고 있는지, 어떻게 돌아가는지 알았고 본래 모습을 다시 드러내 보였다. 저녁에 그가 내게 말했다. "어쨌든 당신은 당신 글을 써야 하오." 내가 그에게 말했다. "무엇보다도, 당신이 완전히 나아지면요."

다음날 3월 21일은 더욱 찬란했다. "봄이오!" 사르트르가 유쾌하게 내게 말했다. 우리는 자동차로 퐁 뒤 가르(가르 다리)를 보러 갔다. 비외 물랭 식당의 햇빛 쏟아지는 테라스에서 위스키를 마실 때, 사르트르가 내게 물었다. "저 다리가 19세기 것이오?" 나는 바로잡아 주면서, 가슴이 조여 왔다. 식사를 마친 뒤 다리 뒤로 이어지는 오솔길을 조금 걸었다. 사르트르는 벤치가 보일 때마다 앉았다. 먹은 것이 묵직하다고 말했다. 아비뇽으로 돌아오면서 또다시 그가 시계를 보고 있어서 내가 그에게 말했다. "우리는 약속이 없어요." 그러자 그가 나에게 말했다. "아니오, 있소. 그 젊은 여자하고..." 그러나 그는 고집하지는 않았다. 전날 밤, 주사 맞으러 가는 길에 리베라시옹 위원회에 참가했던 어느 교수 부부와 만났었다. 돌아오는데 젊은 부인이

길 모퉁이에서 그를 기다리고 있었고 그는 그녀와 이야기를 했었다. 약속에 대한 강박은 바로 그 일에서 비롯된 것이었다. 저녁에 나는 사르트르에게 그날 하루를 보낸 것을 말해보라고 했고, 그는 아주 잘 복기했다. 우리는 체스놀이를 했고 이야기를 나누었다.

다음날 사르트르는 10시에 일어났다. 아침 식사가 막 배달되어 온 참이었다. "어제 저녁 즐거웠어요." 내가 그에게 말했다. 그러자 머뭇거리며 말했다. "그래요, 하지만 어제 저녁, 나는 사람들 눈에 띄지 않고 없는 사람처럼 있었던 것 같소." "그런 말 하지 않았잖아요." "여기에 왔을 때부터 그랬소. 나는 사람들에게 '위험하다'는 것을 느꼈소. 그래서 나 스스로 사람들 눈을 피해 있으리라고 생각했던 것인데..." 내가 그에게 다그쳐 묻자 그는 특별히 두려운 사람은 없지만, 사람들과 관계가 없는 사물이 된 느낌이 든다고 말했다. "그렇지만 당신은 사람들과 관계를 하고 있어요." "내가 그렇게 만드니까 그런 거요." 그는 와인 말고는, 식사를 주문하는 것이 항상 나라고 주장했는데, 그것은 거짓이었다. 나는 그가 큰 혼란에 빠져 있고, 자기에게 일어나고 있는 일을 이해하고 있지 못하는 것으로 결론지었다. 그는 자신의 기억 상실과 횡설수설들을 대수롭지 않게 여기고 있었다. 그러면서도 그는 아픈 게 아니라 "피곤하다"고 말하곤 했다. 아비뇽에 머무는 동안, 그는 지친 표정으로 두 번이나 반복해서 말했다. "난 예순 여덟이 되오!" 한 번은 파리에서, 발병하기 직전에 나에게 말했었다. "내 다리를 절단해야 할 거요." 내가 그렇지 않다고 강하게 말하자 그가 말했다. "아! 다리! 다리 없이도 지낼 수 있겠지." 분명 그는 자신의 몸에 대하여, 나이에 대하여, 죽음에 대하여 불안에 사로잡혀 고통스러워하고 있었다.

바로 그날 우리는 아를르에 갔다. 쥘 세자르 식당에서 점심 식사를 한 뒤, 생 트로핌 성당, 극장, 원형투기장을 다시 보았다. 사르트르는 쇠약해 보였다. 원형투기장에서 그가 내게 물었다. "우리가 잃어버렸던 그거 찾았소?" "뭐 말이에요?" "원형투기장을 구경하는 데 필요했던 것 말이오. 오늘 아침에 그걸 잃어버렸잖소." 그는 정신이 혼미해져서 같은 말을 지겨울 정도로 되풀이했다. 생 트로핌에서 우리는 성당 입장만 가능한 티켓을 샀고, 극장에서는 전체 이용 티켓을 샀다. 그 사실에 대해 그가 공상에 빠졌던 것일까. 어쨌든, 그는 횡설수설하고 있었다. 우리는 타라스콩을 거쳐 그곳 성을 다시 구경한 뒤, 돌아왔다. 호텔에 도착하자 사르트르가 택시 기사에게 말했다. "자, 그럼. 내일 택시비를 지불하겠소." 그러자 내가 말했다. "아, 아니에요. 우린 내일 떠나니까, 우린 다시 못 봐요." 사르트르는 팁을 엄청 많이 얹어 주면서 택시값을 지불했다. 그에게 주사를 놓아주던 수녀님이 마지막 날 한꺼번에 모아서 지불하라고 했었는데, 그의 머릿속에서 두 가지가 혼선을 빚은 것이 틀림없었다.

다음날 아침 사르트르는 이번 여행이 아주 좋았지만, 파리로 돌아가는 것이 '정상'인 것 같다고 말했다. 그는 미셸 비앙에게 주소를 남기지 않았었는데, 그것으로 그녀가 기분이 상하지 않았겠느냐고 그에게 물었다. 그러자 사르트르가 내게 말했다. "아니오. 당신이 주소를 남기지 못하고 떠날 수밖에 없었다는 것을 그녀도 잘 알고 있잖소. 당신을 괴롭혔던 그 남자 때문에." "나를요?" "그렇소. 왜냐면 그가 내 병에 대한 짤막한 기사들을 원했잖소." 나는 부인했다. 그러자 사르트르가 놀란 표정으로 내게 말했다. "난 지금까지 그렇게 생각했소." 발병 첫 날로 거슬러 올라가는 이 잘못된 기억을 나는 그다지 불안하게 여기지 않았다.

그날 아침, 기자들이 전화했지만 사르트르는 그들과의 만남을 거절했다. 우리는 오를로주 광장 위 야외에서 한잔 마셨고, 식당 2층에서 식사를 했다. 사르트르는 거리를 지나가는 사람들을 바라보는 것을 즐기고 있었다. 우리는 도시를 크게 한 바퀴 돌아 산책했는데, 그는 조금도 피로한 기색을 보이지 않았다. 6시에 열차를 탔고, 열차 안에서 저녁 식사를 했다. 릴리안 시겔과 그녀의 아들이 11시 반에 역으로 마중 나와 우리를 기다리고 있었고, 우리는 운전해 주는 차를 타고 내 집으로 왔다.

다음날, 사르트르는 이발을 했다. 하고 보니 아주 젊어 보였다. 그는 아를레트와 함께 점심 식사를 했다. 그리고 나에게 아를레트가 자기를 마음에 들어 하지 않았다고 말했는데 그 이유는 설명하지 않았다. 아를레트가 전화로 내게 알려주었다. 사르트르가 그녀에게 자기 담뱃갑이 냇물

속에서 불에 타버렸다고 얘기했다는 것이었다. 그래서 그녀가 의심스러운 듯 쳐다보니까 그가 이렇게 덧붙였다는 것이었다. "내가 노망이 났다고 생각하지? 그렇지만 사실이야." 그는 또 어떤 영국인과 인터뷰를 가졌다고 주장했다고 했다.

오후에 나는 사르트르에게 그의 가방을 가져다주었다. 그는 편지들을 뜯어 보았고, 사람들이 그에게 보낸 책들을 보았다. 저녁에 내 집에서 실비와 함께 보냈는데, 그는 대화를 계속할 수 없었다. 11시 반쯤 그는 자러 올라갔다.

아침에 깨어나서 그는 전날 있었던 일을 완벽하게 기억했다. 정오쯤 한 젊은 그리스 여성을 만난다고 몹시 기뻐하고 있었다. 그녀는 그에 대한 연구 논문을 썼었고 그는 아주 좋아했다. 완전히 정신이 깨어난 듯했으나, 나는 언제 그가 다시 일을 시작할 수 있을지 스스로 되묻고 있었다.

저녁에 내 집에서 실비가 그가 알아채지 못하게 위스키 병에 물을 넣었다. 이런 작은 속임수는 나를 언짢게 했다. 그렇다고 그의 알코올 섭취량을 줄일 다른 방법을 알지는 못했다. 그날 밤 내내 그는 되풀이해서 말했다. "난 예순여덟이 되오!" 나는 그것이 왜 그렇게나 충격적인 것인지 물었다. "예순일곱이 되는 줄로만 알았기 때문이오."

다음날, 우리는 B박사를 만났다. 나는 사르트르가 있는 자리에서 그의 혼란한 정신 상태에 대해 B박사에게 물었고, 사르트르는 담담하게 듣고 있었다. 그러자 B박사는 검사하기 위해 그를 진료실로 데리고 갔다. B박사는 사르트르의 상태가 나쁘다고 보지 않았다. 사르트르의 필체는 지난번보다 훨씬 좋았다. B박사는 술과 담배가 사르트르의 가장 큰 적이라고 말하며, 둘 중에서 고른다면, 뇌를 손상시킬 위험이 있는 알코올을 금하는 것이 더 좋겠다고 말했다. 그는 점심 식사 때 마시는 포도주 한 잔만 허용했고, 약을 처방해주었다. 병원을 나서면서, 사르트르는 알코올을 포기해야 하는 것에 대해 마음이 몹시 상했다. "이건 내 60년 생애에 작별을 고하는 것이오." 조금 뒤 그가 옆에 없을 때, 나는 B박사에게 전화를 했다. 그는 사르트르가 다시 발병을 하게 되면 건강하게 회복시킬 수 있을지 확신할 수 없다고 말했다. "위험한 상태인가요?" 내가 물었다. "그렇습니다." 그가 대답했다. 나는 이미 그 사실을 알고 있으면서도 머리를 한 대 얻어맞은 듯 충격을 받았다. 사르트르도 어느 정도 분명하게 자기가 위험한 상태에 있다는 것을 느끼고 있었는지, 저녁에 내게 말했다. "끝이 날 거면 잘 끝나야 하오. 어쨌든 할 수 있는 것은 했고, 해야 할 것도 했으니까."

아침에 잠에서 깨어나서도 사르트르는 헛소리를 조금 했다. 그는 그리스인들을 위해 써야 했던 서문에 대해 내게 이야기했다. 그것은 맞는 말이었다. 그러나 다른 한편, 부모가 죄수처럼 가두고 있기 때문에 자살을 기도했던 어떤 청년을 위해서도 글을 써야 한다고 말했다. 그는 이 청년의 이름을 기억하지 못했지만 오르스트와 란츠만의 친구라고 했다. 사실은 이 청년에 대해 들은 이야기는 전혀 없었다. 그런데 저녁이 되자, 그는 완전히 나은 상태로 보였다. 더 이상 마시지 않기로 완전히 체념하고 받아들이기로 한 것 같았고 체스놀이에서 나를 이겼다.

잠깐 한숨 돌렸는데, 이틀 뒤 아침 아를레트가 내게 전화를 했다. 사르트르가 현기증을 일으켰고, 오른쪽으로 몸이 기울어지더니 쓰러졌다는 것이었다. B박사는 전화로 증상을 듣고는, 약의 복용량을 줄이라고 권했다. 그래도 문제가 지속된다면 살페트리에르 병원에서 검사를 받아야 한다고 했다. 오후가 끝나갈 무렵 내 집에 있던 그가 비틀거렸다.

다음날, 사르트르의 균형 상태는 좋아졌다. 그러나 아침에 릴리안과 커피를 마시면서 그는 또다시 헛소리를 했다. 노동자들과 함께 갖게 될 약속에 대해 말했다는 것이었다. 그래도 저녁에는 실비와 함께 아주 즐거운 시간을 보냈다. 그는 우리에게 유쾌하게 선언했다. "일흔 살이 되면, 다시 위스키를 마실 거야." 나는 그 말에 위안을 얻었다. 왜냐하면 그 말은 2년 동안 술을 끊겠다는 의미로 들렸기 때문이었다.

그 4월 초 얼마 동안에는 다리에 조금 힘이 없고 머리가 혼미하긴 해도, 사르트르의 건강은 매우 양호했다. 그는 「벽Le Mur」*에 대한 얇은 비평서를 읽었고 흥미로워했다. 그는 일을 하지 못하고 있는 것을 애석해하기 시작했다.

---

* 「벽」은 1937년 《NRF》에 발표한 단편소설로, 그의 대표작 중의 하나이다.

그는 베트남 전쟁 중에 탈영했던 미국인들에 대해 특사를 요구하는 편지를 《더 뉴욕 리뷰 오브 북스The New York Review of Books》에 기고했다.

사르트르는 쥐나에서 아를레트와 며칠 지냈다. 실비와 나는 그들을 데리고 생폴드방스로 가기 위해 자동차로 찾아갔다. 우리가 집앞에 도착하자 사르트르는 햇빛을 쬐고 있던 발코니에서 내려왔다. 함께 있지 않다가 다시 만날 때면 그는 매번 내게 불길한 인상을 주었다. 얼굴은 부어 있었고, 동작이 좀 뻣뻣하고 서툴렀다. 우리 넷은 랑그독 지방의 아름다운 풍경을 가로지르며 떠났다. 남프랑스적인 황야와 포도밭, 꽃핀 과일 나무들, 멀리 푸르스름하게 보이는 언덕들. 우리는 라크로 들판을 가로질러, 카마르그 습지를 스치듯 지나고, 아를르를 대충 본 뒤, 엑스(엑상 프로방스) 입구 좋은 인상의 호텔에서 점심을 먹기 위해 차를 세웠다. 실비는 잠을 자기 위해 차에 머물렀다. 내가 그렇게나 좋아하는 이 엑스의 전원을 가로질러 우리는 브리뇰을 향해 다시 출발했다. 그러던 중 어느 순간 사르트르가 말했다. "그런데 우리가 데려왔던 그 청년은 어떻게 되었지? 그를 잊었소?" 조금 뒤에 그는 우리가 점심 먹는 동안 실비가 없었던 것이 생각들을 뒤섞어 놓아 그랬다고 내게 설명했다.

생폴에 머무는 동안, 사르트르는 더 이상 정신적인 혼란을 보이지 않았지만 힘이 없었다. 햇빛이 좋았고, 전원은 반짝였다. 그는 자동차를 타고 니스, 카뉴, 칸느, 무쟁을 돌아보는 것을 좋아했다. 그러나 방에서는 『카페타니오스』를 붙잡고 한없이 질질 끌었다. 그는 탐정소설들만 겨우 읽을 뿐이었다. "저렇게 있을 수는 없는데요." 아를레트가 겁이 난 목소리로 내게 말했다. 사르트르는 자신의 상태를 헤아려 알고 있었다. 어느 날 아침, 첫 담배에 불을 붙이면서 내게 말했다. "난 더 이상 일을 할 수 없소... 난, 이렇게 노망이 들었어요..." 그러면서도, 그는 삶의 감각을 지키고 있었다. 내가 91세에 죽은 피카소 이야기를 하며 "좋은 나이예요. 당신에게는 여전히 24년이 있는 거예요."라고 말하자, 그가 "24년, 그게 긴 건 아니오."라고 말했다.

사르트르는 아를레트와, 나는 실비와 돌아왔다. 내가 돌아와서 그날 그와 점심 식사를 할 때, 그는 활기 있고 정력적으로 보였다. 그는 생폴에서 파리까지 내 여행 이야기를 재미있게 들었다. 오후에는 자기 집에서 우편함을 열어 배달된 책들을 펼쳐보며 즐거워했다. 그러나 어떤 날에는 늙어 구부정해 보였고, 생기가 없어 보였고, 조는 듯 흐리멍덩해 보였다. 희망과 고통의 이런 반복들이 나를 지치게 했다.

우리는 B박사를 다시 만났다. 진료실 옆에 붙어 있는 방에서 그가 사르트르의 반사운동을 점검하면서 "좋아요...아주 좋아요..."라고 말하는 것을 들으며 그를 기다렸다. 200-120. 혈압만 빼고 다 좋았다. 그들이 진료실로 돌아왔을 때, 사르트르는 정신의 마비에 대해 하소연했다. 그는 마음을 주지 않을 수 없을 정도로 순진하게 그러나 분명하게 말했다. "내가 바보가 된 건 아니오. 그런데 난 텅 비어버렸소." B박사는 흥분제를 처방했고 전체 약을 줄였다. 그런 다음, 그는 사르트르에게 심각한 글은 집필할 수 없으니까 시를 시도해보라고 조언했다. B박사와 헤어지자, 사르트르는 본래의 공격적인 면모를 되찾고는 큰 소리로 외쳤다. "저 녀석은 날 위해 아무것도 하지 않았소!" 내가 아니라고 하자 그가 내게 말했다. "자이드만도 이만큼은 했을 거요." 사실 그는 자기 스스로 병을 낫게 하리라고 생각하고 있었다. 그것은 완전히 잘못된 생각이었다.

사르트르는 계속해서 최고와 최저를 오르내렸다. 오후에는 잠을 조금 자곤 했는데, 깨어나서는 알아들을 수 없는 말들을 자주 입에 올렸다. 어느 날 아를레트가 란츠만의 영화 〈이스라엘이 왜?〉를 개인 시사회에서 보았었노라고 이야기하니까, 그가 이렇게 말했다. "너 혼자가 아니다. 아를레트도 거기에 있었어." "아를레트라구요?" "그래. 그 애는 유대계 피에 누아르pied-noir*니까 거기에 관심이 있거든." 그래서 그녀가 물었다. "그럼, 저는요? 저는 누구죠?" 사르트르는 말을 고쳤다. "아! 네가 어떤 여자 친구를 데리고 갔던 것을 말하려던 거야." 아를레트는 사르트르에게 영화 시작할 때 폭탄이 있다는 경보가 있어서 극장 안을 수색했었다고 말했다. 사르트르는 나에게 시사회가 늦

---

* 프랑스 식민지 이주 정책에 의해 알제리로 건너가 정착한 사람들과 그 후예로, 알제리 출신 프랑스인을 가리킨다. 대표적으로 알베르 카뮈가 있다.

게 시작되었다고만 말했다. 왜 그랬는지는 잊어버렸던 것이다. 사건들이 그에게 별 영향을 주지 못하고 스쳐지나갔고, 그와 가까이 지내는 친구들이 눈치챈 것처럼, 그는 주위에서 멀리 떨어져 있는 것 같았다. 그는 약간 반수 상태에다가, 거의 흐리멍덩해 보였다. 입술은 누구에게나 선의로 지어보이는 미소(가벼운 안면 근육 마비로 인한 미소)로 굳어진 것 같았다.

그러는 동안에도 나는 자주 사르트르와 즐거운 저녁을 보냈다. 그는 기쁘게 과일 주스를 마셨다. 실비와 함께 하는 일요일의 식사는 아주 활기가 넘치곤 했다. 티토 제라시 — 그는 사르트르의 정치적 전기를 쓰려고 하고 있었다 — 가 라 쿠폴에서 나와 사르트르와 함께 점심 식사를 했고, 이후 사르트르와 단 둘이 대화했다. 그는 사르트르의 건강이 아주 좋은 것으로 생각했다. 5월 21일 사르트르는 피에르 빅토르와 가비와 함께 대담을 했는데, 그들은 릴리안 시겔에게 이렇게 말했다. "그는 비상할 정도로 명철했어요. 예전과 똑같았습니다." 사르트르는 5월 말에 《레 탕 모데른》 회합에 참여했다. 오르스트와 란츠만 — 사르트르가 남프랑스에서 돌아왔을 때, 가장 애석한 인상을 받았던 두 사람 — 은 사르트르가 전과 같이 활기있고, 지적이라고 느꼈다. 사르트르의 기억력은 여전히 고유 명사에서는 머뭇거렸고, 발병 순간에 대해서 특히 정신이 혼미해졌을 때의 기억은 아주 안 좋았다. 그는 종종 자신의 '마비증miniplégie'에 대해 넌지시 이야기하곤 했는데, 어느 날에는 내게 이렇게 말했다. "당신에게는 유쾌한 일이 아니었을 거요." 내가 대답했다. "그래요. 당신에게는 더더욱 그랬을 거예요." "아! 나 말이요! 난 무슨 일이 벌어지는 줄도 몰랐소."

사르트르는 빅토르와 가비와 대담을 다시 하게 된 것을 매우 흡족해했다. 실비와 함께 저녁 시간을 보내는 동안에는 유쾌하고 우스꽝스럽게 보이기까지 했다. 6월 17일 그는 프랑스 장송Francis Jeanson*과 함께 자신의 청소년기에 대하여 대담을 가졌다. 그는 당시 자신과 폭력과의 관계를 명확히 밝혔다.

단 한 가지 불행한 것이 있었다. 사르트르의 눈이었다. 매년 그래왔던 것처럼 그는 안과 의사를 찾아갔다. 의사는 그가 이미 시력의 40퍼센트를 상실했다고 말했다. 거의 반이었다. 그는 한쪽 눈으로만 보고 있었다. 몇 주간 치료를 받아야 하고, 만약 좋은 결과를 얻지 못하면 작은 수술을 받아야만 했다.

보름 후, 안과 의사는 어떻게 진단을 내려야 할지 확실히 알지 못했다. 사르트르는 눈이 잘 보이지 않아서, 그 사실에 불안해했다. 우리가 알던 한 일본인 여자 친구가 그에게 주었던 두꺼운 돋보기 위로 몸을 기울이고는 걱정스

---

* 철학자이자 사르트르 연구자로 1955년『사르트르가 말하는 사르트르 Sartre par lui-meme』(Seu)부터 2000년까지 사르트르 평전을 썼다. 이 대담 이후 그는『생의 전기로 본 사르트르Sartre dans sa vie : biographie』(Seuil,1974)를 출간했다.

럽게 신문 기사들을 훑어보던 그가 생각난다. 돋보기를 대고도 그는 온전히 읽을 수 없었던 것이었다. 그는 여러 번 반복해서 읽으려는 시도를 해보았지만 번번이 성공하지 못했다.

며칠 지나, 아를레트가 내게 전화했다. 사르트르가 다시 현기증을 일으켜서 침대에서 나오다가 쓰러졌다는 것이었다. 그날 오후 그는 아주 잘 알려진 전문의를 만났다. 그날 저녁 결과를 내게 이야기하면서 그는 몹시 낙심해 있었다. 그 안과 전문의가 측두부 정맥에서의 혈전증과 눈 안쪽에서의 삼중 출혈을 밝혀냈다고 했다. 반면 B박사 ― 내가 약속을 잡아 만났었다 ― 는 고무적이었다. 그의 현기증은 멈추었고, 걸음걸이는 다시 똑바로 되었다. 혈압은 여전히 200-120으로 높았지만, 신경의학적인 관점에서 보면 모두 정상이었다. B박사는 안과 의사에게 보내는 편지를 써주었다. 편지에서 그는 사르트르가 '어지러움증을 동반한 뇌동맥병'으로 고통을 겪고 있고, 고혈압과 당뇨병 전증이 보인다고 설명했다. 그 모든 것을, 사실 나는 알고 있었지만, 그것이 글로 쓰여진 것을 보자 넋이 나가버렸다. 내가 혼란스러워하는 것을 본 란츠만이 자기 의사 친구들 중 한 명에게 전화를 했다. 쿠르노 박사였다. 이 의사는 사르트르가 완전히 회복하기 위해서는 적어도 1년은 걸린다고 설명했다. 그렇지만 일단 회복되면 아흔 살까지 살 수 있을 거라고 말했다. 새로운 발작의 경우에 대해서는 가벼운 것일지 심각한 것일지 예측하기가 불가능하다고 했다.

다시 한 번 진찰한 안과의사는 세 부분의 출혈 중 하나는 치료가 되었고, 시력의 20퍼센트는 회복되었다고 말했다. 시력을 완전히 되찾으려면 아직 2주나 3주가 필요하다고 했다. 사르트르는 불안해하고 있었다. 언젠가 점심 식사에서는 그가 아주 좋아하는 친구들 — 로베르 갈리마르와 미셸의 미망인인 자닌느 — 와 함께 하면서도 한 번도 입을 열지 않았다. 그리고는 그들과 헤어지고 나서 그가 내게 물었다. "내가 이상해 보이지 않았소?" 그러나 전반적으로 그는 자기의 병을 잘 견디고 있었다. 빅토르와 가비와의 대담에서 그는 말을 많이 하지 않았으나 토론을 주의 깊게 지켜보면서 적절하게 끼어들었다. 그는 빌뇌브 라 가렌느(사르트르는 앙케이트를 실시한 바 있다)의 젊은 노동자들과 대담을 했는데, 그것은 6월 중순《리베라시옹》에 게재되었다. 그는 '오르드르 누보(신질서)' 회의 금지 호소문에 서명했다. 6월 21일, 회의가 열리자 그는《리베라시옹》에서 내무 장관 마르슬랭의 이러한 결정을 공격했다. 6월 27일의《레 탕 모데른》회의에서 그는 매우 유쾌했고, 이어지는 며칠 동안에도 그랬다. B박사는 사르트르의 건강에 매우 만족했고, 그의 시력은 좋아지는 것처럼 느꼈다.

예년처럼 사르트르는 아를레트와 3주를 보냈다. 나는 실비와 함께 남프랑스를 여행하고 있었다. 아를레트가 새로운 소식을 알려왔는데, 좋은 소식이었다. 그런데 그가 걷는 데 빨리 피로를 느끼고, 책 읽기도 힘들어 한다고 했다. 우리는 베니스로 자동차를 타고 가기 위해 7월 29일 쥐나에 있는 그에게 갔다. 베니스에서 그는 완다를 만나기로 되어 있었다. 이번에도 사르트르를 다시 만나는 것이 나에게는 행복이었지만 슬픔이 섞여 있었다. 뒤틀린 입술과 나쁜 시력 때문에 그의 얼굴은 굳은 인상을 주었고, 나이 들고 생기 없어 보였다.

그럼에도 쥐나에서 베니스까지 우리가 보낸 닷새 동안은 기분이 좋았다. 사르트르는 약간 어리둥절하고 멍해 보였지만 아주 즐거워했다. 좋지 않은 시력에도 불구하고 그는 풍경들을 분별해보았고 지나가는 풍경들의 움직임을 좋아했다. 님므를 가로질러, 교통 혼잡 때문에 아를르와 엑스를 비껴서 뒤랑스강을 따라갔다. 우리는 메이라르그 성에서 점심을 아주 훌륭하게 먹었고, 사르트르는 오래 숙성한 샤토뇌프 와인 한 잔을 마셨다. 나는 라 바스티드 뒤 투르투르 호텔에 방을 잡아놨었고 우리는 좁고 매혹적인 길들을 따라 거기에 이르렀다. 발코니에서 바라보는 전망이 근사했다. 멀리 보이는 소나무 숲과 푸르스름한 산들.

다음날 아침 사르트르를 다시 보았을 때, 그는 벌써 한 시간 전부터 테라스에서 프로방스의 아름다운 풍경을 바라보며 앉아 있었다. 지루하지 않았을까? 아니다. 그는 아무것도 하지 않고 세상을 바라보는 것이 좋다고 했다. 쥐나에서도 그는 발코니에 앉아 오랫동안 마을을 바라보곤 했다는 것이었다. 나는 그의 그런 한가함이 스스로에게 부담이 되지 않고 있다는 것이 기쁘면서도, 가슴이 아프기도 했다. 왜냐하면 그런 한가함을 즐기려면, 그가 의사에게 말했던 것처럼 정말 '텅 비어 있어야'만 하기 때문이었다.

보스트는 망통에 있는 셰프랑신느*에서 아이올리 소스를 다져 얹은 생선 요리를 먹어보라고 추천했었다. 사르트르는 몹시 그 요리를 먹고 싶어 했다. 우리는 작은 레스토랑의 테라스에 자리를 잡고 앉았다. 수프가 나왔는데, 그가 곧바로 접시를 자기 다리 위에 엎질렀다. 큰 일은 아니었다. 우리는 그의 신발을 닦아주었고, 여종업원이 다시 수프를 가져다주었다. 그는 늘 동작이 서툴렀지만 지금은 시력이 나쁜 탓에 일어난 일이었다. 완전히 방향을 헛짚은 것 같았다. 그는 그 일을 비정상적일 만큼 무심하게 받아들였다. 마치 더 이상 자신의 행위에 대한 책임을 느끼지 못하거나, 앞으로 닥칠 일과 상관없는 것처럼.

우리는 트럭들로 혼잡한 고속도로를 지나 제노바에 갔고, 시내로 진입하는 데 시간이 많이 걸려 힘들었다. 사르트르는 힘들어하기는커녕, 기분이 무척 좋았다. 역 가까이에 호텔을 잡았고, 광장에서 가볍게 식사를 했다.

다음날 아침 9시경에도 나는 창가에 있는 사르트르를 보았다. 7시 반에 일어난 그는 역 광장과 그곳의 교통 상황을 흥미롭게 지켜보고 있었던 것이다. 그는 이탈리아에 있음을 실감했다. 그 사실이 그를 기쁘게 했다. 우리는 베로나에서 빵 껍질로 만든 맛있는 햄요리로 점심을 먹고, 바로

---

* 프랑스에서는 오래 이어오는 식당에는 엄마네, 프랑신느네와 같은 의미로 셰chez를 붙여 부른다.

크풍의 아주 예쁜 방이 있는 호텔로 내려갔다. 그 호텔은 10년 전, 내가 사르트르와 함께 묵었던 곳이었다. 그가 낮잠을 자는 동안, 나는 실비와 함께 산책했다. 그런 다음, 우리 셋은 아레나 옆에 있는 큰 광장의 수많은 카페들 중 한 곳에서 한잔 마셨다. 실비가 피곤해했으므로 나는 사르트르와 둘이 호텔 근처 작은 식당에서 저녁 식사를 했다. 그는 잔걸음으로 걸었고, 그다지 힘들어하지 않았다. 오히려 아주 행복해 보였다.

베니스에서 실비는 자동차를 로마 광장에 있는 대형 주차장에 맡겼고, 우리는 곤돌라에 올라탔다. 사르트르를 그란 카날에 있는 한 호텔에 두고, 산 마르코 광장 뒤 카발레토에 우리가 묵을 숙소를 잡았다. 그런 다음 사르트르를 찾아 갔다. 아침에 완다가 아직 옆방에서 잠을 자고 있을 때, 사르트르가 음악을 들을 수 있도록 트랜지스터 라디오를 가져다주기 위해서였다. 그는 점심 식사를 위해 우리를 페니체 식당으로 이끌었는데, 길을 거의 틀리지 않고 갔다. 햇빛을 피하기 위해서 ― 그에게 위험했다 ― 그는 싫어하는 밀짚모자를 쓰고 있었다. "이 모자를 쓰고 있으면 창피하오." 나중에 그가 로마에서 내게 말했다. 산 마르코 광장에서 칵테일을 마신 뒤, 우리는 사르트르의 호텔로 돌아왔다. 그리고 거기에서는 모터보트가 그를 태우고 완다를 마중할 비행장으로 갔다. 보트 위에 서서 그는 너무나 다정한, 지나칠 정도로 다정한 미소를 지으며 우리에게 손짓을 해보였다. 나는 그런 그가, 뭐라고 정확하게 설명할 수는 없지만, 겁이 났다. 그가 쇠약해 보였기 때문이었다.

이틀 후 8월 3일, 오전 9시 산 마르코 광장 카페에서 사르트르를 만났다. 그다음 사흘 동안에도 그랬었다. 때로 그는 나보다 먼저 도착해 있었다. 두 번이나 시계를 보지 않고 새벽 4시에 일어나 옷을 입었다고 했다. 그런데 밤이라는 것을 알아차리고서야 다시 잠자리에 들었다는 것이었다. 완다가 세심하게 그에게 약을 챙겨주었다. 그는 완다와 산책을 많이 했는데, 어떤 때는 거의 한 시간을 걸었다. 그는 베니스에 있는 것을 좋아했다.

그리고 어느 날 아침, 나는 그와 헤어졌다. 실비가 베니스에서 정체되어 있는 것을 원치 않았기 때문이었다. 실비는 베니스를 다 외울 정도가 되어 있었다. 그리고 아침의 만남이 사르트르를 기쁘게 한다 해도("당신이 보고 싶을 거요", 하고 그는 내게 말했다), 조금은 그를 번거롭게 했을 터였다. 나는 완다에게 주소를 남기고 피렌체로 떠났다.

8월 15일, 나는 로마에 도착했다. 그리고 16일 오후에 실비와 함께 피우미치노 공항에서 사르트르를 기다렸다. 유리창에 비친 그를 단박에 알아보았다. 그의 모자, 그의 키, 특히 그의 걸음걸이. 그는 한 손에 작은 여행 가방을, 다른 한 손에는 트랜지스터 라디오를 들고 있었다. 호텔로 오자, 우리의 테라스를 다시 보게 되어 몹시 좋아했다. 아주 건강해 보였다. 그러나 여전히 조금은 적응이 서툰 상태였다. 실비가 트랜지스터 라디오를 테이블 위에 올려놓았다. "자네가 가지고 있겠어요?" "아뇨, 선생님 것인걸요." "아니야! 난, 필요없어요." 그런데 그 후 사르트르는 몇 시간씩이나 음악을 들으며 보냈고 트랜지스터가 없었으면 매우 힘들었으리라는 걸 인정했다.

다음 며칠 동안 내가 아침 8시 반쯤 일어나면, 사르트르는 벌써 테라스에 있었다. 종종 아침 식사를 하면서 멍하니 사람들을 바라보고 있었다. 시력은 8월 초보다 훨씬 더 나빠져서 안 보였고, 읽을 수도 쓸 수도 없었다. 나는 미셸에게 그의 안과 의사에게 전화하도록 했다. 의사는 틀림없이 새로운 출혈이 있을 것이라고 당장 여기 전문의한테 진찰을 받으라고 권했다. 호텔에 물었더니 로마에서 제일 명성이 있는 의사를 알려주었다. 이 의사는 카를로 레비*의 망막박리증을 고쳤다고 했다. 그는 내게 다음날 오후로 약속 시간을 잡아주었다. 그는 테베레 강 건너 공기 좋고 쾌적한 프라티 구역에서 살고 있었다. 젊고 다정한 사람이었다. 그는 사르트르의 한 쪽 눈 중앙에 출혈이 있음을 확인했다. 그러나 조처할 수 있는 게 아무것도 없고, 오직 기다려야 한다고 했다. 또한 녹내장 초기이고 안압이 몹시 높다고 했다. 필로카르핀과 다이아목스 점적제點滴劑를 처방해주었다. 다음 진료에 가니 안압이 내려 있었다. 그날 아침 내가 사르트르에게 다이아목스를 주었었다. 약을 먹지 않고 돌아왔을 때 안압이 좀 더 올라갔는데, 심각하지는 않았다. 그 의사는 필로카르핀이 녹내장을 중화시킬 수 있

* 이탈리아의 레지스탕스 소설가

을 것으로 보았다. 마지막 진료에서 그는 사르트르가 치료비를 내지 못하게 했다. 다만 책에 사인해서 한 권 달라고 했다. 사르트르는 잘 보이지 않아서 더듬더듬 몇 자 적은 책 세 권을 그에게 가져다주었다. 그는 용기를 주고 다정했던 그 의사를 아주 마음에 들어 했다.

하루하루가 매일 같았지만 우리는 즐거웠다. 아침에 나는 사르트르에게 책을 읽어주었다(그해 나는 그에게 플로베르에 관한 연구 논문들,《레 탕 모데른》의 칠레 특집, 오르스트[18]의 최근 책, 르 루아 라뒤리의 책, 일본에 관한 아주 재밌는 두툼한 책 두 권, 그리고 마티에의 『공포 아래 소중한 삶』을 읽어주었다). 그는 가볍게 식사를 하고, 두 시간쯤 잤다. 나는 실비와 산책을 하거나 테라스 덮개가 있는 안에서 나란히 앉아 책을 읽었다. 에어컨이 있음에도 불구하고 더웠다. 그러나 나는 그 열기, 그 희미한 빛, 그 인조 가죽 냄새를 좋아했다. 한번은 사르트르가 깨어나서, 내가 프랑스어와 이탈리아어 신문들을 읽어주었다. 저녁에는 실비와 함께 식사를 했다.

나를 제일 걱정스럽게 만드는 것은 바로 그 식사하는 동안이었다. 그는 더 이상 요실금에 시달리지 않았다. 술, 커피, 차를 허용된 양만큼만 마셨다. 하지만 당뇨병 전증임에도 밀가루 음식을 어찌나 좋아하는지, 특히 아이스크

---

18 오르스트는 자신의 책에는 고르츠라고 썼고《레 탕 모데른》의 편집부에서도 그 이름으로 표기했다. 그러나 나는 이 글 여러 곳에서 그의 본명을 썼다.

림을 끔찍하게 좋아해서 탐식하는 걸 보는 것이 가슴 아팠다. 게다가 틀니에다가, 반쯤 마비된 입술, 반쯤 실명된 눈 때문에 그는 음식을 깨끗하게 먹지 못했다. 입 언저리가 음식물로 지저분했는데 그것을 닦으라고 말하면 그가 성을 낼까봐 두려웠다. 그는 스파게티 면을 너무 많이 입에 넣었다가 흘러내리는 바람에 먹느라 고전했다. 내가 고기를 썰어주겠다는 것도 겨우 받아들였다.

지적인 면에서, 사르트르는 완전히 활기찼다. 기억력도 완전했다. 하지만 때때로 정신이 나가 있었다. 가끔 나는 그런 것들이 성가셨고, 또 다른 때에는 연민으로 눈물이 날 지경이었다. 그가 나에게 이렇게 말할 때가 그랬다. "이 모자를 쓰면 창피하오." 그리고 식당에서 나오면서 그가 중얼거릴 때도 그랬다. "사람들이 나를 쳐다봤소!" 이 말에는 '사람들이 자기를 아주 업신여긴다'는 뜻이 담겨 있었다. 그러나 또한 나는 그의 명랑한 기분, 인내심, 짐이 되지 않으려는 근심 어린 배려에 놀라기도 했다. 그는 눈이 잘 보이지 않는 것에 대하여 더 이상 불평하지 않았다.

나는 사르트르에게 헌정한 잡지 《아우트 아우트Aut Aut》* 특집호를 그에게 번역해주었다. 이 잡지는 1961년 그람시 연구소에서 그가 "주체성과 마르크스주의"에 대한 토론에서 발표한 글과 그에 대한 다른 기사들도 싣고 있었다. 이따금 우리는 렐리오 바소, 로사나 로산다와 만났다. 실비가

* 밀라노에서 발간된 철학과 문학 비평지.

우리와 헤어져 자동차로 파리로 돌아간 다음날 — 9월 15일 — 우리는 독일 기자인 알리스 슈바르처Alice Schwarzer*의 방문을 받았다. 나는 그녀를 M.L.F. 집회에서 알게 되었고 사르트르도 나처럼 그녀에게 좋은 감정을 가지고 있었다. 그녀는 독일에서 방영될 방송을 위해 나에 대한 작은 영화를 찍었고, 하루가 끝나갈 즈음에는 우리 둘이 테라스에 있는 모습을 찍었다. 우리는 그녀와 기분 좋은 저녁 식사를 했다. 우리의 친구 보스트도 와서 로마에서 며칠 보냈다.

로마를 떠나면서 나는 걱정이 되었다. "언제 다시 올 수 있을까?" 나는 이 도시에 마지막 눈길을 던지며 자문했다. 나는 파리에 돌아와서 썼다. "이제 로마에서의 휴가와 그 휴가의 서글픈 정겨움도 끝이 났다." 가을은 찬란했다. 그러나 사르트르를 생각하면 파리의 피곤한 일들이 걱정이었다.

사르트르는 집을 옮겼다. 라스파이유 대로의 집은 너무 작았다. 아를레트와 릴리안이 그에게 훨씬 더 큰 아파트를 찾아주었다. 이번에도 11층이었으나 엘리베이터가 두 대나 있었다. 데파르 거리로 향한 큰 서재가 있었고, 전면으로 몽파르나스의 높은 새 타워가 보였고 멀리 에펠탑이 보였다. 사르트르는 두 개의 방 중에서 안뜰로 창문이 난 방을 썼다. 그가 더 이상 밤에 혼자 있지 못할 경우, 다른 방에서 누군가 잘 수 있었다. 그는 아직 가구가 갖춰지지 않

---

* 독일의 신문기자이자 저명한 여성운동가

은 새 거처에 가보았고, 마음에 들어 했다.

사르트르는 기분이 아주 좋았다. 눈이 조금은 잘 보인다고 말하곤 했다. 책을 읽는 것은 어렵지만 체스놀이는 할 수 있었다. 그는 "내 병"이라고 부르며 신이라도 난다는 듯이 말하기도 했다. "난 너무 뚱뚱하오." 그는 내게 말했다. "다 내 병 때문이오." 거리에서 점심을 먹으러 갈 때도 "너무 빨리 걷지 말아요. 당신을 따라갈 수가 없잖소. 내 병 때문에." 라고 말하곤 했다. 그러면 내가 그에게 말했다. "이제 당신은 아프지 않잖아요." 그러면 그가 "그럼, 난 뭐요? 장애인인 거요?"라고 물었다. 그 말이 내 가슴을 몹시 아프게 했다. "그렇지 않아요." 하고 내가 대답했다. "당신 다리가 조금 약한 것뿐이에요." 나는 그가 자신의 상태를 어떻게 생각하고 있는지 잘 알지 못했다.

그로부터 며칠 안 지나 그는 피로해했다. "너무 많은 사람들을 만났소. 로마에서는 아무도 안 만났는데." 10월 8일에 있을 재판의 정신적인 부담을 그는 어떻게 견뎌낼 것인가? 그것은 오래된 사건이었다. 1971년 5월 《미뉘트Min-ute》*가 사르트르의 투옥을 주장했다. 《라 코즈 뒤 푀플》와 《뚜》에 실린 기사를 상대로 국새상서(법무장관을 가리킨다), 법무부, 내무부가 그를 명예훼손으로 6월에 고소했다. 무죄라고 예고받은 그는 이탈리아에서 바캉스를 보냈다. 예심은 10월에 열렸고, 금방 끝이 났다. 1972년 2월 우리는 여

---

* 1962년 창간한 극우 성향의 프랑스 시사 정치 주간지

전히 재판이 언제 열릴지 알지 못하고 있었다. 그런데 이제, 날짜가 정해진 것이었다.

10월 8일 사르트르는 경범죄 혐의를 받아 파리 법정에 출두했다. 《미뉘트》 편집자 8명이 명예훼손과 모욕, 살해 위협의 이유로 80만 프랑의 손해배상을 요구하며 그를 기소한 것이었다. 《라 코즈 뒤 퀴플》이 그들에게 우호적이지 않았다는 것은 말해두어야만 하겠다. 《라 코즈 뒤 퀴플》은 이들을 "프랑스 해방 때 제대로 추방되지 않은 무리들이고, O.A.S.(알제리 독립 반대 비밀군사단체)의 퇴직자들이며, 살인 요구 전문가들"이라고 규정했다. 《라 코즈 뒤 퀴플》 책임자들은 받은 소환장들을 쓰레기통에 던져버렸고 사르트르는 소권訴權을 상실해 소송에 대비할 수 없었던 것이다. 사르트르가 반격을 가하기 위해서는, 그 잡지에 인쇄된 것들을 모두 그대로 진실로 생각할 이유가 있었음을 분명하게 증언해줄 증인들을 출두시켜야만 했다. 9월 말, 우리는 사르트르의 변호사 지젤 알리미가 보내준 《미뉘트》의 소송 기록을 검토를 시작했고, 사르트르가 법정에서 밝힐 선언의 중요한 내용을 공들여 작성했다.

그러나 사르트르의 건강 상태가 좋지 않았다. 또다시 그의 집 엘리베이터가 고장이 나서 걸어올라 갔고 목덜미에 통증을 느꼈다. 그는 B박사를 만났다. 그는 좋지도 나쁘지도 않다고 했고, 전반적인 상태를 물었다. 다음날, 잠에서 깨어난 그는 좀 멍해 보였다. 그것은 그에게 오랫동안 일어나지 않던 일이었다. 내가 말했다. "오늘 안과에 가지요?" "아니, 안과가 아니오." "안과가 맞는데요." "아니, 난 B박사 다음에 나를 봐준 의사에게 갈 거요." "그 분이 안과 의사예요." "아, 그렇소?" 사르트르는 자기에게 필로카르핀을 처방한 의사가 B박사였냐고 내게 물었다. 그는 눈 때문에 진찰받는 것, 눈 생각을 하는 것을 질색했다. 아를레트와 릴리안이 안과의사에게 그와 동행해 갔다. 돌아와서, 그는 나에게 다시 완전히 시력을 회복할 수 없을 것이고, 이제 오랫동안 더는 읽을 수 없으리라고 말했다. 그는 이런 생각을 침울하고 무기력하게 받아들였다. 나는 그가 혈전증을 가지고 있고 그것이 결국 출혈로 이어지고 만다는 것을 자이드만을 통해 들었다.

사르트르는 이사하는 동안 내 집에 많이 머물렀다. 이사는 아를레트와 릴리안이 맡았다. 9월 26일, 그는 칠레의 탄압에 항의하는 작가협회 호소문과 그 나라에 대해 공식 보도가 없는 것에 대한 호소문에 서명했다. 우리는 《미뉘트》에 대한 성명문을 마무리했고, 그는 그것을 외웠다. 그러나 서두를 제외하고 잘 외우지를 못했다. 나는 그가 어떻게 해나갈지 의문이었다. 우리의 저녁 시간은 좋았다. 그러나 오후에 그는 심하게 졸려 했다.

10월 8일 지젤 알리미와 그녀의 젊은 동료들이 자동차를 타고 찾아와 우리를 태우고 도핀 광장으로 점심을 먹으러 갔다. 그들은 조금 두렵다고 말했다. 그러나 사르트르는 그렇지 않았다. 자주 그랬던 것처럼, 그는 그때에도 주위의 인식과 거리가 있어 보였다. 우리는 17호 법정에 갔고, 한 시간 동안 경범죄에 대한 약식 재판들을 구경했다. 2시에 사르트르의 사건이 호명되었다.《미뉘트》쪽 사람들은 아무도 출석하지 않았다. 그들은 자기들의 자문 변호사에게 비아기Biaggi를 붙여 놨다. 소송에 대한 토론이 시작되자 증인들을 나오게 했고, 사르트르가 진술했다. 그는 얘기가 되었던 바에 따라,《미뉘트》를 비판했는데 꽤 강력했다. 그런데 노그레트의 납치 사건을 암시하는 실수를 해서 재판장은 그것을 가지고 그를 난처하게 만들었다. 이어 증인들의 증언을 들었다. 다니엘 메이에르는 비아기와의 언쟁에서 아주 웃겼다. 비아기가 자기는 사르트르의 작품『파리떼Les Mouches』때문에 감히 그를 공격한다고 말했던 것이다. 드뷔브리델은, 폴랑과 같은 수많은 항독 레지스탕스들은 독일군 점령하에서도 효과만 있다면 대중에게 자기의 의견을 표현을 할 수 있다고 생각했고,『파리떼』의 경우가 바로 그런 경우라고 했다. 클로드 모리악은 약간 당황했다. 그는 사르트르를 위해 우정으로 나왔으나, 내키지 않은 마음이 조금은 있었다.

이어서, 다시 소송 절차를 놓고 토론이 있었다.《미뉘트》는 사르트르를 상대로 한 모욕과 명예훼손 고소를 취소했고, 협박 부분에만 매달렸다. 그쪽의 젊은 변호사는 맹렬하기는 하지만 알맹이는 없는 변론을 쏟아 부었다. 그래서 재판장은 그에게 테이블을 계속 두드리지 말라고 무뚝뚝하게 말했다. 그가 마이크 장치를 고장냈기 때문이었다. 이어서 비아기가 모욕적인 말들을 쏟아냈다. 그는 소송 기록을 잘 알지 못하고 있는 것이 명백했다. 그렇지 않다면 욕설이나 문학적인 인용만을 나열할 것이 아니라 《라 코즈 뒤 퓌플》의 많은 허점들을 드러내 보일 수 있었을 것이었다. 지젤 알리미는 한 시간 넘게 말했다. 그녀는 《미뉘트》를 상대로 가차없는 고발로 몰아세웠다. O.A.S.와의 관계, 살인 요구, 인종차별주의에 대한 것이었다. 재판장이 때때로 그녀에게 그 문제는 다른 것이라고 환기시키면서도, 그녀가 말을 계속하도록 놔두었다. 재판을 해산하기 전에, 재판장은 다시 한번 《미뉘트》를 단죄하지 않으려면 소송을 취소해야 하는 것임을 알아듣도록 했다. 왜냐하면 모욕과 명예훼손이 혼합된 고소장은 받아들여질 수 없기 때문이라는 것이었다.[19] 우리는 그것으로 끝을 낸 것에 아주 만족하면서 떠났다.

저녁에, 지젤 알리미가 내게 전화를 걸어왔다. 《프랑스 수아르》 기자들이 다가와서, 사람을 집어삼키기라도 할 듯이 "도대체 사르트르가 왜 그런가요? 건강이 안 좋아 보이던데요."라고 질문했다는 것이었다. 그녀는 "회복하고 있는 중입니다."하고 대답했다고 했다. 그러자 그들은 조금의 예의도 없이 이렇게 말했다는 것이었다. "무슨 일이 생기면, 우리에게 알려줄래요?" 사르트르는 질질 끄는 약해진 다리와 뚱뚱해진 몸, 흐릿한 시선으로 정말이지 고통

---

19 실제로 사르트르는 결국 1프랑의 손해 배상과 400프랑의 벌금형을 선고받았다.

스러워 보였던 것이 사실이었다. 도핀 광장에서 우리와 마주친 시몬 시뇨레Simone Signoret*는 그를 보고 굉장히 놀라는 것 같았다. 사르트르도 왜 그러는지 조금은 알아차렸다. 어느 날, 들랑브르 가에서 르 돔으로 점심을 먹으러 가느라 잔걸음으로 걸어가고 있었는데, 그가 내게 물었다. "내가 너무 불구자처럼 보이지 않소?" 나는 그를 안심시켜주었다, 거짓으로.

재판이 있던 날 오후가 끝나갈 무렵, 그는 아를레트와 안과에 갔다. 의사는 그에게 망막이 훼손되었고 ― 중앙에 부분적인 상처 ― 치료될 희망이 없다고 확실하게 말했다. 안경점에 가면 측면 시력을 이용하여, 하루 한 시간 정도 책을 읽을 수 있게 하는 특수 장치를 만들어줄 것이라고 했다. 다음날 사르트르는 녹초가 되어버린 것 같았다. 내가 그에게 말했다. "재판 때문에 지쳐버린 거예요." "아니, 재판 때문이 아니오. 의사를 보러가는 게 그렇지."

의사를 보러가는 것, 그 자체는 피곤하지 않았으나 의사가 그에게 충격적인 끔찍한 말을 했던 것이다. 저녁에 보스트가 와서 재판 이야기를 해줄 때에도 사르트르는 입을 열지 않았고, 자정 정각에 잠자리에 들었다.

10월 12일 그는 살피트리에르 병원에서 종합검사를 받았다. 아를레트가 그를 병원에 데려다주었고 내가 정오에 그를 데리러 갔다. B박사는 나에게 사르트르는 몇 달 안에

---

* 프랑스 영화사에서 대표적인 성격파 배우이자 좌파 신념을 고수한 배우

일을 못할 수 있다고 말했다. 그것은 분명한 일이었다. 그가 건강한 상태는 하루 세 시간뿐이었고, 나머지는 자거나 멍한 상태였다. 검사를 끝내고 나왔을 때, 그는 진이 빠져 보였다.

10월 16일 화요일, 나는 그를 데리고 안경사에게 갔다. 안경사도 희망을 주지 않았다. 어쩌면 특수 장치를 맞추어 주문해 끼면 사르트르는 하루에 한 시간 정도, 조금 불편한 상태에서 읽을 수 있을지도 모른다고 했다. 저녁에 우리는 처음으로 그의 반실명半失明 상태에 대해 조금 이야기를 나누었다. 그는 그것으로 그다지 괴롭지는 않다고 말했는데, 솔직한 심정 같았다.(그러나 몇 번의 치통을 제외하면, 그는 신장의 결장 산통疝痛으로 뒤틀리던 때조차도 아프다는 사실을 인정하지 않았었다) 다음날 내가 받았던 살피트리에르의 검사 결과는 좋지 않았다. 사르트르는 당뇨가 있었고, 뇌파 검사 결과도 위험한 상황이었다. 이런 악화는 틀림없이 당뇨에서 기인하고 있다고 B박사는 조금 뒤에 나에게 전화로 말했다. 그렇다면 회복될 수 있는 것일까? 나는 희망을 가지고 생각해보았다. 그의 반수半睡 상태를 설명할 수 있는 느린 파동을 그의 뇌에서 찾아냈다.(그러나 나는 아직도 그의 반수 상태가 눈으로 인해 느껴지는 불안과 맞서기 위한 방어 수단이었다고 믿고 있다)

안경사는 우리에게 말했던 장치를 마련해주었다. 그런데 사르트르에게 쓸모가 없었다. 글자들이 어찌나 느리게 풀려 지나가는지 큰 소리로 읽는 편이 더 나았다. 사르트르는 그것으로는 다시 볼 수가 없었고, 자기 글도 수정할 수 없었다. 사르트르는 거기에 대해 실망하지 않았다. 왜냐하면 그 장치에 대한 환상을 갖고 있지 않았기 때문이었다. 우리는 그것을 돌려보냈다.

사르트르는 빅토르와 가비와 대담을 다시 시작했다. 그는 그들의 말을 귀 기울여 들었고 조금 평하기도 했지만, 전체적으로는 거의 개입하지 않았다. 어느 일요일 아침, 그는 《레 탕 모데른》 편집진들을 맞아들였다. 그가 중요하게 생각하고 나와 종종 이야기를 나누었던 문제, 그러니까 이스라엘-아랍 간의 분쟁 문제에 대한 사설을 논의하기 위해서였다. 그는 그 자리에서 한 마디도 하지 않고 있었는데 다음날 아를레트에게 그때 자기가 잠들었던 것 같다고 말했다. 란츠만과 푸이용은 몹시 놀랐다. 그는 내가 책을 읽어주는 동안에도, 그가 그렇게나 관심을 가지고 있는 《리베라시옹》을 읽어줄 때조차, 종종 잠이 들곤 했다. 그는 자신의 상태를 파악하지 못하고 있었다. 그는 옛 여자 친구 중의 한 명인 클로드 데이에게 말했다. "눈은 안 좋지만, 정신 상태는 아주 좋아요."

실비와 함께하는 저녁들마다 그는 즐거워했고, 이제는 아주 드문 일이 되었지만─소리내어 웃기까지 했다. 그러나 일요일 점심, 실비와 모스크바에서 온 우리의 친구 레나와 식사를 할 때, 그는 그녀를 다시 만나서 기뻐했는데, 그때에도 아무 말도 하지 않고 침울해했다. 레나는 얼굴이 어두워졌고, 나도 피곤했다. 실비만 혼자, 분위기를 살려 내려고 애썼다. 다행히 이어지는 저녁 시간을 레나와 함께 좀 누그러진 정겨운 마음으로 보냈다.

10월 말, 사르트르는 회복되기 시작했다. 그는 우리의 대화에 관심을 보였다. 어느 날 아침, 내 아파트 윗층에 새로운 세입자가 이사를 왔는데, 너무 시끄러운 소리가 들려왔다. 그러자 사르트르는 내 집에서 떠나면서 말했다. "당신 아파트를 떠나는 게 기분 좋은 건 이번이 처음이오!"

우리는 욤 키푸르 전쟁*에 대해 특히 더 열띤 토론을 해왔는데, 이번에는 정확하게 같은 입장을 취했다. 그는 그 점에 대해 빅토르와 가비와의 대담에서 설명했다. "나는 현재와 같은 양상에서는 이스라엘 편을 들지 않습니다. 그러나 이스라엘을 파괴해야 한다는 생각에는 찬성할 수 없습니다... 우리는 이 300만 명의 이스라엘 사람들이 쫓겨나거나 노예로 전락하지 않도록 싸워야 합니다... 어느 정도 친 유대인이 되지 않고서는 친 아랍인인 될 수 없습니다. 빅토르가 그러한 것처럼 말입니다. 또한 친 아랍인이 되지 않고서는 친 유대인이 될 수 없습니다. 내가 그런 것처럼 말입니다. 그러니, 기묘한 입장인 것입니다."

10월 26일, 사르트르는 엘리 벤 갈과 전화 인터뷰를 했다.[20] 욤 키푸르 전쟁이 끝날 때, 그는 무엇보다도 이렇게

---

20 10월 26일 《알 하미쉬마르》에 게재되었고, 11월 6일 이스라엘 사회주의 정당인 마팜(Mapam)의 기관지 《빌트탱》에 프랑스어로 게재되었다. 《르 몽드》와 《레 카이에 베르나르 라자르》에는 요약 발췌해서 나갔다.

* 1973년 10월에 일어난 아랍과 이스라엘 간의 전쟁

말했다. "내 희망은 팔레스타인 문제가 아랍 전쟁을 불러일으키는 동인動因이라는 사실을 이스라엘 사람들이 깨닫는 것입니다." 그는 《리베라시옹》에 실을 이 성명서를 나에게 받아쓰게 했고 그 신문은 10월 29일자에 인쇄되었으나, 이 신문이 그 글에 동조한 것은 전혀 아니었다. "이 전쟁은 중동이 사회주의 방향으로 나아가는 것을 방해할 뿐이다." 사르트르는 이렇게 발표하고, 두 진영의 책임을 분석했다. 11월 7일, 사르트르, 클라벨, 드뷔브리델은 리베라시옹 신문사에 대한 전화도청과 통신 방해 문제로 X*를 공개 고발하기로 결의했다.(고발은 당연히 이루어지지 않았다.)

건강 상태가 나아지게 되자, 사르트르는 병을 지겨워하기 시작했다. 아침과 저녁에 주사 맞는 걸 잘 참지 못했다. "평생 이런 식으로 치료를 받아야 한단 말이오?" 하고, 역정을 내며 내게 물었다. 나는 그를 당뇨 전문의에게 데리고 갔는데 의사는 그에게 혈당이 약간 있다고 진단했다. 그는 사르트르에게 정제약과 설탕을 넣지 않는 식이요법을 처방했다. 그리고 밤마다 마시는 과일 주스도 마시지 말라고 금했다. B박사는 그의 병세가 호전되어 가는 중이라고 했고, 어떤 약들은 복용하지 않아도 좋다고 했다. 진료실에서 나오면서 사르트르는 불만인 듯이 말했다. "저 의사는 나한테 관심이 없소!" 사실 그 의사는 성실하게 자

---

* 법률 용어로는 모某 씨로 번역할 수 있다

기의 환자를 진찰했지만 작가 사르트르에게는 거의 관심을 갖지 않았다. 왜냐하면 그는 사르트르에게 시를 써보라고 제안했었기 때문이었다.

그날 이후 사르트르는 며칠간 아를레트와 나와 실비, 레나와 함께 있으면서 생기 있고 활기차 보였다. 그는 한 번도 공연에 가지 않고 있었는데, 어느 날 저녁 우리는 미셸 비앙과 함께 테브냉 사건[21]에서 영감을 받은 아주 훌륭한 연극을 보러 무프타르 골목*에 있는 소극장에 갔었다. 〈나는 내 조국의 법을 믿습니다〉라는 연극이었다. 사르트르는 연극에 열렬히 환호를 보냈다. 다음날, 그의 집에서 《레 탕 모데른》 편집회의를 갖는 동안, 그는 이스라엘-아랍 분쟁에 대한 푸이용의 사설 읽기를 주의 깊게 경청했다. 그는 사설에 대해 논평을 했고, 의견을 나누었다. 그리고 저녁에도 보스트와 함께 아주 열띠게 토론을 이어나갔다.

그런데 다음날 아침, 사르트르는 베트남 출신의 한 여학생이 흑인 이민자 출신 친구에게 강간 당한 사건에 대해서 《리베라시옹》의 편집장인 쥘리와 토론을 했는데, 그러느라 많이 지쳐 있었다. 5시에 그를 보러 갔을 때, 나는 그에게 자도록 했다. 그는 다음날 오후에도 잠을 잤는데, 그가 읽어달라고 해서 『마담 보바리』의 한 장章을 두 가지 판

---

21 테브냉이라는 젊은 죄수가 살해된 것이 분명했으나, 자살한 것으로 여겨진 사건. 그의 부모는 아들의 죽음을 규명하려고 애썼으나 허사였다.

* 파리에서 유서 깊은 골목으로 팡테옹에 있다. 근처에 작가, 예술가들이 체류했고 소르본 대학들이 자리잡고 있다.

본으로 읽어주었다. 저녁에는 실비와 함께 보냈는데, 그의 정신이 완전히 맑았고 우리가 준, 모피로 안을 댄 멋진 외투를 걸치고 좋아했다. 금지된 과일 주스 대신 실비는 향료를 넣어 냉차를 준비했는데, 맛이 훌륭하다고 했다. 다음날 아침, 젊은 그리스인 여자 친구를 다시 만나 기뻐했다. 그녀는 파리에서 얼마간 지내러 왔고 소르본 대학에서 철학 과정을 밟을 것이었다. 그날 오후에 그는 또다시 깊은 잠에 빠졌다.

다음날 아침, 사르트르는 췰리와 함께 강간 사건에 대한 그들의 대담 내용을 다시 읽지 않으면 안 되었다. 나는 9시 반에 평소 그가 릴리안과 아침 식사를 하는 카페에 갔다. 릴리안이 있었고, 췰리도 있었다. 그런데 사르트르는 없었다. 나는 췰리가 가져온 원고를 살펴보았다. 그것은 앞뒤가 잘 연결되지 않고 뒤죽박죽이었다. 그런데 사르트르는 여전히 모습을 보이지 않고 있었다. 릴리안이 10시에 그에게 전화를 걸었다. 그는 그때에서야 잠에서 깨어나고 있었던 것이었다. 결국 그가 왔고, 커피 한 잔을 마시며 요기를 조금 했다. 나는 그를 내 집으로 데리고 왔다. 2시간 반 동안 우리는《리베라시옹》에 11월 15일자에 나갈 원고를 적절하게 작성했다. 사르트르는 이 글에서 베트남 여학생이 당한 일에 대한 윤리적, 정치적 의미를 깊이 있게 짚었다. 저녁에 나는 매우 훌륭한 기사를 그에게 읽어주었다. 사르트르의 미학 사상에 대해 오레스트 푸치아니[22]가 쓴 글인데, 그는 그 글에 큰 관심을 보였다. 그런 다음 체스놀이를 하려고 했지만, 그의 눈이 잘 보이지 않아서 포기해야 했다. 그 당시 나를 가장 괴롭히고 있던 것은, 지금으로부터 세 달 후면 그의 눈이 완치될 것으로 그가 믿고 있는—그는 그렇게 믿고 싶었던—것이었다.

새 아파트는 준비가 되었다. 이미 전화까지 가설이 되어 있었다. 사르트르는 그 집에 입주하는 것을 기뻐했다. 나는 저녁이면 그의 집에서 보냈고, 일주일 중 닷새를 그의 침실 옆방에서 잤다. 다른 이틀은 아를레트가 거기에서 잤다.

사르트르는 오후에는 계속해서 잠에 깊이 빠졌다. 밤에 잠을 깊게 오래 잤음에도, 아침에 내가 책을 읽어줄 때도 잠이 들곤 했다. 확실히 그는 많은 일에 무관심해졌다. 어느 날 아침 그가 잠에서 깨어났고, 내가 그의 잠옷에 조금 묻은 침을 닦아주자, 그가 내게 말했다. "그래요. 내가 침을 흘렸지. 보름 전부터, 침을 흘리고 있소." 나는 그가 거북해 할까봐 그 사실을 그에게 알려주지 않았었다. 그런데 그는 그 일을 별로 중요하게 여기지 않았다. 그를 괴롭히고 있던 것은 반수半睡상태였다. "이렇게 잠만 자는 멍청이가 된 거요!" 그는 또 내게 슬프게 말했다. "나아지지 않고 있소." 어느 토요일 저녁, 우리는 초대를 받았다. 그와 실비, 나는 지젤 알리미 집에서 쿠스쿠스를 먹었다. 그는 입을 열지 않았다. 레나와 함께 했던 점심 식사 때에도 그는

---

22 리즈가 내게 소개해준 미국인 친구이다. 그는 캘리포니아 대학교 교수로 사르트르 전공자였다.

거의 말을 하지 않았었다.

나는 쿠르노 박사가 추천했던 라프렐 교수에게 미팅을 요청할 결심을 했다. 우리는 11월 23일 비세트르 병원으로 그를 만나러 갔다. 그는 사르트르의 혈관 검사 '내력'과 자기가 진찰한 결과를 대조해보고 놀랐다. 그의 결과는 아주 좋게 나왔던 것이다. 그에 따르면, 뇌전도도 전혀 비정상적이지 않다고 했다. 반수 상태에 대하여는 설명을 하지 않았다. 그는 감마 뇌전도 검사를 해보자고 제안했다. 사르트르가 더 이상 담배를 피워서는 안 된다고 강하게 주장했다. 그리고는 "당신의 시력과 지력이 걸려 있는 문제입니다."라고 말했다.

병원을 나오면서, 사르트르는 계속 담배를 피겠다고, 나에게 말했다. 그러나 다음 날 그는 담배를 덜 피웠고 우리, 나와 실비는, 너무나 훌륭한 저녁을 보내게 되어 놀랐다. 마치 오랫동안 우리가 그런 저녁을 보내지 못하고 있었던 것처럼. 사르트르는 플로베르와 저항 문제에 대해 이야기했고, 우리에게 이렇게 선언했다. "보름 안에, 담배를 완전히 끊겠소." 그날로부터 그는 하루에 세 개비씩 피우겠다고 했다. 이어지는 며칠은 하루에 여덟, 다음에 일곱, 다음에 여섯 개비를 피웠고, 드디어 세 개에 이르렀다. 그렇게 그는 삶을 극복하고 싸울 준비가 되어 있었다.[23]

사실 사르트르는 사는 맛을 되찾아가고 있는 것처럼 보

---

23 얼마 뒤 그는 다시 담배를 많이 피기 시작했다.

였다. 그는 젊은 그리스인 여자 친구를 자주 만났고, 그 하루 동안은 즐겁게 보냈다. 어느 날 저녁 그는 토미코, 실비, 나와 함께 라 클로슈 도르에서 즐겁게 식사를 했다. 그리고 우리는 둘이 마주하며 즐거운 시간을 보냈다. 나는 그에게 헌정되었던, 그가 분별 있고 정확한 글이라고 평했던 논문집을 읽어주었다.

사르트르는 피에르 빅토르를 비서로 채용했다고 나에게 알렸다. 퓌그는 상임 비서로 있고, 빅토르는 그에게 글을 읽어주고 그와 함께 작업을 하게 될 것이라고 말했다. 릴리안은 내게 전화를 했는데 이 결정이 아주 좋다고 말하기 위해서였다. 그러나 아를레트는 이 결정에 화가 나 있었다. 그러니까 그녀는 쇤만[24]과 러셀의 관계를 생각했고, 빅토르가 사르트르의 쇤만이 될까봐 걱정하고 있었다. 그러나 사르트르는 빅토르와 함께 일하는 것을 즐거워하고 있었다. 나로 말하면, 매일 아침 그에게 책을 읽어주지 않아도 되니까 약간의 자유 시간을 갖게 되었다.

12월 초, 사르트르의 건강이 더 이상 악화되지는 않았다. 그렇다고 좋아지지도 않았다. 그는 계속 잠을 잤다. 빅토르가 그에게 책을 읽어주는 바로 그 아침에도 그는 잠

---

24 『결국』의 러셀 재판에 대한 부분을 볼 것. 쇤만은 러셀 재단의 중요한 비서들 중 한 명이었다. 러셀의 재판에서, 그때 그는 서기관으로 있었는데, 자기가 러셀을 대리한다며 모든 것을 좌지우지하는 것처럼 행동했다. 그는 자기의 의도를 관철시키고 싶으면, "러셀 경이 주장하기를…" 이라고 말하곤 했다.

을 잤다. 그것은 일종의 도피였다. 나는 그렇게 믿었다. 그는 자신의 눈이 거의 실명 지경에 이르렀다는 사실을 받아들일 수 없었던 것이다. 이러한 거부의 태도는 여러 증세들로 드러나고 있었다. "오늘 아침에 뭐 했어요?" "책을 읽고, 일을 했소." 그 말에 내가 강조해서 물었다. "왜 '읽는다'라고 말하는 거예요?" "말하자면, 난 마담 보바리에 대해서, 샤를르*에 대해서 다시 생각했던 거요. 아주 많은 것들이 떠오르니까..."

어느 목요일, 그를 데리고 시오렉 박사에게 갔다. 아주호감이 가는 젊은 안과 의사였다. 그는 어떤 희망적인 말도 하지 않았다. 안구 출혈은 멎었지만, 망막 중앙에 지워지지 않는 흔적이 자리잡고 있다고 했다. 그것이 괴저壞疽를 일으켰다고 진단했다. 밖으로 나오면서 사르트르가 내게 말했다. "그럼, 나는 이제 읽을 수 없는 거요?" 그는 돌아오는 택시 안에서 의기소침하게 움츠러들어 있다가 졸기 시작했다. 이어지는 며칠 동안 그는 더 이상 이전과 같이 슬퍼해 하지는 않았다. 이미 그런 진단을 들었었고 진실을 피하고 있지만 알고 있었기 때문이었다. 그런데 지금은 진실을 잘 알고 있으면서도, 계속해서 진실을 피하고 있는 것이었다. 예를 들면 그가 나에게 이렇게 말하는 것이었다. "거, 《리베라시옹》을 가져오지 말아요. 내일 아침

---

* 마담 보바리, 곧 엠마의 남편. 엠마 루오가 마담 보바리가 된 것은 샤를르 보바리와 결혼을 했기 때문이다.

에 내가 읽을 거니까." 또, 어느 날이었다. 내가 램프를 안락의자로부터 멀리 치워놓았다. 그러자 그가 램프를 가까이 다시 가져다 놓아달라고 말했다. "불빛이 거슬린다고 당신이 말했잖아요..." "그래도 책을 읽으려면 그게 필요하오." 그리고 다음과 같이 고쳐 말했다. "어쨌든, 책을 대충 훑어볼 때에는..." 사실, 그는 책을 읽을 수도 대충 훑어 볼 수도 없었다. 내가 늘 그에게 가져다주는 신간들을 잠깐이라도 손에 들고 있고 싶어 했지만. 그는 정신적으로 너무 마비되어서 자신의 불구 상태에 대해 많이 괴로워하지도 않았다. 이런 균형이 얼마나 지속될까? 그리고 이런 상태를 바라야 할까?

감마 뇌전도 검사 후 보니, 그의 뇌에는 아무 문제가 없었다. 그렇지만 이따금 이상한 말들이 그의 입에서 흘러나왔다. 어느 날 아침, 내가 그에게 약을 가져다주자 그가 내게 말했다. "당신은 좋은 *아내*요." 12월 2일 수요일, 《레 탕 모데른》 편집회의를 하는 중에 그가 졸고 있었다. 그런데 저녁에, 내가 《르 몽드》에 실린 그에 대한 여러 책들에 대한 비평을 읽어줄 때 그는 귀담아 들었다.

12월 15일, 토요일이었다. 사르트르의 집에 도착해서 그가 책상에 앉아 있는 것을 보았다. 그가 괴로운 목소리로 말했다. "아이디어가 떠오르지 않아요!" 그는 재정 상태가 아주 나쁜 《리베라시옹》을 위해서 호소문을 써야 했다. 나는 그에게 잠시 잠을 자라고 권했다. 이후 우리는 함께 일을 했다. 그는 정신을 집중하는 게 힘들었으나, 어쨌든 필요한 것을 지시할 수는 있었다. 가비가 원고를 가지러 왔고, 글을 읽고 훌륭하다고 했다. 조금 뒤, 나는 사르트르의 『말』에 대해 쓴 주느비에브 이트의 아주 작은 책자의 끝 부분을 읽어주었고, 그는 아주 만족해 했다. 그러나 그는 한 번이 아니고 여러 번 내 가슴이 찢어질 만큼 아프게 했다. 그는 자신의 서재를 바라보았고, 이렇게 말했다. "이게 내 아파트라고 생각하니 이상한 기분이오." "아주 훌륭한 아파트인걸요. 당신도 아시잖아요." "난 이제 이 아파트가 좋지 않소." "왜요? 당신은 이 아파트를 아주 마음에 들어 했잖아요." "이젠 싫증이 났소." "당신은 빨리 싫증을 내요. 보세요, 저는 18살부터 제 아파트에 살고 있고, 전 변함없이 그 아파트를 좋아해요." "맞소, *하지만 이곳은, 내가 더 이상 일을 할 수 없는 곳이잖소.*" 며칠 뒤, 나는 보들레르의 서간문 한 구절을 읽고 있었고, 그때 나는 그에게 루이즈 콜레Louise Colet*의 글을 그가 읽어야 한다고 말해주었다. 그러자 그가 "파리에 돌아가는 대로 읽어보겠소."라고 내게 대답했다. 그리고 나서 그는 고쳐 말했다. "이런 생활에 내가 적응하는 대로 말이오." 새 아파트, 새로운 생활양식이 그에게는 편안하지 않았고, 실제 생활하는 곳으로 느끼지 못했다.

언제나 명철한 의식을 원했던 그였다. 그러나 시력에

---

* 프랑스 여성 시인. 당시의 문인들과 서신 교류를 많이 했다. 특히 플로베르가 그녀에게 보낸 서간집이 유명하다.

관한 한 명백한 사실을 계속 부인하고 있었다. 여러 번 물어 와서 한번은 아주 조심스럽게 이제는 절대로 완치가 되지 않는다고 대답해주자, 그가 말했다. "난 그렇게 생각하고 싶지 않소. 게다가, 조금 잘 보이는 것 같기도 하오." 그와 함께 점심 식사를 하는 중에, 콩타가 그에게 건강 상태를 어떻게 생각하고 있느냐고 물었다. 그러자 그가 대답했다. "물론, 이 상태가 일시적인 것이라고 생각될 때에만 견딜 수 있소."

대부분의 경우, 사르트르는 이러한 걱정을 조금도 드러내지 않으려고 애썼다. 나와 사르트르, 그리고 실비, 우리는 내 집에서 송년회로 아주 즐겁게 보냈다. 이 12월 말경, 그의 건강 상태는 좋아졌고, 조는 일이 줄어들었다. 그리고 때때로 내 눈에는 이전의 사르트르를 완벽하게 되찾은 것처럼 보였다. 예를 들면, 1974년 1월 2일 열렸던《레탕 모데른》편집회의가 그랬다. 그러나 다른 경우에는 그는 무관심해 보였다. 1월 8일 7시 반경, 그가 집에 도착했을 때, 얼굴이 너무 창백하고 지쳐보였다. 우리와 함께 잠시 보내려고 왔던 란츠만은 그 모습을 보고 깜짝 놀랐다. 떠나면서 그는 사르트르를 포옹했는데, 사르트르가 그에게 말했다. "당신이 *무덤 한 조각*(송장)을 포옹한 건지 산 사람을 포옹한 건지 난 모르겠소." 이 말에 우리는 아연실색했다. 그는 잠을 조금 잤고, 깨어나서 라디오 프랑스 뮤지크를 들었다. 저녁이 끝나갈 즈음, 나는 그에게 낮에 말하고자 했던 것이 무엇이었는지 물었다. "아무것도 아니오. 그냥 농담한 거요." 내가 계속 묻자, 그는 텅 빈 것처럼 허전하게 느껴지고, 지금은 일하고 싶은 마음이 생기지 않는다고 말했다. 그리고는 걱정스럽고 조금은 창피한 표정으로 나를 바라보았다. "내 시력은 영영 회복될 수 없는 걸까?" 그 말이 내 가슴을 너무나 아프게 찢어놓아서 나는 눈물로 밤을 지새웠다.

1974년

며칠 후, 라프렐 교수는 전화로 내게 사르트르의 건강 상태는 양호하다고, 앞으로 3개월 동안 자신을 만날 필요가 없다는 것을 되풀이해서 말했다. 사르트르는 너무 고통스러운 진실과 맞서지 않기 위해 잠으로 도피하는 것이고, 그것은 정상적인 것이라고 했다. 나는 사르트르에게 라프렐 교수 측에서는 그의 건강 상태가 아주 좋은 것으로 본다고 알려주었다. "그럼, 내 눈은, 내 눈에 대해서는 뭐라고 했소?" 그의 이 물음에서 고통과 희망이 뒤섞인 안타까움이 느껴졌다.

이어지는 며칠간 그는 계속 잤고, 그러는 사이 나는 그에게 보들레르의 서간집과 스트린드베리August Strindberg[*]의 『하녀의 아들』을 읽어주었다. 실비와 함께 점심 식사를 하는데, 그가 너무 침묵하고 있어서 내가 그에게 물었다. "무

---

[*] 아우구스트 스트린드베리(1849-1912). 스웨덴의 극작가이자 소설가

슨 생각하세요?" "아무 생각도 안 하오. 난 지금 여기에 없소." "어디에 있는데요?" "아무데도. 난 텅 비어 있어요." 이런 식의 지워지고 없는 것 같은 상태는 번번이 일어났다. 2월 말, 어느 아침이었다. 나는 그가 빅토르와 가비와 한 대담들 중 하나를 그와 함께 점검하고 있었다. 그런데 그가 잠이 들었다. 그는 시력에 관련하여 점점 비관주의자가 되어 갔다. 안개가 두텁게 에워싸고 있는 것 같다고 말했다. 라 쿠폴에서 점심 식사를 하는 동안, 그가 내게 이런 말도 했다. "내 시력이 회복되지 않을 거라는 느낌이 들어요." 그리고는 이어서 말했다. "나머지 다른 데들은, 괜찮은데 말이오." 그리고 머뭇거리는 표정으로 물었다. "전처럼 여전히 내 정신은 명석하지요?" 그래서 내가 그럼요, 물론이지요, 라고 대답했다. 그리고는 덧붙였다. "오, 당신, 기분이 좋지 않군요!" "좋을 게 없잖소."

그는 거의 완전히 담배를 끊었다. 그래서 하루는 내가 그에게 물었다. "담배를 끊어서 너무 힘들지 않아요?" "슬퍼질 뿐이오." 또 한번은 그가 나에게 말했다. "보스트가 자기 친구 쿠르노와 함께 이야기를 했다고 그럽디다. 내가 완전히 낫는 데에는 18개월이 필요하다고 그가 말했다는 거요." "그래요? 그가 저한테는 12개월이라고 말했는데요." 그러자 사르트르가 다소 건조한 목소리로 말했다. "당신은 2개월 안에 내 시력[25]이 회복되리라고 생각하지

---

25 발작은 10개월 전에 일어났다.

않는 거요." 사르트르는 시력과 전반적인 건강 상태를 혼동하고 있었다.

　나는 시오렉 박사와 약속하고 만났다. 그는 사르트르가 완전히 못 보게 되지는 않겠지만, 절대 이전의 예민한 시력을 되찾지는 못할 거라고 말했다. 나는 그에게 그 사실을 너무 심하게 사르트르에게 말하지 말아달라고 부탁했다. 1월 말에 우리가 그를 만나러 갔을 때, 그는 사르트르에게 시력이 더 나빠지지는 않았다고 말했다. 그러나 사르트르가 다시 책을 읽을 수 있는지 묻자, 어물어물 회피했다. 병원 복도에서 사르트르가 내게 물었다. "저 의사는 내가 다시 읽고 쓸 수 있을 거라는 생각을 안 하는가 봐요." 그는 잠시 멈추었다가, 자기가 한 말에 겁이 난 듯 덧붙였다. "가까운 미래에 말이오."

　다음날 우리는 그 동안에 사르트르가 일을 할 수 있는 방법에 대하여 이야기를 나누었다. 그런데 잠을 자러 가기 전에, 갑자기 그가 힘겨운 어조로 말했다. "내 눈은 끝장이 난 거요... 모두들 나한테 그렇게 말하는 걸 보면 말이오." 다음날, 그는 집에 있던 탐정 시리즈 한 권을 꺼내 들고는 커다란 램프 아래로 가서 자리 잡았다. "제목이라도 보고 싶소." 그는 정확하게 제목을 읽어냈다. 하지만 종종 신문의 큰 제목조차 읽을 수 없었다. 불행하게도 그런 일은 그리 대단한 것이 아니었다. 아주 미약하기는 해도, 그는 어느 정도의 '시력'을 가지고 있었으니까. 나는 그에게 원한다면, 다음날 일을 해보는 게 어떻겠냐고 물었다. "아니, 아직은, 지금 당장은 안 되겠소." 그로 말할 것 같으면, 평소 거의 감정을 격하게 표출하지 않는 사람이었는데, 눈 문제에 있어서는 즉각 반응을 보였다. 그가 살고 있는 건물 안쪽의 넓고 푸른 공간에 조성된, 지붕이 덮여 있는 오솔길을 따라 걸을 때, 나는 멀리 유리문에 비친 우리의 모습을 알아보았다. "아니, 우리 모습이잖아요!"라고 내가 경솔하게 탄성을 질렀다. 그러자 그가 나에게 "아! 부탁이오. 눈으로 보고 하는 감탄은 말아줘요." 하고 언짢아하며 말했다.

의사들이 그에게 많이 처방했던 약들은 요실금을 초래했고, 장腸의 통제력을 잃게 만들었다. 어느 날 오후, 그는 집으로 돌아오다가 오줌을 싸고 말았다. 나는 그를 도와 곤혹스러운 일을 수습했으나 그런 일이 더 심해질까 봐, 그리고 그가 그것으로 괴로워할까봐 걱정이 되었다. 자이드만 박사는 그런 일은 어떤 약을 복용했을 때 보통 일어나는 일이며, 사르트르의 혈압은 아주 좋고, 그의 신경 반사 작용도 아무 이상이 없다고 했다.

한 가지 나를 놀라게 한 것이 있었다. 전에는 의사들한테 진찰을 받으려 하지 않았던 그였는데, 이제는 시오렉과 라프렐이 자기를 세심히 봐주지 않는다고 불평하는 것이었다. 그는 지난 여름 그를 정성껏 봐준 로마의 안과 의사를 다시 보고 싶어 했다. 그는 그 의사를 아주 좋아했는데, 그 의사가 희망을 갖도록 해줬기 때문이었다.

지적인 면에서, 그는 2월이 되자 오르막길을 오르듯 다시 살아나기 시작했다. 사람들을 '볼' 수 없어서, 사람들 수가 많으면 위축되곤 했다. 그러나 2월《레 탕 모데른》편집회의에서 그는 생생한 정신과 두뇌 회전으로 모두를 깜짝 놀라게 했다. 그는 기사와 앙케이트에 좋은 의견을 내주었다.

이 회의 도중, 비달나케가 전화를 걸어《리베라시옹》에 게재된 두 편의 기사에 대해 항의를 했다. 기사는 '이스라엘에 있는 시리아 포로들에 대한 견해'라는 제목으로 2월 20일과 21일에 게재된 것이었다. 그는 우리, 사르트르와 나를 비난했는데,《르 몽드》에 게재되었던 〈시리아에 있는 이스라엘 포로들의 석방을 위하여〉라는 호소문에 서명을 했다는 이유에서였다. 그리고 거기에는 프레데릭 뒤퐁, 막스 르죈, 세칼디레이노도 서명했었다. 우리는 즉시 이 서명자들과의 모든 연대를 부인하는 해명서를 보냈다.《리베라시옹》은 우리를 공격했다. 사르트르는 즉시 기사를 쓴 작자들에게《리베라시옹》바로 그 지면에 회답하면서, 그들이 허위의식에 빠져있다고 비난했다.

이 시기, 사르트르는 르 당텍과 르 브리와 함께 — 이 두 사람은 사르트르처럼《라 코즈 뒤 푀플》의 전 편집인들이 었다 — '라 프랑스 소바주LA France Sauvage, 야성의 프랑스'라는 총서를 이끌어갈 것을 수락했다. 이 총서는 처음엔 갈리마르 출판사에서, 이후에는《레 프레스 도주르뒤이Les Presses d'aujourd'hui, 오늘신문》에서 간행했다. 그들은 취지문을 공동으로 다음과 같이 작성했다.

라 프랑스 소바주. 일종의 '합법적인' 국가와 대조되는 '실제적인' 국가. 또는 야성적인*. 이것은 사람들이 파업을 이야기할 때 야성적이라고 말할 때의 그 야성적인 국가. 여기에는 의고擬古주의라는 의미도 반드시 폭력을 내포하는 의미도 들어 있지 않다. 근본적으로, 그것은 사회 표층의 특정 지점에서 여론이 끌어 오르는 과정과 관련이 있다. 이는 억누르는 어떤 제도적 틀을 벗어난 자유 공동체로서 사회적 집단을 일으켜세워, 동요 속에서 자기주장을 확실히 할 수 있도록 이끄는 들끓음이다.

우리는 희망을 선택한다. 우리는 자유를 향하여 인간의 공동 운동을 제창하기 위해 있을 수 있는 결별을 대가로 걸었다. 자유는 민중의 야성적인 힘에 입각할 경우에만 생각할 수 있는 것이다...

한마디로 이 총서의 의도는 겸허한 동시에 야심적인 것이다. 겸허하다는 것은, 우리가 사실에서 출발하여 끊임없이 사실로 되돌아오려고 하기 때문이다. 야심적이라는 것은, 그것이 자유를 가능하게 하는 이념의 통로를 제공하기 때문이다.

---

* 소바주(Sauvage)라는 단어의 한국어 번역은 복잡미묘하다. 크고 작은 전복과 혁명의 과정에서 응집되고 견인되는 힘의 표출과 방향성이 담겨 있다. 미개한, 야만의, 야생의, 거친이라는 보통의 사전적인 정의로는 적합하지 않다. 1968년 혁명 세대들의 감각을 담아 '야성野性'으로 옮긴다.

총서의 제1권은 옥시타니아 지방Occitanie*에 대한 르 브리의 작품이었다. 나는 그 작품을 사르트르에게 읽어주었고, 우리 둘은 큰 감동을 받았다. 빅토르와 가비와 함께 한 사르트르의 대담집도 '라 프랑스 소바주' 시리즈에서 ─ 출간되었고 ─ 앞으로 계속 선보일 것이었다. 그리고 3월에 그들은 마지막 대담을 가졌다. 그들은 그동안 나눈 논의를 점검했다. 사르트르에게 유익했던 것은, 자유에 대한 이론을 그가 '다시 배웠다'는 점이었다. 그는 '자유로 향하는 정치적 투쟁을 구상할 수 있는 가능성'을 새로이 찾은 것이었다. 그에게는 "대화가, 처음부터 끝까지, 점점 더 명확하고, 점점 더 발전적으로, 자유의 이념에 이르게 하는 열쇠였던 것이다."

그러나 한편, 사르트르의 정신적인 균형 상태는 불안정했다. 때때로, 그는 일을 하려고 애썼다. 그러나 읽을 수 없는 표시들만 종이 위에 그어 놓을 뿐이었다. 2월 말이었다. 우리는 르베이롤의 집에서 점심식사를 했다. 그들은 팔귀에르 거리로 면한 막다른 골목에 넓은 아틀리에를 가지고 있었는데, 일부는 아주 쾌적하게 거주 공간으로 꾸며져 있었고, 다른 공간에서는 르베이롤이 작업을 했다. 식사를 하기 전에, 그는 우리에게 최근 자신의 작품들을 보여주었고, 그러자 사르트르가 울적하게 말했다. "나는 그림들을

---

* 프랑스 방언으로 오크어 사용 지역을 가리키며, 프랑스 루아르강 남부 랑그독 지방을 중심으로 스페인 동남부 일부, 이탈리아 서부 일부까지를 포함한다.

볼 수가 없소." 그리고 덧붙였다. "몇 달 후에 내가 그 그림 들을 볼 수 있기를 바라오." 사르트르는 그렇게 되지 않는 다는 것을 알고 있었지만, 시간이 자신을 위해 그렇게 해 주기를 '믿고 싶어 했다.'

3월 17일이었다. 우리는 실비와 함께 푸아시*에 있는 레스토랑인 레스튀르종에서 점심을 먹었다. 젊을 때부터 우리가 좋아하던 식당이었다. 왜냐하면 그 식당 테라스는 센 강으로 쑤욱 비어져 나와 있었고, 커다란 나무 한 그루 가 서 있었기 때문이었다. 사르트르는 거기에 있는 것을 좋아했다. 그는 거기에서, 드문 일이었지만 음식이 훌륭하 다고 했다. 그런 한편 자주 그랬던 것처럼 멍하게 있었다. 그는 저녁에 아를레트와 쥐나로 떠났고 다음날 내게 전화 를 했다. 잘 지내고 있고 잠도 잘 잔다고 했다.

"바야흐로 이제 진짜 내 휴가가 시작되는 거요." 며칠 뒤 사르트르가 내게 말했다. 그때 우리는 아비뇽에 있었 다. 실비와 함께 베니스로 떠날 예정이었다. 열차를 타고 밀라노로 갔고, 밀라노에서 우리는 늘 그랬듯이 라 스칼 라 호텔에 묵었다. 1946년 우리가 이탈리아에 체류했던 당 시 아주 행복한 시절을 보냈는데, 바로 이 호텔에 머물렀 었다. 열차는 또 우리를 베니스로 데려다주었고, 곤돌라를 타고 모나코 호텔로 갔다. 호텔은 산 마르코 광장 부두와 아주 가까이, 그란 카날에 위치해 있었다. 우리는 운하 쪽

---

* 파리 교외 이블린에 있는 소도시로 센강 지류가 흐른다.

으로 난 방에 투숙했다. 그 아침, 나는 사르트르의 방에서 아침 식사를 하며 그에게 책을 읽어주었다. 1시경 환한 햇빛을 받으며 부둣가에서 샌드위치를 먹었고, 날씨에 따라서 플로리안 식당* 실내에서 먹었다. 날씨가 불안정해서 어느 때에는 아주 좋고, 또 어느 때에는 구름이 꼈다. 종종, 저녁에는 두터운 안개가 산 마르코 광장을 뒤덮곤 했다. 사르트르가 낮잠을 자는 동안 나는 실비와 함께 산책을 했고, 5시경에는 우리 셋이 외출을 했다. 나는 사르트르에게 옛 유대인 구역을 보여주었고, 리알토** 구역을 다시 가보았다. 그리고 나서 리도***에 갔다. 모든 호텔이 문을 닫고 있었다. 해변에서 작은 식당 하나를 겨우 찾았다. 거기에서 포근한 안개에 에워싸여서 조촐한 점심 식사를 했다. 저녁에는 우리가 좋아하는 장소에 있는 식당에서 셋이 저녁 식사를 했고, 호텔 바에서 위스키를 마셨다.

베니스에서 사르트르는 언제나 기분이 좋았다. 그러나 때때로, 불안해하기도 했다. 어느 아침, 그의 방에서 책을 읽고 있는데, 날씨가 너무 좋아서 물가 테라스로 내려가기로 했다. 나는 책을 가지고 가고 싶었다. 그러자 그가 말했다. "책은 왜 가져가오?" 그리고는 이렇게 덧붙였다. "*전에*

---

* 산 마르코 광장 회랑에 있는 카페 겸 식당으로 헤밍웨이와 같은 문호와 예술가들이 단골로 찾던 곳이다.
** 베니스 본섬을 가로지르는 대운하 중앙에 위치하며 아카데미아와 구겐하임 등 미술관들이 모여 있다.
*** 베니스를 구성하는 섬 중 하나로 산 마르코 부두에서 수상버스인 바포레토를 타고 간다. 베니스 영화제가 열리는 곳이다.

는, 내가 정신이 확실했을 때에도 책은 읽지 않았잖소. 이야기를 나눴지." 내가 그에게 책을 읽어주는 것은 그의 눈이 잘 보이지 않기 때문이라고 항변했다. 결국 우리는 테라스에서 햇빛을 받으며 이야기를 했다. 사실은 사르트르는 지적인 명석함을 유지하고 있었다. 그는 우리가 읽은 책들에 설명을 붙였고, 그것을 평하기도 했다. 그러나 그는 대화를 아주 빨리 마쳤고, 질문을 하지 않았으며, 참신한 생각을 내놓지도 않았다. 어떤 계획에도 대단한 관심을 보이지 않았다. 반면 늘 하던 대로 판에 박힌 행동을 고수하고, 진정한 향유 대신 원래 가지고 있던 습관대로만 하려고 했다.

한 신문이 우리의 사진을 싣고 우리가 묵는 호텔 이름을 알렸다. 몇몇 귀찮은 사람들이 우리를 만나려고 했다. 그렇지만 몬다도리[26]의 전화를 받은 것은 우리를 기쁘게 하기도 했다. 그는 우리와 함께 마시러 호텔바로 왔다. 수염을 기르고 있었고, 꽤 나이가 들었고 말을 많이 더듬거렸다. 아름다운 아내 비르지니아와 헤어진 상태였다. 그는 친구를 데리고 왔는데, 페니체에서 열린 도니제티의 마지막 오페라 〈로한의 마리아〉 오케스트라를 이끄는 지휘자였다. 다음날 일요일 오후, 마지막 공연이 있었다. 극장은 만원이었으나 그들은 우리에게 로열석 세 자리를 마련해

---

26 몬다도리는 1946년 이탈리아 여행에서 우리와 함께 했고 그 후로도 종종 만나곤 했던 에디터의 아들이다.(『사물의 힘』을 볼 것)

주었다. 우리는 빼어난 벨칸토 창법과 훌륭한 연기에 매혹되었다. 그러나 사르트르에게는 무대가 시커먼 구덩이처럼 보였고, 그것이 그를 슬프게 만들었다. 전체적으로 말하자면, 그는 눈 때문에 몹시 조바심을 냈는데, 아마 '보고' 싶은 마음이 더 거세졌기 때문일 것이었다. 우리가 떠날 때 여행이 즐거웠냐고 묻자, 그는 열띤 표정으로 대답했다. "아주, 좋았소!" 그리고 덧붙였다. "눈을 제외하고는 말이오."

4월 2일 화요일 저녁, 우리는 서로 연결되어 있는 두 개의 침대칸에 자리를 잡았고, 베이컨이 들어간 크루아상과 메를로 와인을 곁들였다. 이탈리아 철도노동자들이 파업 중이었고, 한 시간 늦게 출발했다. 아침에 남자 승무원이 아침 식사가 곁들여진 차를 가져왔고 퐁피두 대통령의 죽음을 알려주었다. 몇몇 프랑스인 승객들은 그 소식에 놀란 모습이었다. 그들은 무질서가 판을 칠 것으로 보고 있었다. 큰 동요에 사로잡혀 있던 한 부인이 탄식하며 말했다. "주식이 폭락할 텐데!"

사르트르는 파리의 생활 습관에 곧바로 젖어들지 않도록 며칠 동안 내 집에서 지냈다. 토요일 아침 나는 그와 함께 시오렉 박사에게 갔다. 안압은 좋았고, 더 이상 출혈도 없었다. 극장 어둠 속에서 무대 조명 때문에 눈이 부셔서 아무것도 보이지 않는 것은 정상이라고 했다. 병원에서 나오면서 사르트르는 몹시 흡족해했다. "결국, 나는 건강하오. 모든 게 정상이니까." 그리고 이렇게 덧붙였는데, 의기소침한 기색이 아니었다. "그는 내가 평생 시력을 완전히 회복할 수 없을 것으로 말하는 것 같소." "맞아요. 당신 눈은 완전히 회복되지 않을 거예요."

나는 사르트르에게 무엇이 회복될 것이고 무엇이 회복되지 않을 것인지 모호하게 말했다. 그러나 사르트르는 처음으로 시오렉 박사에게 반감을 가지지 않고 말했다. 베니스에서는 완전히 앞이 보이지 않게 되는 공포를 느꼈는데 시력이 안정을 유지하고 있다는 것을 알고는 안심을 한 것으로 나는 생각했다. 그렇지만 당뇨병 전문의와 라프렐 교수를 만났을 때 이 두 의사는 사르트르의 건강을 아주 만족스럽게 생각하며 간단한 처방을 하자 사르트르는 다시 울적한 목소리로 내게 말했다. "내 눈은? 회복되지 않을 거요!"

봄이 왔음에도, 그리고 여름 같은 날씨였음에도, 그의 기분은 오히려 아주 우울하기만 했다. "난 매일 똑같은 날을 살고 있는 느낌이오. 당신을 만나고, 아를레트를 만나고, 이런저런 의사들을 만나고... 그리고 또 그렇게 다시 시작되고!" 그리고 그가 덧붙였다. "선거만 해도 그렇소... 사람들이 나를 찾아오고, 내가 무슨 말을 하도록 하잖소. 그런데 알제리 전쟁 때와는 아주 다르오." 나는 페미니스트들에게도 약간 같은 인상을 받았다고 그에게 말했다. 그러자 그가 그다지 우울해하지 않으면서 단정지었다. "그게 나이 때문이오."

4월 13일과 14일, 사르트르는 선거에 대하여 《리베라시옹》과 인터뷰를 했다. 그는 샤를 피아제(립Lip의 노동 투쟁을 조직한 사람으로, 사르트르는 이 회사의 돌발적인 사태들을 뒤따르며 예의 주시하고 있었다)가 입후보하기를 바랐다. 미테랑에게 투표하고 싶지 않다고 선언했기 때문이었다. "좌파 연합은 장난이라고 생각합니다." 빅토르와 가비와의 대담에서 그는 전통적인 좌파에 반대 의사를 취했다. "좌파 정부가 우리가 생각하는 방식을 허용하리라고 생각하지 않습니다. 우리가 왜 단 하나의 이념만을 가진 사람들을 위해 투표해야 하는지 나는 모르겠습니다. 그것이 우리를 깨부수는 것인데도 말입니다." 그는 피아제에게 투표할 것이라고 한 번 더 말했다. 피아제가 당선되지 않으리라는 것을 그는 확신하고 있었기 때문이었다. "나는 피아제에게 투표할지 피아제가 당선될지 모릅니다." 그는 웃으면서 결론적으로 말했다.

4월 28일, 사르트르는 가비와 빅토르와 함께 『반항하는 것은 옳다』를 소개하러 브뤼에*에 갔다. 이 책은─아직 미출간으로─그들이 막 완성한 상태였다. 브뤼에에는 '정의와 자유 위원회'가 결성되어 있었고, 거기에서 그들을 초청한 것이었다. 사르트르는 옛 투사들을 다시 만났지만, 그들과의 만남이 그다지 유익하지는 못했다. 책은 '라 프랑스 소바주' 총서로 5월 초순에 출간되었다.《르 몽드》는 즉시 아주 호의적인 서평 두 개를 게재했다. 사르트르

_____

* 프랑스 북동부 칼레 근처 탄광 지역

는 빅토르, 가비 그리고 마르쿠제와 토론을 했다. 마르쿠제와는 처음 만났다. 사르트르의 그리스인 여자 친구가 대담에 참석했고 기사를 작성해서 《리베라시옹》에 실었다. 5월 24일 사르트르는 이 신문사에 서한을 보냈는데, 편집인 직을 사임한다는 내용이었다. 건강상의 이유를 대면서 그는 좌파 언론 매체에서 떠안고 있던 모든 책임 업무들을 내려놓았다.

사르트르는 1974년 초부터 여러 발표문에 서명을 해왔다. 1월에는 제롬 뒤랑 사건에 대해 G.I.P.(수용소 정보 그룹)가 《리베라시옹》에 게재한 발표문에 서명했다. 제롬 뒤랑은 서인도 제도 출신으로 아미엥에 불법 억류당한 희생자였다. 같은 신문 3월 27일에는, 사르트르는 알랭 모로와 함께 공동으로 성명을 발표했다. 《리베라시옹》 1월 9일자에 실렸던 알랭 모로의 인터뷰 기사를 공격하는 알렉상드르 상기네티의 고발에 대한 공식 발표였다.

6월 초, 사르트르는 정말 건강 상태가 좋아지고 있었다. '변했다'고까지 생각이 들만큼 건강해 보였다. 그는 더 이상 반수 상태에 빠지지 않았고, 자신에 대하여 쓰고 싶어 했던 책을 깊이 생각하기까지 했다. 우리는 예전처럼 이야기를 나누었다. 실비와 함께 아주 생기 넘치는 저녁 시간을 보냈고 한번은 알리스 슈바르처와 함께 유쾌한 저녁 식사를 하기도 했다. 어느 날, 나는 바캉스 동안 그에 관한 이야기들, 그러니까 그의 문학, 철학, 사생활을 녹음할 것을 넌지시 제안했다. 그는 동의했다. 그리고는 깜짝 놀라는

몸짓으로 눈을 가리며 말했다. "그렇게 하면 '이것'이 나아
지겠지."

어느 저녁, 실비가 우리를 오페라 극장에 데려다주었다.
〈시칠리아의 저녁 예배〉를 보러 간 것이었다. 사르트르는
흰 와이셔츠에 특별히 구입한 넥타이를 매고 있었다. 그
것은 일종의 분장이었는데, 그가 즐겨했다. 그는 공연을
감상했다. 배역은 약했지만, 아리아는 너무나 아름다웠고,
합창은 훌륭했다. 특히 연출, 장식, 의상이 뛰어났다. 그런
데 불행하게도 이 아름다운 장면들 가운데 몇몇은 사르트
르의 눈에서 새어나갔다. 베니스에서보다는 잘 보였지만.
라 클로슈 도르로 우리의 자리가 이어져 저녁 식사를 할
때에는 그의 기분이 아주 유쾌해졌다.

선거 날 저녁, 사르트르는 우선 내 집에 와서 실비에게
베르디의 오페라 녹음을 선물로 주었다. 그런 다음 우리는
텔레비전에서 하는 개표 결과를 지켜보러 란츠만의 집으
로 갔다. 그런데 결과는 우리에게 크게 감동을 주지 못했
다. 퐁피두의 끔찍한 유산이 지스카르*에게 넘어가는 것,
그러나 그것이 불행은 아니었다.

6월 말 즈음, 사르트르는 좋은 건강 상태를 유지했다.
그는 반실명 상태를 거의 체념하고 있는 것 같았다. 실비
와 함께 그의 69세 생일 파티를 했고, 실비가 준비한 아주

---

* 발레리 지스카르 데스탱. 1974년부터 1981년까지 제20대 프랑스 대통
령을 지냈다.

맛있는 저녁 식사로 축하했다. 우리는 마음을 다해 축배를 들었다.

사르트르에게는 단 하나의 걱정만 있을 뿐이었다. 그의 그리스인 여자 친구가 너무 흥분해 있을 뿐만 아니라, 문자 그대로, 미쳐가고 있는 모양이었다. 그녀는 오퇴이유의 어느 거리에서 소란을 피워서 생트 안느 병원으로 실려 갔는데, 그곳에서 나와 시테(국제학생 기숙사단지) 병원에 입원했다. 정신과 의사는 '돌발적인 정신착란'으로 보인다고 말했으나, 7월 5일 아침 내가 사르트르와 함께 주르당 가에 있는 그 병원으로 갔을 때 그녀는 심한 발병 상태인 것으로 보였다. 사르트르가 그녀를 보러 병실로 들어간 동안 나는 작은 홀에서 기다렸다. 한 시간이 흐른 끝에, 그들은 나를 보러 함께 나왔다. 하얀색 긴 셔츠를 입고, 머리카락은 흐트러져 날리고, 수척한 얼굴을 한 그녀는 영화에서 보는 그런, 실성한 여자의 전형적인 모습이었다. 늘 그래왔던 대로 그녀는 내게 예의를 갖춰 인사했다. 사르트르와 나는 택시를 호출해 발자르 식당으로 점심을 먹으러 갔다. 그는 멜리나를 만난 것으로 심한 충격을 받고 있었다. 그가 보기에 그녀가 자기에게 적의를 보였다는 것이었다. 그녀는 자기의 입원이 사르트르 때문이라고 비난했고 내보내달라고 요구하고 있다고 했다. 그래서 사르트르가 항변했더니 "당신은 알튀세르*도 잘 가둬놨잖아."라고 반박했다고 했다(그녀는 소르본에서 알튀세르의 강의를 수강했었는데, 그때 알튀세르는 신경쇠약으로 병원에 입원해 있었다). 그녀의 아버지가 파리로 와야 했고, 며칠 후 그녀를 그리스로 데리고 갈 것이었다.

"다시는 그녀를 못 볼 것 같소." 사르트르가 애석한 투로 내게 말했다. 나는 그런 상황에서 그를 두고 떠나는 것이 안타까웠다. 실비가 우리를 데리러 왔고 사르트르를 아를레트의 아파트 아래에 내려주었다. 그날 저녁 그는 아를레트와 쥐나로 떠나기로 되어 있었다. 그는 내가 세면도구들을 정리해 넣어준 플라스틱 가방을 손에 들고 서서 우리가 떠나가는 것을 바라보았다. 안개처럼 뿌윰하게 보이는 눈으로 비의 장막을 뚫고.

나는 실비와 스페인 여기저기를 여행했고, 완다와 함께 머물고 있는 쥐나에서, 파리에서, 피렌체에서 보내오는 전보를 받고 사르트르의 건강에 대해 안심했다. 하지만 여행은 끔찍하게 끝났다. 스페인에서 이탈리아로 가는 도중에 몽펠리에에서 실비의 아버지가 심장 발작으로 쓰러져 돌아가셨다는 소식을 알게 된 것이었다. 실비는 아비뇽에 나를 내려주고 브르타뉴로 떠났고 나는 열차를 타고 피렌체로 갔다.

어느 날 아침 사르트르가 묵고 있는 호텔에서 그를 만났을 때, 그를 못 알아볼 뻔했다. 챙 달린 모자에 턱을 뒤덮고 있는 더부룩하게 자란 흰 수염 때문이었다. 스스로 면

---

* 1918-1990. 프랑스 구조주의 철학자. 고등사범학교를 졸업했고, 그곳 교수였다. 평생 우울증에 시달렸고 자살로 생을 마감했다.

도를 할 수 없었는데도 이발사에게는 어떤 일이 있어도 맡기고 싶지가 않았던 것이다. 로마행 열차 안에서 그는 졸았다. 그러나 다음날 아침 테라스가 있는 우리의 아파트에서 만났을 때, 그의 상태가 아주 좋아진 것을 행복하게 확인했다. 다행히 호텔 이발사가 그의 신뢰를 얻어냈고 면도를 하도록 했다. 그렇게 면도를 하고 나니 많이 젊어보였다. 그다음부터는 자기가 면도를 했고, 며칠 뒤 실비가 다시 합류할 때 그녀가 사다 준 전기면도기 덕분에 아주 깔끔하게 면도를 할 수 있었다.

실비는 내게 녹음기 작동 방법을 알려주었고, 파리에서 우리가 대화하면서 하기로 했었던 나와 사르트르와의 대담 시리즈를 시작했다. 조금 피곤했을 때나 이야기의 진척이 안 되는 며칠을 제외하고는, 그는 이 대담에 열심이었다.

이런 완전히 새로운 일 외에 우리의 생활은 지나온 해들과 거의 같은 리듬을 이어갔다. 짧은 산책, 음악, 신문들과 몇몇 책 읽기. 그중 나는 사르트르에게 솔제니친의 『수용소 군도』와 페스트의 『히틀러』를 읽어주었다. 그날 저녁 우리는 단골 레스토랑의 테라스에서 저녁 식사를 했다.

어느 날 밤, 어두운 골목을 걸어서 호텔로 돌아오고 있을 때였다. 달려오던 자동차에서 한 손이 나와서는 내 핸드백을 움켜쥐었다. 핸드백을 놓치지 않으려고 했지만 결국 그 손은 내게서 핸드백을 빼앗아갔고, 나는 온몸이 길게 나가떨어졌다. 사르트르와 실비가 지척에 있는 호텔로 나를 부축해 갔다. 의사가 즉시 왔고, 내 왼쪽 팔에 골절이 생겼다고 말했다. 그는 내 팔에 붕대를 감아주었고, 다음 날 나는 깁스를 해야 했다. 그 해에는 그런 끔찍한 일이 아주 많았다고 해서, 우리는 저녁에는 더 이상 걸어서 외출하지 않기로 했다.

실비는 자동차를 운전해 파리에 갔고 보스트 부부가 잠깐 우리를 보러 왔다. 사르트르와 나, 단 둘이 남은 우리는 많은 대담들을 녹음했다. 거의 외출을 하지 않았다. 9월 중순인데 비와 폭우가 거세졌기 때문이었다.

우리는 9월 22일 파리로 돌아왔고, 사르트르는 '더 이상 일을 못하고 있다'는 그의 거처에 아무 기쁨 없이 자리를 잡았다. 어느 날 실비가 저녁 시간을 보내려고 그의 집에 왔는데, 그가 그녀에게 이렇게 말했다. "죽은 사람 집을 보러 왔어요?" 그래서 내가 조금 뒤에 그에게 그 말에 대해 물었더니, "으흠, 맞소! 난 산 송장인 것이오."라고 내게 대답했다. 이것은 그가 활동을 재개하기 전의 일이었다. 그 후 그는 죽어가는 게 아니라 훨씬 더 생기있게 회복했다. 우리는 우리의 대담을 계속 이어갔고 그는 완벽하게 '행복'하다고 말하곤 했다. 반실명 상태임에도 그는 결국 그것을 자신의 운명으로 체념했고, 거기에 잘 적응하고 있는 것을 자랑스럽게 생각했다. 그의 첫 활동들 중 하나는, 베니 레비(피에르 빅토르)가 가능한 한 빨리 귀화할 수 있도록 지스카르 데스탱 대통령에게 요청하는 편지를 보내는 것이었다. 9월 30일 지스카르는 직접 친필 편지로 답장을 보냈는데, 거기에서 그는 선생님이라는 호칭을 피한 채 희망한 귀화가 조속히 이루어지도록 하겠다고 약속하고는 이렇게 마무리지었다.

"귀하가 쓴 바에 따르면, 우리 사이에는 모든 것이 아주 멀리 떨어져 있는 것처럼 보입니다. 본인은 귀하처럼 그렇게 생각하지 않습니다. 본인은 사람들이 오직 그들의 결과에 따라 분류되어야 한다고 생각해본 적이 한 번도 없었습니다. 거기에는 그들의 연구도 있다는 것, 그리고 귀하께서는 그것을 잘 아실 것입니다." 귀화는 아주 빠르게 이루어졌고, 사르트르는 간단히 감사의 편지를 썼다.[27] 빅토르는 파티를 열어 축하하기를 원했다. 이 파티에는 그의 모든 지인들이 초대되었다. 사르트르와 나는 이 파티에 참석하기로 했고, 릴리안 시겔은 우리의 편의를 위하여 자신의 아파트를 빌려주었다.

사르트르는 《레 탕 모데른》의 모임에 다시 참석했다. 10월 2일, 참석했던 사람들 — 에셰렐리*, 푸이용, 오르스트 — 모두는 그가 변한 것을 알아차렸다. 그는 《리베라시옹》의 협력자들도 다시 보았다. 10월 15일, 사르트르와 쥘리의 호소문 '《리베라시옹》을 구해주세요'가 《르 몽드》에 게재되었는데, 이 글은 쥘 리가 초안한 것이었다. 이 신문은 빚에 쪼들려 발행을 중지해야만 했다. 사르트르와 쥘

---

27 사르트르와 지스카르 사이의 서신 왕래는 이것에서 끝났다. 사르트르 사후 몇몇 신문들이 그것을 확인했다.

* 독일인 부모 사이에서 태어난 프랑스 소설가

리는 이 신문을 존속시키는 데 필요한 7만 7천 구舊 프랑*
을 모으기 위해 독자들에게 호소했다. 사르트르는 빅토르
와 토론을 이어갔다. 많은 사람들도 만났다. 나는 그에게
오후에 그리고 어느 날은 저녁에 책을 읽어주었다. 그가
알고 싶어 하는 책들(그람시의 정치적인 글들, 칠레에 대
한 르포르타주,《레 탕 모데른》최신호,『초현실주의와 꿈』
에 대한 연구, 쿠엔틴 벨이 쓴 『버지니아 울프의 생애』)이
었다. 그는 더 이상 반수 상태에 빠지지 않았고, 먹고, 담배
피우고, 움직일 때 방향 잡고 하는 것 등 운동 신경에는 적
응을 거의 완전하게 했다. "괜찮소, 마음 놓아요." 그가 내
게 다정하게 말했다. "당신이 내게 책을 읽어 주고, 일을
하고, 내가 움직이는 방향으로 가는 것을 내가 충분히 볼
수 있으니, 그럼 된 거요." 나는 그가 되찾은 이 평온에 감
탄하고 있었다.(그런데 사실, 그 평온이란 어떤 것일까?
현자의 자존감에서 비롯되는 암묵적인 수용인 걸까? 노인
의 무심한 경지인 걸까? 남에게 부담을 주지 않으려는 의
지인 걸까? 어떻게 파악할 수 있을까? 이런 정신 상태는
딱히 뭐라고 규정할 수 없다는 것을 나는 경험으로 알고
있다. 사르트르는 자존감과 현명함, 그리고 주위 사람들에
대한 걱정으로 마음속에서조차 스스로 한탄하는 것을 금
하고 있었던 것이다. 그러나 겉으로 보기와는 다르게 가슴
속으로는, 어떻게 느끼고 있었을까? 여기에 대해서는 아

---

* 프랑스에서는 1960년부터 신 프랑 사용. 1신 프랑은 100 구 프랑

무도 대답할 수 없을 것이다, 그 자신조차도.)

11월 16일, 사르트르는 유네스코가 이스라엘을 세계 어느 지역으로도 포함시키지 않으려고 했기 때문에 이 기구와의 결렬을 선언한다는 성명서에 서명했다. 클라벨이 사르트르에게 사르트르 자신에 대한 텔레비전 대담을 갖자는 제의를 한 것이 바로 이때였다. 처음에는 거절했다. 그때까지 한두 번 예외적인 경우를 제외하고, 그는 정부 기구에 찬동의 의미를 주지 않기 위해 어떤 개인적인 출연도 거부해왔다.[28] 그런데 빅토르와 가비와 함께 토론해가면서 그가 태어나서 겪어왔거나 가까이 해온 바 그대로, 지금 이 20세기 역사에 대한 방송을 해볼 생각을 갖게 되었다. 나는 동의했다. 그는 최근 우리의 역사에 대한 시각을 새롭게 해서 대중들에게 영향을 끼칠 것으로 기대했다. 앙텐느2의 대표인 마르셀 쥘리앙*은 이 계획을 호의적으로 보는 것 같았다. 그렇게 함으로써 지스카르 정부의 텔레비전 방송이 자유화되었음을 증명할 수 있을 것으로 생각한 것이었다. 11월 19일, 사르트르는 이 문제로《리베라시옹》과 인터뷰를 했다. 그는 거의 기대를 하지 않고 선언했다. "어디까지 갈 수 있을지 두고 볼 것입니다."

한편, 그에게는 다른 관심 사항이 있었다. 11월 21일자《리베라시옹》에 그는 안드레아스 바아더와 만나는 것

---

28 텔리비전과 라디오 방송 파업 사태 때 그러한 결심을 한 것이었다.

* 프랑스 언론인, 국영 텔레비전 방송 A2 설립자

을 허가하지 않은 독일 당국에 항의하는 서한을 발표했다. 그는 이 사건이 자신과 관계가 있다고 생각했던 것이었다. 1973년 2월 《데어 슈피겔》과 가졌던 인터뷰에서, 그는 R.F.A.(République fédérale d'Allemagne, 서독)의 행동을 어느 정도 정당화해주었다. 1974년 3월, 바아더와 그의 동료들에게 가해진 '감각 박탈 고문'에 대한 시에프 툰스의 기사가 《레탕 모데른》에 게재되었다. 같은 지면에는 '과학적인 고문 방법'에 대한 익명의 기사와 바아더의 변호사 클라우스 크루아상의 〈격리 고문〉이라는 기사도 있었다. 이어서, 클라우스 크루아상은 바아더의 억류 상태를 사르트르가 개인적으로 조사하러 가주기를 요청했고, 그는 그렇게 하겠노라고 결정했다. 11월 4일, 사르트르는 통역으로 다니엘 콩방디*와 함께 바아더가 갇혀 있는 감옥에서 그를 만나게 해줄 것을 요구했다. 이러한 그의 결심은 11월 9일, 홀거 마인스가 감옥에서 죽었다는 소식을 접하고는 더 강해졌다. 《리베라시옹》에 실렸던 사르트르의 서한은 독일 당국의 거부를 '순전히 지연시키기'에 불과한 것으로 간주하고 있었다. 이 서한이 발표되고 얼마 지나지 않아, 알리스 슈바이처가 와서 《데어 슈피겔》에 내보내기 위해 사르트르에게 그 문제에 대한 인터뷰를 요청했고, 기사는 12월 2일자에 실렸다. 사르트르는 마침내 바아더와 만날 수 있다는 허락을 받아냈고, 자기가 왜 개입하게 되었는지 설명했다.

---

* 독일 출신 정치가로 68혁명 시기 주도적 역할을 했다.

그는 현재 독일 상황으로 볼 때, R.A.F.의 과격한 행동에는 찬성하지 않지만, 감옥에 갇혀 있는 혁명 투사와의 연대감을 보여주고 이 혁명 투사에게 가해진 처우에 항의한다고 강조해서 말했다.

12월 4일, 사르트르는 슈투트가르트로 갔다. 클라우스 크루아상과 콩방디가 그와 동행했고, 그는 바아더와 30분가량 이야기를 나누었다. 사르트르를 슈탐하임 감옥으로 태우고 간 자동차는 보밀 바우만이 운전했다. 전향한 테러리스트인 바우만은 자신의 경험담을 '라 프랑스 소바주' 총서에서 풀어 놓았었다.[29] 같은 날, 사르트르는 언론 기자 회견을 가졌다(발췌 기사가 《리베라시옹》과 《르 몽드》에 게재되었다). 하인리히 뵐과 함께 텔레비전에 출연해 정치범들을 보호할 국제위원회 구성을 호소하였다. 사르트르의 개입은 서독에서 그에 대한 격렬한 반대운동을 야기했다. 12월 10일 그는 클라우스 크루아상과 알랭 가이스마르의 협조를 얻어, 파리에서 다시 기자 회견을 가졌다. 후에 1975년 5월 22일, 텔레비전 프로그램 〈새틀리트satellite, 위성〉와의 인터뷰를 바아더를 위해 제작했다. 그는 슈탐하임 감옥을 방문한 것이 가져올 효과에 대해 환상을 갖지 않았다. "그 방문은 실패였다고 생각합니다." 그는 말했다. "독일 쪽의 견해는 바뀌지 않았어요. 오히려 내가 변호하고자

---

29 그는 이 이야기를 보완해서 클라인이라는 이름으로 완결했다. 새 책 제목은 『용병의 죽음』이었다. 이 두 권의 책에는 모두 콩방디가 서문을 썼다.

했던 대의大義가 더 강한 반대에 부딪친 것 같았소. 바아더의 비난받고 있는 행동들을 고려한 것이 아니고, 그의 구금 상태만을 고려하고 있다고 내가 아무리 말해보았자 소용없어요. 기자들은 내가 바아더의 정치적인 행동을 비호하고 있는 것으로 판단했던 겁니다. 나는 그것이 실패했다고 생각하지만, 그래도 만약 다시 해야 한다면, 난 다시 할 것입니다."[30] 한편, 그는 또 이렇게 말했다. "내 관심을 끄는 것은, 집단의 행동 동기, 그들의 희망, 그들의 활동 그리고, 일반적으로 그러한 것들에 대한 정치적 생각입니다."

독일로 떠나기 바로 직전, 12월 2일, 사르트르는 빅토르와 가비와 함께 라 쿠르 데 미라클에서 열린 토론회에서 『반항하는 것은 옳다』를 소개했었다. 이곳은 조르주 미셸의 한 친구가 재정적인 후원을 해서 마련된 회합의 장소로, 그에게 예술 감독을 위임하고 있었다. 조르주 미셸은 장소를 물색해서 찾았고, 그의 친구들 가운데 건축가 몇몇의 도움을 받아 그곳을 단장했다. 거기에는 영화관, 연극장, 공예품 숍, 그리고 아주 가격이 싼 카페테리아가 있었다. 조르주 미셸은 이번에도, 이후 다른 경우에도 몇 차례, 사르트르가 연극장을 자유롭게 사용하도록 했다.

그 즈음 사르트르는 여러 가지 활동을 했다. 12월 17일, 그는 일본관에서 그의 철학과 정치와의 관계를 알고자 하는 학생들을 상대로 이야기를 나누었다. 미셸 콩타가 정리

---

30 사르트르, 미셸 콩타와의 대담, 『70세의 자화상』에서.

한 이날 대화 내용은 1975년 일본의 어느 간행물에 게재되었다. 그는 또 군 내부에서 자신들의 민주적 권리를 주장했다는 이유로 투옥되었던 군인들의 석방을 요구하는 호소문에 서명했다. 12월 28일, 리에뱅 탄광에서 43명의 목숨을 앗아간 사고가 나자, 사르트르는 랑스 탄광 당국을 상대로 내보냈던 규탄문을 《리베라시옹》에 다시 게재했다. 그는 여기에 담당 판사인 파스칼에게 보낸 자료의 짧은 문구를 덧붙였다. 그리고 미셸 푸코와 함께 이 문제에 대해 기자 회견을 가졌다.

사르트르의 주된 일은 바로 토론이었다. 텔레비전 방송으로 내보내기 위한 토론을 매주 세 번 빅토르, 가비 그리고 나와 함께 했다. 우리는 대화를 중단했다. 대화를 적어 나가기 시작한 여자 속기사가 우리의 빠른 말과 성당에서 울리는 종소리들이 대화 중에 소란스럽게 끼어들어서 힘겨워했기 때문이었다. 텔레비전 방영 계획은 우리를 완전히 사로잡고 있었다. 작업을 위한 모임 이외에도, 사르트르와 나, 우리는 그것에 대하여 많은 이야기를 나누었다. 사르트르는 거의 알아볼 수 없는 글씨체로, 품었던 생각들과 제안 사항들을 적었다. 대화하는 동안 빅토르도 자기 나름대로 문서화하면서 접촉할 사람들과의 계획을 수립해 나갔다. 우리는 이 20세기 역사에 대해 10회 텔레비전 방영을 구상했다. 한 회마다 75분 방영하고, 이어 주제에 관련이 있는 시사 문제를 다루는 15분짜리 시퀀스가 이어지도록 할 것이었다. 두 달이 안 되어 6회의 시놉시스 초안을 잡았고, 이것을 진전시키기 위해서는 역사가들의 협력이 필요했다. 우리는 젊은 연구자들에게 의뢰했는데, 빅토르와 가비의 친구들이 많았다.

1975년

첫 번째로 제기된 문제는 연출자 선정이었다. 사르트르는 트뤼포François Roland Truffau가 함께 작업을 해주었으면 하고 바라고 있었다. 10월 31일, 트뤼포*와 잘 알고 지내는 릴리안 시겔이 그를 대동하고 사르트르의 아파트로 올라왔다. 트뤼포는 가능하지 않다고 했다. 그러면서 로제 루이에게 말해보라고 조언하며, 그 사람이 재간이 좋다고 했다. 로제 루이는 유명한 기자이자 텔레비전 연출자였는데, 1968년 자리에서 물러났다. 《O.R.T.F.(프랑스 국영 라디오 텔레비전 방송국), 나의 투쟁》이라는 소책자에서 물러나는 과정에 대해 아주 생생하게 설명했다. 그리고 그는 스코프칼라라는 독립 프로덕션 조합을 설립했는데, 벨빌에 대규모 공간을 만들었다. 그는 우리의 기획에 맞게 돕겠다

---

* 1932-1984. 프랑스 누벨바그 감독. 〈400번의 구타〉〈줄 앤 짐〉 등이 대표작이다.

고 했고, 그렇게 하면서 공영 텔레비전 방송국의 감독으로부터 벗어났다. 우리는 에들린*과 협상하여 그의 기술팀을 받지 않기로 했고, 자율성을 확보했다. 이제 우리에게는 무대 감독을 선정하는 일이 남아 있었다. 나는 룬츠를 생각했다. 그의 영화 〈녹색 심장〉에 크게 감명 받았었기 때문이었다. 그는 우리를 위해 자신의 최신작을 상영해주었다. 영화는 5년의 복역을 마치고 나온 룰루라는 〈녹색 심장〉 주인공의 하루를 그리고 있었다. 사르트르는 스크린 아주 가까이에서 대본의 도움을 받아가며 조금밖에 볼 수 없었지만, 이영화를 아주 좋아했고, 나도 그랬다. 가비와 빅토르는 영화에서 정치성을 거의 찾지 못했지만, 반대하지 않았다. 로제 루이는 클로드 드 지브레를 넌지시 제안했고, 우리는 그가 연출한 몇몇 텔레비전 프로들을 본 뒤 동의했다. 그들 두 사람은 우리에게 어떤 대가를 받지 못해도 협력하겠다고 수락했다.

12월 말, 쥘리앙Marcel Jullian은 사르트르의 집무실에서 6분짜리 짧은 영상을 찍었다. 거기에서 사르트르, 빅토르, 가비, 그리고 나는 우리의 계획을 발표했다. 그걸 찍느라 오전 나절을 모두 보냈다. 며칠 뒤 그들이 보여주는 영상을 보았고, 우리는 만족했다. 1월 6일 쥘리앙이 그 해 1년 프로그램을 소개하는 방송을 할 때 거창하게 내보낼 것이었다. 그런데 그 영상은 나가지 못했다. 한 달 전 가비가 실

---

* 프랑스 방송 프로덕션 협회 회장

수를 했는데, 사르트르도 나도 도무지 이해할 수 없는 일이었다. 만약 사르트르가 텔레비전에 나가는 일을 수락한다면, 그것은 조롱하기 위해서라고 가비가 《리베라시옹》에 썼던 것이다. 쥘리앙은 이 기사가 나온 얼마 뒤 영상에서 가비를 보여줄 수 없다고 사르트르에게 말했다. 우리는 가비와의 연대감이 아주 강하다고 말했고, 쥘리앙은 가비의 개입을 배제하려던 생각을 포기했다. 결국 우리의 소개 영상은 1월 20일 방영이 되었다. 검열을 받았지만.

그러는 와중인 1월 5일, 대부분 지방에서 올라온 역사학자들의 모임이 있었다. 사르트르는 참석을 못했고, 빅토르가 모임을 주재했다. 7일, 우리는 릴리안 집에서 몇 가지 분명히 하기 위해 쥘리앙과 그의 오른팔인 볼프람과 만났다. 그중 하나는 자금 문제였다. 빅토르와 안니 셰니외는 제작의 제반 업무들을 보는 비서들이었으나 그들은 아직 아무런 보수도 받지 못하고 있었다. 사르트르가 개인 경비로 그들에게 지급해야 했다. 앞 여섯 편의 시놉시스가 1월 20일 쥘리앙에게 보내졌고, 22일 사르트르는 어쨌든 13,500프랑의 일시금을 비서들에게 지불했는데, 그것은 선불이었다. 이와 관련해 전체적인 조건은 앞으로 협의하기로 했다. 사르트르는 이만한 선불금을 마련하느라 열다섯 통의 전화를 걸어야 했다.

사르트르는 집에서 매주 세 번 해온 '4인회' 모임 이외에 다른 모임이 많았다. 1월 28일 사르트르는 룬츠와 지브레이와 이야기를 나누었다. 그리고 2월 18일 그들을 다시 만났다. 2월 1일, 역사가들이 모였고, 이어서 매달 한번 씩 스코프칼라 촬영소에서 전체회의가 있었다. 그들은 여러 그룹으로 나뉘어졌고, 우리가 제안한 다양한 주제를 분리해서 작업을 했다. 그들은 전체회의에서 자신들이 얻은 결과를 발표했다. 특별히 지난 75년간의 여성의 역할을 조명하기를 희망하는 여성 그룹이 있었다. 여성의 역할이 매우 중요한데도 다소 가려져 있었다는 것이었다. 그들이 가져온 아주 풍부한 자료들을 모두 사용할 수 없었기 때문에, 우리는 방송이 나갈 때마다 그 자료들을 책으로 발간할 계획을 했다. 파테Pathé 영화사와 얘기가 되어서 우리에게 필요한 모든 자료를 무료로 제공받기로 했다.

모든 행정적인 문제와 경제적인 문제를 해결하기 위해, 변호사가 한 명 필요했다. 잘 아는 사이였던 키에즈망을 선임했고, 2월 20일, 사르트르와 빅토르가 우리가 가진 문제들을 알려주었다. 그는 다른 무엇보다 가능한 한 빨리 계약서에 서명할 것을 요구하도록 권했다. 3월 6일, 사르트르는 릴리안의 집에서 쥘리앙과 볼프람을 만났으나, 계약서 작성은 이루어지지 않았다. 다만 그는 그들에게 두 번째 수표를 받아냈고, 그 돈은 역사가 그룹들에게 배분되었다. 키에즈망 변호사는 '민간 회사'를 설립하도록 도와서 이 회사가 방영 프로그램의 다섯 번째 저자로 간주되도록 만들었다.

나는 사르트르가 대화할 대상이 많으면 그 사람들을 '볼' 수 없어 불편해하기 때문에, 자신을 드러내기를 꺼린다고 말했다. 전체회의에서 빅토르가 특히 권위적으로 발언을 이끌어가서 어떤 사람들은 위압감을 느꼈고 또 어떤 사람들은 격노했다. 그런데 4월 13일, 사르트르는 장시간 참석해 있었다. 그날 회의는 아주 격렬했다. 방송은 사르트르를 중심으로 편성되고, 논쟁거리가 발생하면 최종적인 해결을 그가 하기로 동의가 이루어졌다. 그런데 역사가들이 자신들과 '4인회'와의 관계에 대해 문제를 제기했다. 그들은 자신들이 자료를 모으고, 그것으로 다른 사람들이 이론적인 결론을 내리는 것으로 자신들을 한정하고 싶지 않았다. 사르트르는 그들을 설득하려고 애를 썼다. 목표는 '미학적이고 이론적인' 하나의 작품을 만드는 것이어서 오직 하나의 그룹만으로 제한된 통합체를 통해 완수할 수 있기 때문이라고 설명했다. 역사가들은 이러한 견해를 일부 받아들였지만, 전체적으로는 기대했던 것과는 다르다는 불만을 가지고 있었다. 다행히 스코프칼라는 이날 성대하게 점심 뷔페를 준비했고, 분위기는 누그러졌다. 모두가 먹고 마시면서, 참석자들은 소그룹들로 또는 둘씩 머리를 맞대고 토론을 벌일 수 있었다. 오후의 토론은 훨씬 더 우호적이었다.

한편, 5월 10일의 전체회의는 그리 활기차지 못했다. 다음날 우리는 스코프칼라에 모두 모여 작은 테이블에 앉아 점심을 먹었으나, 토론을 다시 하지는 않았다. 누구도 열의를 갖지 못하고 있었다. 계약서에 서명은 여전히 되지 않았고 이 일이 성공할지 조금씩 회의를 품고 있었기 때문이었다. 어느 날 여성 역사가 그룹이 사르트르의 집으로 4인회를 만나러 왔다. 그들은 매우 협조적이고 매우 관심이 있는 듯이 보였다.

　돈 문제가 첨예하게 대두되었다. 12일 월요일, 우리 넷은 사르트르의 집에서 쥘리앙을 만나 돌아가면서 신랄하게 공격했다. 그가 성의가 없다는 것이 너무 명백했던 것이다. 겉보기에는 모든 문제가 방송 프로그램의 분류에 달려 있었다. 만약 드라마라면 우리가 필요로 하는 예산을 우리에게 지불해야 하는 것이었다. 또한 다큐라면 우리는 1/3의 권리만을 갖게 되는 것이었다. 쥘리앙은 드라마로 분류되도록 텔레비전 구성작가협회장인 알랭 드코를 설득하기로 했다. 다음주 수요일에 그와 만나기로 약속을 잡았고, 사르트르는 쥘리앙에게 한 통의 편지를 써서 자신의 입장을 분명하게 밝혀 놓았다.

　1975년 5월 15일, 파리
　파리 7구 뤼니베르시테 거리, 158번지
　앙텐느2 방송국 마르셀 쥘리앙 대표에게

　우리 사이에는 본인이 텔레비전 작품 1편 제작하기로 합의된 바 있습니다. 작품이란 다시 말해, 이 70년 역사의 '당사자들'(그 안에는 본인도 있습니다), 또는 역사적인 역할을 연기하는 배우들의 논평들과 '영상들', '대화들'로 이루어지는 종합적인 아이디어의 총화인 것입니다.

우리가 이 역사의 모든 사실을 설명하려고 하는 것이 아님을 분명히 하겠습니다. 우리는 기록물에 대한 어떤 유형의 객관성을 찾고자 하는 것이 아닙니다. 역사적인 원재료에서 선택을 하고, 선택한 것을 하나의 특정한 주관적인 역사 ― 나의 역사 ― 로 다듬는 것입니다.

적확하게 말하면, 우리는 하나의 이야기를 만드는 것입니다. 그것으로 시청자들이 각자 자신의 역사에서 출발하여 진실과 거짓을 구별해내기를 기대하는 것입니다. 우리는 이 작품에 하나의 서사시적 성격을 부여하고자 합니다. 이 작품은 금세기의 사가saga*로 만들어질 것입니다.

이를 위해, 아래와 같은 미적인 작업 방법을 빌리겠습니다.

−상징적 방법(예를 들면, 3회차 방송에서 『구토』에 대한 주제를 환기하는 시퀀스)

−서정적 에크리튀르écriture**(예를 들면, 3회차 방송에서의 스페인 회상)

−재구성(예를 들면, 1회차 방송에서의 1917년 군사 회의)

−연기 장면(예를 들면, 사르트르는 자신의 역할을 연기하고, 배우들도 각자 자신의 역할을 연기)

−자료 전환(예를 들면 2회차 방송에서, 처음 생각했던 목적에서 방향이 전환된 크론슈타트에 관한 러시아 자료)

이상의 작업은 예로 든 것이지 한정적인 것은 아닙니다.

---

  * 수세대에 걸친 연대기

 ** 문체. 작가의 개성이 드러나는 창의적 글쓰기

그러므로 본인은 이 작품이 위와 같은 맥락에서, 텔레비전 드라마로 간주되어야 하고, 어떤 경우에도 다큐멘터리로 간주되어서는 안 된다고 생각하는 바입니다.

장 폴 사르트르

5월 22일 드코가 사르트르의 집으로 왔다. 그는 아주 다정하고 이해심이 좋은 사람이었다. 그는 우리의 방송을 드라마로 분류했다. 그렇게 되자 작품이 곧 제작될 것이라고 기대할 수 있게 되었다. 빅토르는 역사가들에게 이 좋은 소식을 편지로 알렸다.

한편 앙텐느2 방송국과의 협상은 계속 이어졌다. 6월 11일, 볼프람의 집에서 회의가 열렸는데, 회의 참석자는 적어도 14명은 되었다. 쥘리앙, 에들린, 파테 대표 로제 루이, 그리고 시청각연구소장 피에르 엠마뉘엘이 참석하고 있었다. 여기에서 난감한 문제에 부딪치게 되었다. 콩타와 아스트뤽이 연출한 〈사르트르가 말하는 사르트르Sartre par lui-même〉라는 영화가 텔레비전에서든 극장에서든 스크린에 상연된다면, 앙텐느2의 신용을 떨어뜨리게 될 위험이 있다는 것이었다. 이 난제는 사르트르가 앙텐느2를 위해 제작하는 열 편의 프로그램이 방영되기 전에는 영화를 상연하지 않도록 하겠다는 동의 서한을 샐리그만 — 이 영화 제작자 — 이 쥘리앙에게 보내준 덕택에 해결되었다. 다른 한편으로, 변호사 키에즈망 씨는 6월 18일 앙텐느2의 변호사인

브르댕 씨를 만났고, 사르트르와 쥘리앙이 서명할 협정서 초안을 조율했다. 그래서 연출가들과 역사가들은 6월 말 그들의 마지막 전체회의가 열렸을 때 낙관적이었다. 그러나 7월 5일 사르트르는 파리를 떠나면서 낙관적이지 못하게 되었다. 6월 30일 사르트르가 쥘리앙에게 미팅 제의 편지를 보냈으나 쥘리앙은 아무 대답도 하지 않았기 때문이었다.

이러한 계획으로 몹시 바빴음에도 사르트르는 이 해 내내 다른 많은 일들을 했다. 나는 그에게 계속 책을 읽어주었는데, 대개 지난 75년의 역사에 관련된 내용들이었다. 그는 듣고, 녹음을 했다. 그의 지적인 능력은 손상되지 않았고, 그의 관심을 끄는 모든 것에 대한 기억력은 훌륭했다. 그러나 시간과 공간에 대해 자주 갈피를 잡지 못했고, 이전에는 나만큼이나 신경을 쓰던 평범한 일상사에 대해 무관심했다.

《라르크L'Arc》에 '시몬 드 보부아르와 여성들의 투쟁'이라는 글을 게재하기 위해 나는 그에게 페미니즘과 그와의 관계에 대해 질문을 했었다. 그는 내게 대단히 호의적으로 대답했지만, 내용은 꽤나 피상적이었다.

3월 23일에서 4월 16일까지, 우리는 포르투갈에 머물렀다. 1년 전, 1974년 4월 25일 포르투갈에서는 '카네이션 혁명'*이라 불리는 혁명이 일어났었다. 50년 동안 이어진

---

* 일명 '리스본의 봄'으로 불리며, 좌파 청년 장교들이 주도한 무혈 쿠데

파시즘 이후, 장교들이 ― 무엇보다 앙골라 전쟁에 신물이
나 ― 혁명을 일으킨 것이었다. 그러나 이것은 단지 군사적
인 쿠데타가 아니었다. 전 국민이 깨어나 M.F.A.[**]를 지지
한 것이었다. 사르트르는 이 특이한 사건을 좀 더 가까이에
서 알고 싶어 했다. 출발 당시, 사르트르는 걱정하고 있었
다. "내가 리스본을 '보게 될까'?" 그러나 그는 그렇게 걱정
했던 것을 금세 잊었다. 우리는 도심에 있는 어느 호텔에
묵었다. 아주 큰 야외 시장 근처여서 몹시 시끄러웠다. 날
씨는 좋았으나, 거친 바람이 불어와서 방에 붙어 있는 넓은
발코니에 머물러 있을 수가 없었다. 거리로 나가 걸어 다녔
는데, 군중들이 즐거운 표정으로 거닐고 있었다. 우리는 로
시오 광장의 테라스에 앉았다. 사르트르에게 이번 여행은
무엇보다 정보를 얻기 위한 것이었다. 그는 피에르 빅토르
를 동반하거나, 가끔은 세르주 쥘리를 동반해서 M.F.A. 대
원들과 많은 대화를 나누었다. 그는 '붉은 병영'에서 점심
식사를 했다. 바로 얼마 전에 무장폭동 가담 장교들이 공략
하려고 시도했던 곳이었다. 그는 학생들 앞에서 강연을 했
는데 학생들이 그가 던지는 질문들에 반응을 보이지 않자
실망스러워했다. 그가 보기에, 그들은 혁명을 수행했다기

타로 시민들이 지지의 표시로 거리에서 혁명군에게 카네이션을 달아준
것에서 유래한다.

[**] 군부운동. 136명의 영관급 장교들로 구성된 조직체로 긴 독재정권을 타
도하고, 아프리카 식민지들을 무력으로서가 아니라 정치적으로 독립시
키고, 군은 본연의 국방의 임무를 수행하는 것을 목표로 선언했다.

보다는 혁명을 겪고 있는 것이었다. 반면, 그는 포르투 근처에 있는 한 자영 공장 노동자들과 매우 유익한 접촉을 했다. 그는 작가들의 회합에도 참석했는데, 그들은 이제 자신들이 해야 할 역할에 대해 어떻게 해야 할지 혼란스러워하며, 서로 의논하고 있었다.

돌아와서 사르트르는 포르투갈에 대하여 라디오 방송을 훌륭하게 했고, 《리베라시옹》에는 사르트르, 빅토르, 가비, 그리고 내가 함께 한 좌담이 4월 22일부터 26일까지, 쥘리의 편집으로 연재되었다. 1호에는 〈혁명과 군대〉, 2호에는 〈여성과 학생〉, 3호에는 〈국민과 자주관리〉, 4호에는 〈모순점들〉, 5호에는 〈삼권三權〉이 나갔다. 사르트르는 M.F.A.에 대하여 비판적인 지지를 표명하며 결론을 지었다.

5월, 체코 철학자 카렐 코지크Karel Kosik는 자기 나라의 지식인들이 당하고 있는 탄압을 고발하기 위한 공개서한을 사르트르에게 보냈다. 그는 자기가 개인적으로 받아 왔던 박해들, 그중에서도 원고의 압수에 대해 말했다. 사르트르 역시 공개서한으로 그에 대한 지원을 확언했다. 그는 썼다. "나는 당신의 정부가 주장하는 명제를 '사이비 사상'으로 명명합니다. 그 명제는 자유로운 인간의 사상에 따라 만들어지거나 검증된 적 없이 소비에트 러시아에서 긁어모은 말들로 만들어져, 활동의 의미를 찾기 위해서가 아니라 그것을 감추기 위해 던져진 말들로 이루어진 것입니다." 그는 또 5월 10일자 《르 몽드》에 러셀 재판에서 이루어진 과거 활동에 대한 글을 발표했다. 그 글은 베트남 전쟁이 끝나는 것에 맞추어 그에게 청탁된 것이었다. 그는 티토 제라시와 인터뷰를 했고 그것은 시카고의 어느 잡지에 실렸다. 그는 무엇보다 이렇게 말했다. "내가 한 선택들마다 내 세계를 확장시켜 주었습니다. 그에 따라 나는 그러한 선택들이 내포하고 있는 의미가 더 이상 프랑스에 국한되는 것으로 생각하지 않게 되었습니다. 내가 동질감을 가지고 벌이는 투쟁들은 세계적인 투쟁들인 것입니다." 이 해, 그는 여러 글에 서명했다. 베트남에 대한 파리 협약 준수 호소문(《르 몽드》, 1월 26일, 27일). 칠레의 수감자들의 보호를 위한 자금을 옳든 그르든 간에, 유용했다는 혐의를 받고 있는 장 에데른 알리에에 대한 경계글, 바스크 민족주의자들을 옹호하는 호소문(《르 몽드》, 1975년 6월 17일).

우리는 여전히 실비와 함께 훌륭한 저녁 시간을 보냈다. 어느 날은 마외의 집에서 저녁식사를 했다. 우리는 마외와 몇 년 동안 정기적으로 기분 좋은 만남을 가져왔다.* 그의 동반자인 나딘을 좋아했고, 그들의 아들인 프랑수아를 친근하게 여기고 있었다. 나딘은 저녁 식사 때를 그야말로 파티로 바꾸어놓았다. 그런데 그때 마외는 심각하게 병을 앓고 있었다. 일종의 백혈병으로 그는 죽음이 자신에게 임박했음을 알고 있었다. 우리는 병원으로 그를 보러 갔는

---

* 르네 마외는 시몬 드 보부아르의 고등사범학교 동창으로 시몬의 애칭 '카스토르'는 그가 지어준 것이다. 철학교수와 외교 고위 공직자, 유네스코 회장을 역임했다.

데, 그가 아주 심한 발작이 있은 뒤 옮겨진 곳이었다. 화려한 실내복 차림이었으나, 그는 피골이 상접하도록 야위어 있었다. 그날 저녁, 진귀한 여행 기념물들로 장식된 그의 아름다운 아파트에서 그는 훨씬 더 수척하고 늙어보였다. 그와는 반대로 나는 사르트르가 젊어보여서 놀랐다. 그는 다시 날씬해지고 민첩해졌던 것이다. 사실 그것이 우리가 마외를 본 마지막이었다. 얼마 지나지 않아 그가 세상을 떠났기 때문이었다.

사르트르는 그해 유월 내내 생기가 넘치는 것을 스스로 느끼고 있었다. 학생들이 그를 만나러 왔고, 몇몇은 그에게 학위증이나 박사학위 논문, 그리고 그에게 헌정한 책들을 보내왔다. 언론에서도 그에 대한 기사를 많이 썼다. "내가 다시 유명해지는가 보오!" 즐겁게 그가 말했다. 3월에 쥐나에서 사흘 동안 함께 보냈던 콩타와 그는 길고 감동적인 인터뷰를 했다. 인터뷰의 일부는 그의 70세 생일을 기념하여 《누벨 옵세르바퇴르》에 나갔고 전화와 전보, 편지로 그에게 뜨거운 축하들이 쏟아졌다. '70세의 자화상'이라는 제목의 이 대담[31]에서 사르트르는 거의 모든 면에서 자신의 전 생애를 돌아보았고, 현재의 자신에 대해 가지고 있는 모호한 감정과 자신과 세계와의 관계를 드러내보였다. 콩타가 그에게 물었다. "잘 지내십니까?" 그러자 사르트르가 대답했다. "잘 지낸다고 말하기는 어렵소. 그렇

---

31 『상황 X』에 전문이 실려 있다

다고 잘 못 지낸다고 말하고 싶지는 않고... 작가로서의 내 직업은 완전히 망가졌으니... 어떤 의미에서는 내 존재 이유가 박탈된 셈이오. 그러니까 나는 작가였는데 이제는 더 이상 작가가 아닌 것이오. 그러면 내가 아주 낙담해 있어야 하는데, 아직 이해가 안 가는 어떤 이유 때문에, 꽤 괜찮게 느끼고 있다고나 할까. 내가 잃어버린 것을 생각하면서 결코 슬퍼하거나 우울해하는 때는 없소... 상황이 이렇게 되었는데 그리고 내가 어쩔 수가 없으니, 애석해할 이유가 없는 거요. 내게도 고통스러웠던 순간들이 있었지...지금, 내가 할 수 있는 전부는 오직 지금의 나로 적응하는 것이오. 이제 내가 하도록 허락되지 않는 것은... 스타일文體, 그러니까 어떤 사상이나 현실을 제시하는 문학적인 방식이라고 합시다."

사르트르는 더 나아가, 죽음과의 관계에 대해 말하게 된다. "내가 죽음을 생각하는 것이 아니오. 난 절대 죽음을 생각하지 않아요. 그러나 죽음이 온다는 것은 알고 있소." 그는 10년 안에 죽음이 올 것이라고는 생각하지 않고 있었다. 어느날 그는 자기 조상들의 장수에 대하여 막연하게 계산을 하고 나서 자신은 여든 한 살까지 살 것이라고 말했다. 그는 자신의 생애에 만족한다고 콩타에게 거듭 말했다. "그렇소! 나는 내가 해야 할 일을 했소...글을 썼고, 살아왔고, 후회할 것은 아무것도 없소." 그는 또 이렇게 말했다. "내가 늙었다는 기분이 안 들어요." 그는 사물에 대해 무관심하지 않다고 말하면서도 다음과 같이 인정하기도 했다. "날 흥분시키는 대단한 것이 더 이상은 없소. 내가 조금은 그보다 윗길에 있는 것이오." 그의 말 전체를 통해 드러난 것은, 그가 현재를 차분하게 받아들일 수 있을 만큼 자신의 과거에 아주 만족하고 있다는 것이었다.

6월 21일, 릴리안 시겔이 사르트르를 주빈으로 파티를 열었다. 빅토르, 가비, 가이스마르, 조르주 미셸, 그리고 내가 함께했다. 우리 모두 무척 즐거웠고 사르트르는 목이 뒤로 젖혀지도록 크게 웃곤 했다. 6월 25일 아침, 우리는 많은 친구들과 함께 비공식적인 시사회로 영화 〈사르트르가 말하는 사르트르〉를 보았다. 그리고 새롭게 — 반실명 상태임에도 — 스크린에 등장하는 것과 같은 그의 모습을 내 곁에서 다시 보았다.

우리는 바캉스를 떠날 예정이었다. 올해는 계획을 바꿔서 이탈리아 대신 그리스를 택했다. 사르트르가 아주 좋아했다. 쥘리앙과의 계약은 서명이 되지 않았고, 그것으로 언짢았지만, 그래도 희망을 계속 가지고 있었다. 올해 동안 우리의 협력자들과 해낸 일에 만족하고 있었다. 사르트르는 빅토르와 함께 '권력과 자유'라고 제목을 붙여 놓은 저작의 윤곽을 잡아 놓았는데, 여름 동안 깊이 생각해볼 계획이었다.

사르트르는 처음에는 아를레트 집에 머물렀고, 다음에는 완다와 함께 로마에서 지냈다. 그리고 8월 나는 실비와 그리스 여행을 마친 뒤, 아테네 공항으로 실비와 함께 그를 마중 나갔다. 그는 아주 훌륭하게 보였다. 잘 걷지는 못했지만, 며칠 뒤 뮤즈 언덕을 걸어서 내려갈 수 있었고, '벼룩시장'이라 작은 불리는 골목들을 돌아보며 걸어 다닐 수 있었다. 그는 그리스인 여자 친구를 다시 만났는데, 그녀는 완전히 회복해서 아테네 대학에서 조교로 일하고 있었다. 그녀는 복용하는 약 때문에 10㎏이나 몸이 불어나 있었고, 발병하기 전 말이 많았던 것만큼이나 조용해져 있었다. 그러나 여전히 아름다웠고 사르트르는 그녀와 함께 있기를 좋아했다. 그들이 함께 외출을 나가면, 나는 실비와 함께 아테네를 산책하곤 했다.

바로 이어서, 우리는 배를 타고 크레타 섬으로 향했다. 자동차도 배에 싣고 갔다. 안락한 선실을 예약해 놓았고 멋진 항해를 했다. 해가 떠오르는 아침 7시, 바다를 따라 길게 펼쳐지는 낯선 길 위에 우리가 있다는 것은 시詩 그 자체였다. 에룬다 비치 호텔은 나에게는 그야말로 천국처럼 보였다. 하얗게 초벽을 바른 방갈로들이 물가에 흩어져 있거나, 약간 뒤쪽, 강렬한 색깔의 꽃들과 향기 나는 나무들 가운데 자리 잡고 있었다. 내가 실비와 함께 묵을 방갈로는 바다 위로 곧게 나 있었고, 사르트르의 방갈로는 20여 미터 뒤에 있었다. 실내는 안락하고 매혹적이었고, 에어컨이 있어서 시원했다. 보통 아침엔 실비는 수영을 했고, 사르트르와 나는 음악을 들었다. 우리는 카세트 녹음기를 가지고 왔다. 또한 책을 읽었다. 그중 토레즈에 관한 두꺼운 책과 슈레버의 『한 신경병자의 회상록』이 생각난다. 햇빛을 가린 옥외 식당에서 점심을 먹었는데 뜨거운 것과 차가운 것으로 넓게 차려진 뷔페에서 각자 원하는 대로 가져다 먹었다. 우리는 자동차를 타고 몇 번 섬 여행을 했다. 한번은 섬의 동쪽 끝 매우 아름다운 곳까지 갔다. 그리고 또 한번은 이라클리오와 크노소스에 갔다. 그리고 다른 날은 조금 멀고 피곤했지만, 카니아까지 갔다. 보통 오후에는 내 방갈로에서 책을 읽고 카세트를 틀어 들으며 휴식을 취했다. 기분 좋은 바는 없었으나, 냉장고가 있어서 실비는 저녁이면 우리에게 맛좋은 위스키 사우어를 만들어주었다.[32] 우리는 저녁 식사를 방에서 했고, 거의 아무것도 먹지 않았는데, 드물게는 호텔 근처에 있는 시골풍의 쾌적한 선술집에서 먹었다. 사르트르는 모든 것에 즐거워했다. 그의 건강 상태는 놀라울 정도였고 근심 없이 유쾌해했다.

열이틀을 지낸 끝에, 우리는 아테네로 돌아왔다. 돌아오는 여정은 힘겨웠다. 우리는 선실 두 개를 예약했었는데, 선실 열쇠를 주지 않는 것이었다. 할 수 없이 실비와 나는 혼잡하고 시끄럽고 끔찍하게 찌는 열기 속에 열쇠를 받느라 접수계에 가서 싸웠는데 소용없었다. 결국 우리 셋은 침대 넷이 놓인 선실 하나를 받았는데, 안락함을 조금도 찾을 수 없었다. 자고 있는 한밤중에, 고등 선원이 와서 문을 열었다. "사르트르 선생님이시지요, 저희가 몰라 뵈었습니다. 선실이 마련되었습니다." 우리는 선실을 옮기지

---

32 라프렐 교수는 사르트르에게 약간의 알코올을 허용했었다.

않겠다고 거절했다.

다시 아테네 호텔의 조용함에 기분 좋게 빠져들었다. 오후 2시경, 냉방이 시원하게 된 바에서 칵테일과 구운 샌드위치로 점심식사를 했다. 종종 걷거나 자동차를 타고 돌아본 다음, 힐튼 호텔 7층에서 칵테일을 또 한 잔 마셨다. 거기에서는 아테네 시가지와 멀리 바다의 거대한 광경을 볼 수 있었다. 우리는 이곳저곳에서 저녁 식사를 했고, 아크로폴리스 바로 아래 야외 레스토랑에서도 자주 식사를 했다.

8월 28일, 나는 실비를 배웅했다. 실비는 마르세이유로 가는 배를 탈 것이었고, 마르세이유에서는 자동차를 운전해서 파리로 갈 예정이었다.

이틀 뒤, 사르트르와 나는 비행기를 타고 로도스로 갔다. 눈 깜짝할 사이에 휙 날아갔다. 비행기가 하강하기 시작할 때 내 눈을 믿을 수 없을 정도였다. 바닷가에 위치한 호텔의 7층에 방 둘을 잡았다. 호텔은 구시가지에서 2킬로미터 정도 떨어져 있었고, 방은 바다를 향해 넓은 발코니를 가지고 있었다. 우리가 매일 식사를 하는 레스토랑과 바는 바다 쪽으로 나 있는 테라스에 자리 잡고 있었다. 해질 녘에 택시를 타고 옛 로도스의 성문들로 드라이브 나갔다. 우리는 오래된 거리들을 걸었다. 거리들이 너무나 아름답고 활기에 차 있었다. 걸으면서 내가 느낀 즐거움은 사르트르와 함께 새로운 장소를 발견할 때면 느꼈던 것이었다. 오랫동안 잊고 있었던 것이었다. 야외의 작은 카페들 중 하나에 들어갔는데, 이 카페들은 그리스 마을들에서 볼 수 있는, 강렬한 햇빛을 그늘로 가려주는 커다란 나무들로 에워싸여 있었다. 때때로 성벽 아래에 있는, 맛 좋은 식당에서 간식을 먹기도 했다. 택시를 타고 호텔로 돌아와서는, 발코니에서 한 시간이나 두 시간 동안 사르트르에게 책을 읽어주었다. 날씨는 찬란했고, 바다는 눈부셨다. 우리 발 밑으로 펼쳐지는 끝없는 해변은 코파카바나를 조금 생각나게 했다.

우리는 택시로 두 번 섬을 돌아보았다. 한 번은 린도스에 갔는데, 길들마다 흰 초벽이 칠해진 작은 마을이었다. 그곳은 놀랍게도 바다 위에 위치해 있었다. 아크로폴리스로 특히 유명해진 곳이었는데, 성채를 오르려면 당나귀를 타야 했다. 우리로서는 당나귀를 타고 올라갈 용기를 낼 수 없었다. 다른 한 번은 카미로스에 갔는데, 규모가 큰 고도古都로 꽤 잘 보존이 되어 있었다. 지나가는 길에 산에 지어진 아주 아름다운 수도원을 보았었다.

아테네로 돌아와 우리는 열흘 동안 체류했다. 날씨는 거의 시원해졌고 걷는 것이 쾌적했다. 사르트르도 아직은 걷는 것이 가능했다. 심지어 아크로폴리스까지 올라가기까지 했다. 때로 그는 멜리나와 저녁 식사를 했는데, 그녀는 낮에는 시간이 자유롭지 못했다. 멜리나는 어느 카페로 사르트르를 안내해가곤 했다. 그곳은 아테네 지식인들이 모이는 카페였다. 그는 11시경에 돌아와서는 자기 방에서 나와 함께 위스키를 한 잔씩 마시곤 했다.

사르트르는 이 여행 중에 두 번 인터뷰를 했다. 한 번은 좌파 일간지와의 인터뷰였고, 다른 한 번은 무정부주의자들의 회보와의 인터뷰였다.

그 여름 동안 쥘리앙이 사르트르에게 편지를 한 통 보냈는데, 편지에서 그는 '시범 프로그램'을 1회분 제작해볼 것을 제안했다. 이것은 모욕적이고 황당한 제안이었다. 연속 방송 시리즈로 구성되어 있기 때문에 단 한 편으로 전체를 평가할 수 있는 것이 아니었다. 파리로 돌아와서 며칠 뒤인 9월 23일, 사르트르와 빅토르와 나는—가비는 미국에 있었다—릴리안 시겔 집에서 쥘리앙을 만났다. 사르트르는 그를 신랄하게 공격했다. 자신은 더 이상은 시험을 치르는 나이가 아니라고 말했다. 그런데 그에게 제안했던 '시험 프로그램'은 형편없다, 보통이다, 좋다는 점수를 매기는 시험이었던 것이다. 그리고 받아들일 만한 유일한 심판관은 시청자인데, 프로그램 평가를 시청자가 아니라 '전문가들'에게 받아야 한다는 것이었다. 말하자면 일종의 검열의 수단이었다. 쥘리앙이 앞에 내세웠던 돈 문제는 진짜 문제가 아니었다. 왜냐하면 드라마로 분류된 1시간 반짜리 프로그램을 위해서는 100만 프랑의 예산이 보통이었기 때문이었다. 우리는 그런 예를 얼마든지 제시할 수 있었다. 사실인 즉슨, 쥘리앙이 O.R.T.F.(프랑스 국영 라디오 방송)의 보고책임 국회의원인 앙드레 비비앙에게 전달했고, 그것을 비비앙이 자크 시락 수상 사무실에 제출했던 것이었다. 1월 이후, 비비앙과 시락은 우리의 계획에 대하여 강력하게 반대해왔고, 그들의 권위를 받드는 쥘리앙은 우리를 속

여왔다. 우리가 자리를 떴을 때, 결렬은 확정된 것이었다.

9월 25일, 사르트르는 빅토르와 나를 동반하여 라 쿠르 데 미라클에서 기자회견을 가졌다. 이 소식이 전해지자마자 쥘리앙은 24일, 사르트르에게 4억 구舊프랑을 합의금으로 전화를 걸어왔다. 6개월 전 좀 일찍 그랬다면, 비용을 절감할 수 있도록 시나리오를 변경할 시간이 있었을 것이다.[33] 이젠 너무 늦었고 쥘리앙도 그것을 알고 있었다. 그는 단지 사건이 대중들에게 알려지는 것을 피하려고 했던 것이다. 그러나 사건은 알려졌다. 많은 사람들이 라 쿠르 데 미라클에 모였다. 사르트르는 정장 차림으로, 정확한 사실에 입각하여 설득력 있는 어조로 문제의 전말을 되새기며 이야기했다. 그는 이 기자회견의 부제를 '텔레비전 검열 문제'로 붙였다. 그리고 설명했다. "사람들은 말합니다. 사르트르는 포기한다고. 아닙니다. 그들이 내가 포기하도록 만든 것입니다. 이 경우는 직접적인 검열은 아니지만 형식적 검열인 것입니다." 그는 쥘리앙이 완전한 표현의 자유를 약속했었다고 말했다. 우리가 그에게 처음 견적을 제시했을 때, 그는 이렇게 밝혔었다고 말했다. "8억 구프랑이 초과하더라도, 어쨌든 만들 겁니다." 이어서 그는 이 문제로 정부 당국과 작은 충돌이 있었다고 했다. 우리의 시놉시스가 이해할 수 없게 시락의 수중으로 들어갔는데 시락이 그

---

33 나는 매 회당 1억 구프랑의 예산을 예상했었음을 명확히 말해두겠다. 10회 시리즈니까 10억 구프랑이 되는 것이었다. 쥘리앙은 그 반액보다 적게 제시하고 있었던 것이다.

것을 거절했고, 그래서 쥘리앙은 우리를 지치게 해서 포기하게 하려고 결국에는 '시험 프로그램' 제작이라는 받아들일 수 없는 제안으로 도피한 것이라고 말했다. 기자들은 사르트르의 이 보고를 매우 주의 깊게 들었고, 몇몇이 질문을 했다. "왜 외국 텔레비전 방송을 위해서는 일하지 않는 겁니까?" 사르트르가 대답했다. "이것은 프랑스의 역사이고 프랑스인들에게 이야기하고 싶기 때문이오." 또 다른 질문이 있었다. "왜 영화관을 이용하지 않는 겁니까?" 이에 사르트르가 반박했다. "열 시간 짜리요. 깁니다. 이 시리즈는 텔레비전 방송에서 최초로 다이나믹한 프로그램으로 주목받을 만한 것이었소. 나는 이제 이 방송과는 함께 일을 할 수 없지 않은가 생각하고 있었소. 마르셀 쥘리앙은 나에게 타격을 주었소. 지금은 모든 것이 끝이 났소. 나는 더 이상 텔레비전에 나가지 않을 것이오. 프랑스에서건 다른 나라에서건." 사르트르는 이어서 다음과 같이 강조했다. "미셸 드루아*, 그는 1946년에서 1970년까지의 자신의 연대기를 제작하는 데 가능한 모든 자유를 누렸소."

전반적으로 언론은 사르트르의 기자 회견 내용을 충실하게 보도했고, 쥘리앙은 사르트르에 대한 중상모략을 꾀했다. 그는 우선 이렇게 인정했다. "사르트르 씨는 돈밖에 모르는 타산적인 사람이 아니다. 그러나 자신의 꿈을 실현

---

* 프랑스의 언론인이자 소설가, 레지스탕스 운동을 했고, 프랑스 R.T.F. 텔레비전 뉴스 편집장, 프랑스엥테르 정기 기고자, 편집자, 칼럼니스트로 활동했다.

시키기 위해 최대한 방법들을 끌어모으려고 했다." 그리고는 사르트르가 엄청난 저작권에 손을 대려 했다고 암시했는데, 그것은 거짓말이었다. 그 저작권료는 기본적으로 다수의 역사학자 그룹에 배분하기로 되어 있었다. 그는 또 사르트르가 사업을 자신의 젊은 협력자들에게 내맡겼다고 불평했는데, 이 역시 거짓말이었다. 왜냐하면 사르트르는 '4인회' 안에서도 매우 적극적이었고, 전체 회의에 참석해왔기 때문이었다. 결국 텔레비전은 소문을 퍼뜨렸는데, 그것은 스톡홀름에까지 전해졌고, 급기야는 스톡홀름에서 AFP통신으로 급전을 보내온 것이었다. 사르트르가 1964년 거부했던 노벨문학상의 상금을 요구했으리라는 소문에 대한 것이었다. 사르트르는 격렬한 반박문을 신문사들에 보냈다.

R.T.L.(룩셈부르크에서 출발한 유럽 민영 방송)은 사르트르에게 빅토르와 나와 함께 1975년 10월 5일 〈주르날 이나탕뒤〉*에 출연해 인터뷰를 하도록 제안했다. 그는 수락했고 우리는 참여할 부분을 준비했다. 그러나 이 모든 것이 사르트르에게는 귀찮은 일이었다. 주말에 아를레트가 나에게 전화를 해서 그가 몹시 피곤해 보인다고 했다. 그리고 어느날 저녁 내 집에 온 그는 말하는 것이 아주 힘들어 보였다. 입 가장자리와 혀끝이 거의 마비되어 있었다. 조금 뒤 마비는 풀렸지만, 그는 그런 증세가 자주 일어난다고 말했고

---

* 뜻밖의 일기라는 뜻의 R.T.L. 고정 프로그램

나는 불안해졌다.

우리가 R.T.L.의 스튜디오에 갔을 때 사르트르는 기력이 없었고 계단참에 발부리를 부딪쳤다. 게다가 우리를 맞이한 기자는 눈에 띄게 불친절해서 나는 예민해졌다. 사르트르는 몹시 지쳐 보였고, 느릿느릿 그리고 거의 억양이 없이 말했다. 나는 그가 방송 중에 정신을 놓을까봐 극도로 겁이 났다. 그래서 나는 자주, 우리와 대담을 진행하는 상대의 말을 갑자기 빼앗아서 쥘리앙에 대하여 설명하는 것으로 돌렸다. 그리고 콩방디가 스위스에서 이원 방송 중계로 아주 날카롭고 단호하게 말했다. 그 결과 전체적으로 이날의 〈주르날 이나탕디〉는 성공적이었다.

방송이 끝나고 릴리안 시겔 집으로 갔다. 조출한 뷔페가 차려져 있었다. 거기에서 몇몇 역사가들과 만났다. 그들은 앙텐느2 방송과의 결렬로 몹시 실망하고 있었다. 5시쯤 나는 사르트르를 그의 집으로 데려다주었고 그는 잠을 조금 잤다. 그는 완전히 지쳐버렸다고 털어놓았다. "다섯 시간 이상을 일을 한 거요." 쇠약해져서 내게 말했다. 그는 완다 집에서 저녁 시간을 보냈고, 다음날인 10월 5일 월요일 아침 아를레트가 내게 전화했다. "아주 심각하지는 않아요." 그녀가 내게 말했다. "그렇지만 어쨌든…" 완다의 집에서 사르트르는 조금 지쳐 쓰러졌고, 완다는 택시를 태워 그를 보냈다. 미셸이 르 돔 앞에서 기다리고 있다가 그의 집까지 데리고 갔다. 거기에서도 그는 몇 번이나 다시 균형을 잃었다는 것이다. 아침이 되자, 미셸은 그를 아를레트 집으로 데려다주었는데 그는 또다시 쓰러져 있었다. 전화를 받고 온 자이드만 박사가 사르트르에게 주사를 몇 대 놓아주었고, 침대에 오래 누워 쉬라는 처방을 내렸다. 나는 사르트르와 전화 통화를 했다. 그의 목소리는 또렷했으나, 지쳐 있었다. 그는 아를레트의 집에 머무르며 식사를 했고, 아를레트는 친구의 차로 그를 집에 태워다주었다. 그들은 그의 아파트까지 거의 메다시피 부축해서 그의 방 침대에 눕혔다. 나는 그의 곁에서 오후를 보냈고, 저녁에 자이드만 박사가 왔다. 사르트르의 혈압은 140에서 200까지 오르고 있었다. 방에서 화장실까지 몇 걸음 옮기는 데에도 그를 부축해야 했다. 나는 문을 모두 열어놓고, 옆방에서 잤다.

사르트르는 월요일과 화요일 침대에서 지냈다. 수요일 저녁, 라프렐 교수가 자이드만 박사와 함께 왔다. 사르트르는 혈압이 215였다. 두 사람은 길게 의논을 했다. 늘 먹고 있는 약 외에 혈압강하제와 담배를 적게 피우는 데 도움이 되는 바륨을 처방했다. 그들은 그에게 침대에서 일어나 의자에 앉도록 권했다. 그러나 오후에는 낮잠을 자라고 했다.

그리고 생활은 정비되었다. 사르트르는 자기 집에서 식사를 하기로 했다. 일요일에는 실비가 점심을 가져왔고, 목요일에는 릴리안이, 월요일과 금요일에는 미셸이, 다른 요일에는 아를레트가 가져왔다. 저녁 식사를 위해서는 내가 그의 집에 있는 날에 간단한 음식들을 샀다.

자이드만 박사가 15일 수요일 아침에 왔다. 혈압은 160으로 떨어져 있었다. 그는 약을 줄였고 사르트르에게 외출을 조금씩 하라고 말했다. 그는 그렇게 했다. 발병 전과 거의 같이 나아진 것처럼 보였다. 그러나 그에게 처방한 약 때문에 또다시 요실금이 생겨서, 밤에는 파자마를 적셨다. 그가 이런 일들을 무심하게 받아들여서 나는 견디기 힘들었다.

기어코, 그는 다시 담배를 피우겠다고 우겼다. 나는 강하게 반대했다. 그가 치매에 걸리면, 자신은 모르게 되겠지만 그로 인해 고통을 받는 것은 바로 나라고 했다. 내가 그를 설득시켰을까? 아니면 미셸이 그에게 읽어준, 동맥염의 경우 흡연을 하면 다리를 절단해야 할 위험이 있다는 기사에 마음이 움직였던 것일까? 그는 거의 담배를 끊었다. 하루에 네 개비만 피웠고, 네 개째를 잊어버리기도 했다.

때로 사르트르는 자신의 상황을 고통스러워하는 것 같았다. 어느 일요일 저녁, 그는 백 살까지 살기를 바라지 않는다고 말했다. "어쨌든." 그가 말했다. "이제 나는 단역만을 하게 되었으니까." 다음날 내가 그 말이 무슨 뜻이었는지 상기시키자, 그는 가비가 《리베라시옹》을 위해 스페인에 대한 인터뷰를 하라고 강요해서 성가셨다고 했다.

이 인터뷰는 프랑코가 죽어가고 있던 1975년 10월 28일에 발표되었다. 사르트르는 프랑코를 "비열한 라틴족의 역겨운 낯짝"이라고 말했다. 이 표현은 많은 독자들을 화나게 만들었다. 사르트르는 그 말에 대하여 해명을 했다. "그건 실수였습니다. 한창 대화에 열을 올리는 중에 나온 말인데 그런 걸 그대로 옮겨 적으면 다른 뜻이 됩니다. 그렇더라도 그건 전적으로 내가 책임져야 하는 실수입니다. 프랑코는 내가 그렇게 말할 만한 자이고, 그는 정말로 비열한 자입니다. 그 자가 라틴족이라는 사실은 누구도 부인하지 못할 것입니다."

사실, 사르트르의 건강은 회복되지 않고 있었고 자신도 그 사실을 알고 있었다. "몸이 정말 좋지 않아." 어느 날 아침, 그가 릴리안에게 말했다. 그는 그녀와 함께 이웃에 있는 카페 르 리베르테에서 아침 식사를 하던 중이었다. 아침이면 그는 입이, 특히 목이 반쯤 마비되어 힘들다고 불평했다. 그가 뭘 삼키는 데 그토록 고통을 겪는 것은 바로 이런 이유 때문이었다. 차 한 잔, 오렌지 주스 한 잔을 다 마시기까지 적어도 한 시간이 걸린다고 했다. 그의 혈당량은 적당했다. 그러나 점점 더 보행이 어려워졌다. 11월 19일 목요일, 그는 집에서 100미터 거리의 카페 르 리베르테에 가는 것에 너무 어려움을 겪었고, 몽파르나스 타워 바로 아래에 있는, 우리가 오후 2시쯤 점심을 먹으러 자주 가던 브라질 식당에 가는 것에도 너무 큰 고통을 겪었다.

다음날 자이드만 박사가 그에게 와서 진찰을 했고 이렇게 퇴행한 것에 대하여 걱정을 내비쳤다. 오후가 끝날 때쯤 도착한 라프렐 교수는 어쨌든 지난번 왔을 때보다는 사르트르가 좀 나아진 것으로 보았고, 전체적으로 괜찮다고 했다. 그러나 신체 활동(걷기, 삼키기)에 대해서는 내게 이렇게 말했다. "사르트르는 다시는 올라갈 수 없는 단계로 내려갔습니다." 나는 두 달 전 아크로폴리스를 올라가던 그를 떠올렸고, 언젠가는 그가 전혀 움직일 수 없는 날이 오고야 마는 것인지 자문하고 있었다. 게다가 그의 반사 신경이 제대로 조절이 안 되어서 이번에는 내장에 장애가 왔다. 머리는 여전히 단단한데 몸이 버려지는 것은, 무서운 일이다.

왜냐하면 정신적으로는, 사르트르가 완전히 정상을 회복했기 때문이었다. "중요한 것은, 일을 하는 것이오." 그가 말했다. "다행히 머리는 괜찮소." 그리고 또 이렇게 말했다. "머리는 예전보다 훨씬 좋아졌소." 사실이었다. 그는 빅토르와 함께 『권력과 자유Pouvoir et liberté』라는 그들의 저서 계획에 매진했다. 그는 내가 읽어주는 저작들과 세상에서 벌어지는 모든 것에 흥미를 보였다. 특히 골드만 사건에 흥미를 보였는데, 그로서는 그 사건에 거의 아는 것이 없었다. 11월 중순에 우리는 골드만의 파기 상고가 기각될 것으로 예상했고, 사르트르는 빅토르의 도움을 받아 이 문제로 글을 써서 《르 몽드》에 게재되게 하려고 했다. 그 글은 나가지 않게 되었는데, 골드만의 유죄 판결이 파기되었기 때문이었다. 그의 친구들은 모두 몹시 기뻐했다.

사르트르는 이러한 자신의 활동에 힘입어 다시 살아 있다는 기쁨을 누렸다. 어느 날 아침, 릴리안이 그에게 물었다. "다른 사람들에게 의지하는 것이, 너무 불편하지는 않으세요?" 그러자 그가 웃으며 말했다. "아니, 기분 좋은 점

도 있어요.""보살핌을 받아서요?""그렇지.""사랑받는다
고 느껴지기 때문이지요?""오, 그건 전에 알았어요. 어쨌
든 기분 좋아요."11월 10일,《뉴스위크》유럽판에 제인 프
리드만의 사르트르 인터뷰가 게재되었다. 그녀가 사르트
르에게 물었다. "지금 당신의 삶에서 가장 중요한 것이 무
엇입니까?"그가 대답했다. "모르겠소. 전부 다. 살아 있는
것. 담배 피우는 것."그는 이 가을의 푸르름과 황금빛의
아름다움을 느끼고, 그것을 즐기고 있었던 것이다.

　사람들은 사르트르에게 선언서나 호소문에 서명하도
록 부추겼고, 대개 그는 수락했다. 그는 앙드레 말로, 망데
스 프랑스Mendès France[*], 루이 아라공Louis Aragon,[**]과 프랑수
아 자코브Francois Jacob[***]와 함께 스페인에서 사형수 11명
의 사형 집행 제지를 위한 호소문에 서명했다.[34] 그러나 그
들의 사형은 집행되었고, 사르트르는 스페인을 향해 행진
하자는 호소문과 항의문에 서명했다. 그는 미테랑, 망데스
프랑스와 말로와 함께 시오니즘Zionism[****]을 민족우월주
의Racisme와 동일시한 U.N.의 결정에 항의했다.(《르 누벨

34　이 탄원서는 9월 29일 발행되는《르 누벨 옵세르바퇴르》에 발표되었고,
　　푸코, 레지스 드브레, 클로드 모리악, 이브 몽땅 등이 직접 마드리드에
　　가져갔다.
　* 　프랑스 정치가. 경제장관과 외교장관, 총리 등을 지냈고 유럽통합, 서독
　　의 나토 가입 추진 등을 실현했다.
　** 　프랑스 시인
　*** 　프랑스의 의사이자 분자생물학자, 노벨의학상 수상자
**** 　유대인들의 국가 건설을 위한 민족주의 운동

옵세르바퇴르》 11월 17일). 그리고 12월 15일 뮈튀알리테 (메종 드 뮈튀알리테)에서 낭독된 투옥 군인들을 위한 호소문에 서명했다.

사르트르는 새로운 오락거리를 얻었다. 아를레트가 텔레비전을 그에게 빌려준 것이었다. 좋은 서부 영화나 어떤 종류든 유쾌한 영화가 방영될 때에는 함께 보았다. 사르트르는 화면에 아주 가까이 앉아서 보았기 때문에 영상을 거의 또렷하게 볼 수 있었다. 어느 월요일 아침, 나는 〈유랑극단Le voyage des comédiens〉*이라는 빼어난 영화를 보러 그와 동반했었다. 영화관 책임자는 우리 마음대로 보도록 해주었다. 친구 몇 명만 관객으로 그 자리에 함께 했기 때문에 나는 누구에게도 폐를 끼치지 않고 사르트르에게 자막을 읽어줄 수 있었다.

12월 1일 사르트르는 G.I.N.이라는 서명이 적힌 협박 편지를 한 통 받았다. 지젤 알리미는 G.I.N.은 포토 리베라시옹을 자기들이 폭파시켰다고 자랑했던 극우 단체이기 때문에 편지를 심각하게 생각해야 한다고 했다. 지젤 알리미가 가까운 경찰서에 알렸고, 나는 문에 방탄 장치를 했다. 나는 정말 두려웠는데, 사르트르는 그 일을 대수롭지 않게 생각했다. 사르트르의 침착성은 흐트러지지 않았던 것이다. "이번 3개월은 아주 훌륭하게 보냈소." 12월 말에 그는 흡족해하는 표정으로 내게 말했다. 그리고 새해가 되

---

* 테오 앙겔로풀로스의 1975년 그리스 영화

어 그를 위해 무엇을 기원해야 하는지 묻자, 그는 얼른 "오래 사는 것"이라는 대답했다.

우리는 실비와 함께 제네바로 짧은 여행을 갔다. 추위와 눈에도 불구하고 사르트르는 아주 즐거워했다. 우리는 걸어서 오래된 도시를 산책했다. 코페*에 들러서 보았고, 로잔을 방문해서 돌아보았다. 파리로 돌아와 사르트르는 빅토르와 다시 일에 착수했다. 심지어 다시 글을 쓰기 시작하기까지 했다. 읽을 수 없는 악필이었지만 빅토르는 그럭저럭 해독해 읽어냈다. 사르트르는 자신의 가치관을 고수하는 한계에 대해 쓰고 있었다. 그는 내게 말했다. "나는 내가 쓴 것을 '믿지 않소'." 그러나 『존재와 무L'être et néant』와 『변증법적 이성비판Critique』을 시작으로 자기가 자신을 비판하고 있음을 인식했고 그리하여, 믿고 있음을 증명했다.

---

* 스위스 레만 호수를 따라 형성된 호반 도시들 중 하나. 제네바와 로잔 사이에 위치한다.

1976년

3월 초, 사르트르는 나에게 파졸리니에 대한 기사를 받아 쓰게 했다. 그는 로마에서 파졸리니를 만났었고, 그의 몇 몇 영화 — 특히 〈메데아Medea〉*의 서두를 좋아했다. 이 영화에서 그는 '성스러움'이 특이하게 환기되고 있다고 보았다. 기사에서 그는 죽음과 관련된 상황을 깊이 생각하고 있었다. 처음에는 알아볼 수 없는 글씨체로 직접 썼다가 나중에 외워서 나에게 불러주었다. 좋은 기사였다. 이 글은 1976년 3월 16일《코리에레 델라 세라》에 발표되었다. 그는 세 시간도 안 걸려 작성했다고 흡족해했다.

빅토르는 나와 마찬가지로 오래 전부터 사르트르의 지적인 정신 상태가 그리 좋지 않다고 생각했다. 사실 그는 때때로 의식의 불이 '꺼져 버린' 것 같았다. 그러나 그것

---

* 메데아는 그리스 신화에 나오는 젊고 아름다운 마녀 이름이다. 1969년 파졸리니가 마리아 칼라스를 주연으로 영화화했다.

은 너무 많은 사람들이나 그를 지루하게 하는 사람들 앞에
서였다. 어떤 때는 정신이 완전히 또렷해지고 생생해지기
도 했다. 예를 들면 우리가 알리스 슈바르처와 함께 저녁
시간을 보내는 때가 그랬다. 그러나 듣고, 답변하고, 토론
할 수는 있었지만, 더 이상 창의적이지 않은 것은 사실이
었다. 그의 안에는 일종의 공허감이 자리잡고 있었다. 그
래서 마시고, 먹는 것이 그에게는 과거보다 훨씬 더 중요
하게 여겨지고 있었다. 그는 새로운 것들에 적응하는 것이
힘들어졌다. 자기의 말에 반박하는 것을 참지 못했다. 그
래서 나는 그가 과거의 사건들에 대하여 심각하게 잘못 알
고 있어도 아무 말도 하지 않았다.

3월 20일, 우리는 실비와 함께 베니스로 떠났다. 베니스
는 우리 셋 누구도 싫증을 내지 않는 곳이었다. 사르트르
는 나와 함께 아주 천천히, 긴 산책을 했다. 한번은 그가 내
게 물었다. "이렇게 느리게 걷는 동반자가 있어서 지루하
지 않소?" 나는 그렇지 않다고 진심으로 말했다. 그가 걷
고 있는 것으로도 나는 충분히 기뻤다. 그는 다시 우울해
져서는 말했다. "난 다시는 시력을 되찾지 못하겠지!" 그
리고 선착장에서 한 승객이 그가 내리도록 팔을 붙잡아주
자 그의 표정이 침울해졌다. "내가 정말로 불구자처럼 보
이오?" 그가 나에게 물었다. "눈이 잘 보이지 않는 것처럼
보인 거예요. 수치스러워하지 않아도 되요." 그러나 그런
침울함은 금세 사라지곤 했다. 나도 오른팔 신경염으로 고
통을 겪고 있기 때문에, 그에게 이렇게 말했다. "결국 그렇

다니까요! 늙는다는 게. 한두 군데 늘 골칫거리가 있잖아요." 그러자 그가 확신을 가지고 말했다. "난, 그런 데가 없소." 내가 그의 말에 웃자, 다시 생각해보더니 그도 웃었다. 그러니까 그는 무의식적으로 자기는 멀쩡하다고 느끼고 있었던 것이다. 그는 지난 해보다 자신의 상황에 잘 적응하고 있었다.

파리로 돌아와서 사르트르는 빅토르와 일을 계속했다. 아름다운 봄이었다. 태양, 초목의 푸르름, 새들이 노래하는 정원의 꽃들. 우리는 오후와 저녁 시간을 독서, 음악감상, 영화로 보냈다. 연초에 『상황 X』이 출간되었는데, 정치 논문 4편, 『집안의 천치』에 대한 인터뷰 1편, 페미니즘에 관하여 나와 했던 인터뷰, 그리고 콩타와 길게 해왔던 인터뷰 '70세의 자화상'이 수록되었다. 갈리마르 출판사는 '텔Tel*' 총서에 『존재와 무』를, '이데Idées**' 총서에 『상황 I』을 넣어 재출간했다. 『변증법적 이성 비판』은 영국에서 번역 출간되었다(이 책은 1967년 독일어로 번역되었다). 사르트르가 오스트레일리아 라디오와 가졌던 인터뷰들 ─ 마르크스주의에 대하여, 랭***에 대하여, 지식인의 역할에 대하여 ─ 은 뉴욕에서 출간된 책에 수록되었다. 5월 1일, 그는 영화 〈사르트르가 말하는 사르트르〉의 언론

---

* 철학, 문학, 인류학, 사회학, 문학 분야 총서
** 역사, 비판, 민족학, 언어학 분야 총서
*** 로널드 랭R.D.Laing. 영국의 정신과 의사로 사르트르에 대한 연구서 『이성과 폭력Reason and Violence』을 데이비드 쿠퍼와 공동 집필했다.

보도를 위한 인터뷰를 했다. 그는 이 인터뷰에서 프랑스 텔레비전 방송국과의 분쟁에 대해 말했다. 6월, 그는《리베라시옹》에 라르작*에 관한 편지를 게재했다. 성령강림 축일에 라르작 고원에서 개최된 회견에 참석하지 못해 아쉽게 생각했다. 같은 달, 그는 산업체에서의 노동의 안정성에 대한 짤막한 글을 써서《르 누벨 옵세르바퇴르》에 내보냈다.

1월 20일, 사르트르는 소련 대사관 부속 건물을 점거했던 마르주 그룹과의 연대 성명서에도 서명했다. 1월 28일에는《리베라시옹》에 P.E.G.C.(중등교육교사)에서 초등학교 교사로 파견된 장 파펭스키를 위해 대통령에게 보내는 호소문에 서명했다. 이 교사는 1966년 영어 수업 중에 장학관이 와서 감사를 받은 일이 있었는데, 그 장학관은 영어를 모르면서도 그에게 불리한 평가를 했고, 그것으로 인해 그는 중학교에서 초등학교로 보내진 것이었다. 파펭스키는 원상복귀를 요구했으나 받아들여지지 않았다. 1974년 그는《부이부이》라는 팸플릿을 출판했는데, 거기에서 장학관, 심사위원, 불공평한 행정을 비난했다. 그는 영구 제명을 당했고, 단식 투쟁에 들어갔다(90일 동안 계속할 예정이었다).

2월 17일자《리베라시옹》과 18일자《르 몽드》에는, 사

---

* 프랑스 중남부 해발 1000미터 석회질 고원에서 일어난, 정부의 군사 기지화 계획에 맞선 현지 농부들의 군사 기지 확장 반대 투쟁을 가리킨다.

르트르가 50명의 노벨상 수상자들과 그리고 나와 함께 서명한 미하일 스턴* 의사의 석방을 요구하는 호소문이 실렸다. 우리는 모두 함께 그의 석방을 위한 캠페인을 벌였고, 결국 관철시켰다. 5월 12일, 사르트르는 다른 지식인들과 함께 성명서에 서명했는데, 거기에서 그들은 독일 감옥에서 울리케 마인호프Ulrike Meinhof**가 죽은 것에 대한 분노를 표명했다.

그해 여름, 사르트르는 아를레트와는 쥐나에서, 완다와는 베니스에서 보냈다. 그러는 동안 나는 실비와 스페인을 다시 여행하느라 한 달 간 따로 보낸 뒤, 사르트르와 나, 그리고 실비는 함께 카프리에 갔다. 우리는 카프리에서 3주 가까이 퀴시사나 호텔에 머물며 행복하게 보냈다. 카프리는 사르트르가 그 어느 곳보다 특히 좋아하는 곳이었다. 우리는 매일 오후가 시작될 때면 살로토(호텔의 바나 티 살롱)에서 한 잔 마셨다. 섬에서 자동차 통행이 금지된 구역에서 산책을 길게 두 번씩이나 했다. 걸으면서 이따금 벤치에 앉아 쉬었지만 다리를 아파하지는 않았다. 그는 야외식당에서 햇빛 아래 앉아 점심 식사하기를 좋아했다. 창으로부터 푸른 바다까지 부드럽게 펼쳐지는 풍경의 아름다움을 음

---

* 1918-2005. 소련의 내분비학 의사이자 반체제 인사. 1974년 두 아들이 이스라엘로 망명했고, 그는 뇌물수수 혐의로 체포되어 노동교화형 8년을 선고받았다.
** 좌파 저널리스트이자 서독 극좌 테러리스트, 독일 적군파 창립자이자 리더. 1976년 옥중에서 죽음을 맞이했다.

미하곤 했다.

우리는 나폴리의 주차장에 맡겨 두었던 자동차를 타고 로마로 돌아왔고 늘 가서 묵던 테라스가 있는 아파트로 다시 찾아갔다. 다음날 실비가 떠났고 나는 사르트르와 단둘이 2주를 머물렀다. 여느 해와 마찬가지로 즐겁게 반복되는 여행이었다. 판테온 광장 구역과 이웃한 골목들은 자동차가 다니지 못하는 보행자 도로들이어서 자주 그곳에서 산책을 했다. 우리는 바소 부부와 함께 나보나 광장에서 점심 식사를 했다. 그리고 베니스에서 우연히 만났고 이후 다시 만난 적이 있던, 조세 다이얀과 말카 리보스카가 「위기의 여자」를 텔레비전용으로 각색하기 위해 나와 상의하러 찾아왔다. 사르트르는 두 사람에게 호의적이었고 저녁 식사를 함께했다. 로마 체류가 끝날 즈음, 보스트 부부가 와서 우리는 그들과 동반하여 공항에 갔다. 그리고 거기에서 비행기를 타고 아테네로 날아갔다.

사르트르는 사실 멜리나에게 아테네로 그녀를 보러 가겠다고 약속한 적이 있었다. 아테네에 일주일 머물르는 동안 그는 낮에는 나와 보냈고, 저녁에는 그녀와 보냈다. 우리가 좋아했던 호텔 방들을 얻을 수 없어서 바로 옆에 여장을 풀었는데, 그 숙소는 어두침침했다. 햇빛이 눈부시게 빛나고 있어도 아침부터 저녁까지 전등을 켜고 있어야 했다. 다행히 나에게는 할 일이 있었다. 「위기의 여자」의 각색을 다시 손보면서 대사를 썼다.

9월 중순, 파리로 돌아오자 몇 가지 다른 일과표를 제외하고는 작년과 거의 같은 생활이 시작되었다. 10월 중순까지 날씨가 기가 막히게 좋았고, 우리의 기분도 낙천적으로 이끌렸다. 게다가 사르트르의 건강 상태가 놀랄 정도로 좋았고, 모든 것이 그를 위해 잘 돌아갔다. 그는《레 탕 모데른》편집회의에 참석하는 것을 그만 두었고, 굉장한 의욕을 가지고 빅토르와 작업을 해나갔다. 사방에서 사람들은 그에게 계속해서 부탁을 해왔다. 10월에 그는 소련의 정치범들을 위한 모임에 참석했고 쿠즈네초크의 석방을 요구했다. 르 브리와 르 당텍과 함께, 그는 보밀 바우만[36]의 책 『서베를린의 투파마로스*』가 출간되기 전, 서문에 서명했다. 이 책은 '라 프랑스 소바주' 총서로 발행되었다. 독일 옛 테러리스트의 자서전인 이 책은 1975년 11월 이 저자의 국가 경찰에 의해 압수당했었다. 사르트르는 하인리히 뵐과 뜻을 모아 그 책이 다시 발행되도록 요구했었다. 그리고 지금, 그 책이 프랑스어로 출간된 것이었다. "보밀 바우만의 주장이 반드시 우리의 주장은 아니다." 사르트르는 썼다. "그러나 그의 주장은 '야성의 프랑스'에 직접 호소하고 있다."

9월에, 「더러운 손」**이 마튀랭 극장에서 다시 상연되

---

36 보밀 바우만은 사르트르가 바아더에게 갔을 때 운전수 역할을 해주었 었다고 앞에서 언급했었다.

* 투파마로스Tupamaros는 우루과이 민족해방전선이자 게릴라단체 뚜빡 아 마라를 가리킨다.

** 사르트르의 희곡으로, 이 해 클로드 샤브롤 감독에 의해 영화화되었다.

었다. 150회 공연이 있었고, 지방 순회로 이어졌다. 평은, 마카브뤼의 것을 제외하고는, 훌륭했다. 영화〈사르트르가 말하는 사르트르〉가 10월에 개봉됐다. 거기에서도 평론가들은 사르트르에게 열광적인 찬사를 보냈고 관객들이 몰려들었다.《르 마가쟁 리테레르》는『집안의 천치』에 대한, 미셸 지카르[37]가 사르트르와 함께 한 길고 매우 흥미로운 인터뷰를 게재했다.《폴리티크 엡도》는 사르트르 특집호를 2회 발행했는데, 샤틀레, 오르스트, 그리고 빅토르의 글이 실렸다.

"이 얼마나 근사한 컴백이에요!"내가 사르트르에게 말했다. "장례식용 컴백이지!"그가 대답했다. 그러나 웃고 있었다. 사실은 그 모든 일들에 그는 아주 즐거워하고 있었다. 사르트르는 자부심이 강해서 절대 허영에 빠지지 않았다. 모든 작가들처럼, 그 역시 자신의 작업이 거둔 성공과 그 영향에 대해 신경을 쓰고 있었다. 그러나 그에게 있어서 과거란 곧바로 넘어서기 위한 것이었다. 그가 전부를 건 것은 바로 미래, 그러니까 그의 다음 책, 그의 다음 희곡이었다. 확실히 그는 자신의 과거에 대하여 걱정스럽게 마음을 기울이지는 않았다. 그는 몇 번이나 되풀이해서 말했다. 자기는 해야 할 것을 해왔고, 그것으로 만족하고 있다고. 그렇기는 하지만, 그는 자신이 퇴물이 되어 버려지고 잊히는 기분을 잠시 동안일지라도, 느끼고 싶지는 않았을

---

37 사르트르의 저작들에 대해 매우 잘 알고 있는 젊은 철학 교수

것이다. 새로운 계획을 전처럼 맹렬한 기세로 더 이상은 착수할 수 없기에, 기존에 이루어왔던 것으로 현재를 맞추고 있었다. 그는 자신의 업적이 완성된 것으로 여겼다. 그가 원했던 바대로, 자신이 인정받을 수 있는 것은 바로 그 업적을 통해서였다.

11월 7일 일요일, 사르트르는 이스라엘 대사관에서 예루살렘 대학교 명예 박사학위를 받았다. 그는 답례 연설에서 ─ 정성껏 준비해 외웠다 ─ 이스라엘-팔레스타인의 대화를 돕기 위해 이 학위를 받는다고 선언했다. "나는 오래전부터 이스라엘의 친구입니다. 나는 마찬가지로 많은 고통을 받고 있는 팔레스타인 민중들을 걱정합니다." 이 연설문은 《레 카이에 베르나르 라자르》[*]에 실렸다. 얼마 뒤인 11월 말, 사르트르는 에디트 소렐[38]과 인터뷰를 가졌고, 그것은 《라 트리뷴 쥐이브》[**]에 실렸다. 그는 지금은 '유대인 문제에 대한 고찰'과 같은 방식으로 글을 쓰지 못할 거라고 말했다. 그는 1967년 이집트와 이스라엘 여행을 상기했고 카이로 대학교에서 그에게 학위를 주겠다고 한다면 받을 의향이 있음을 밝혔다.

11월, 《뉴레프트리뷰》[***]는 『변증법적 이성비판』 제2권의 긴 발췌본을 출간하기 시작했다. 사르트르는 '사회

---

[38] 작가 르네 데페스트르의 전 아내로 우리는 쿠바에서 알게 되었다.
[*] 유대계 잡지
[**] 유대인 잡지
[***] 신좌파 평론. 영국의 정치, 경제, 문화 격월간지.

주의 단 한 나라'에 대하여, 소비에트 사회를 연구해왔다. 이 글들은 역사적이기보다는 철학적인 것으로, 제1권의 연장이었는데 제2권은 구체적 역사의 영역에 접근하려는 시도를 보여주었다.

11월 12일, 리옹에 억류중인 코르시카인 다섯 명을 옹호하는 서한을 《리베라시옹》에 내보냈다. 12월 13일, 《폴리티크 엡도》와의 인터뷰에서, 그는 독일과 미국 간의 헤게모니가 유럽에서 야기할 위험을 널리 알렸다. 당시 그는 '유럽에서의 반反 독일미국 행동 위원회' 활동에 참여하고 있었다. 이 위원회는 J. P.비지에가 주도했다.

멜리나가 파리에 와서 일주일을 보냈고 그는 그녀를 많이 만났다. 그녀를 보는 것을 아테네에서보다 훨씬 덜 좋아했고, 그녀가 '정신이 비어 있는' 상태라고 생각하면서도 여전히 좋아하는 감정을 가지고 있었다.

《레 탕 모데른》 편집위원진이 아주 축소되었다. 잘 듣지 못하는 보스트는 더 이상 오지 않았고, 란츠만은 홀로코스트에 관한 영화를 연출 중이어서 온 시간을 거기에 빼앗기고 있었다. 우리는 새로운 구성원을 뽑아야 한다고 생각했다. 피에르 빅토르를 선택했는데, 그 덕분에 사르트르도 편집 회의에 다시 참석하기 시작했다. 그리고 잡지에 자주 참여했던 프랑수아 조르주, 《레 탕 모데른》에 글을 실은 적이 있고 우리에게 아주 감동적인 편지를 보낸 적이 있는 젊은 철학 교수 리구로, 우리 모두가 최고로 평가하는 피에르 골드만을 선택했다. 그는 어느 날 저녁, 란츠만과 함께 사르트르의 집에 왔는데 나는 그에게 강한 호감을 느꼈다. 사르트르도 마찬가지였다. 그러나 모르는 사람들 앞에서 종종 그러듯이, 그는 한 마디도 하지 않았다. 나와 단 둘이 있게 되자 그는 그 점에 대해 불안해했다. 나는 최선을 다해 그를 안심시켰다. 반대로 오르스트와 그의 아내가 한잔 하러 온 저녁에는 아주 활기가 넘쳤다. 그들이 그에게는 친근한 사람들이었기 때문이었다.

1977년

전체적으로 볼 때, 사르트르는 놀라울 만큼 건강 상태가 좋았다. 더 이상 건강상의 돌발 사건은 없었다. 그는 보행에 어려움을 겪고 있었고, 담배를 너무 많이 피우고 있었는데, 그 부분에서는 개선되리라고 기대할 수 없었다. 또한 음식을 삼키는 것을 힘들어했다. 그러나 기분은 아주 좋았다. "지금 이 순간, 난 만족스럽소." 그가 나에게 말했다. 그는 장례용 '컴백'이라고 여기면서도, 자신에 관한 언론 기사들이 나오면 몹시 좋아했다. 그의 지적인 머리는 멀쩡했다. 읽을 수 있었다면, 다시 자신의 글을 읽을 수 있었다면, 새로운 사상을 펼쳤을 것이라고 나는 확신한다. 그는 빅토르와 함께 두 사람의 협력 이유와 의미에 대하여 대담 작업을 하고 있었다. 이 대담은 《리베라시옹》 1977년 1월 6일자에 실렸다.

사르트르는 『권력과 자유』*라는 이후에 출간될 책의 새로운 형식이 자신의 불편한 몸 때문만이 아니라, 그 안에

'우리'가 확실히 드러나기를 간절히 바랐기 때문에 이루어진 것이라고 밝혔다. 이 책은 그에게는 "내 생애 마지막에 끝마치고 싶은 윤리학과 정치학"이었다. 그는 아직도 사람은 오직 '혼자'만 생각할 수 있다고 믿었기 때문에 공동 생각이 가능할지에 대한 전망 앞에서 망설이고 있었다. 그러나 그는 '우리'의 사상에 도달하기를 바랐다. "진정 당신과 내가 동시에 만들어내는 사상이 필요하다. 사고 행위를 통해서, 상대방의 사상을 가져와 각자 자신의 사상을 수정해야 한다. 그리고 우리는 우리의 사상에 도달해야 한다. 그러니까, 당신이 자신을 인정하는 동시에 나를 인정하는, 내가 당신을 인정하는 사상 말이다."

"나의 상황은 어쨌든 좀 이상야릇하다. 대체로 말해서 문학인으로서의 내 이력은 끝났다. 우리가 지금 만들고 있는 책은 이미 저술한 책들을 넘어서는 것이다. 당신과 이야기하고 있는 사람은 살아 있는 사람, 나이가 더 많은 살아 있는 사람이 아니다. 나는 내 저작들로부터 조금 벗어나 있다... 나는 당신과 함께 내 고유의 작품을 뛰어넘는 작품을 만들고 싶다..."

"...사실, 나는 죽지 않았다. 나는 먹고 마신다. 그러나 내 작품 활동이 종료된 것으로 나는 죽은 것이다... 지금까지 내가 썼던 모든 것과 나와의 관계는 더 이상 같지 않다.

---

* 1975년부터 1980년까지 빅토르, 곧 베니 레비와 진행한 인터뷰를 모은 책으로, 베니 레비 이름으로 출간되어 있다.

나는 당신과 일을 하고, 당신은 이런저런 생각들을 가지고 있다. 그 생각들은 내 것이 아닌데 내가 가지 않았던 어떤 방향으로 가도록 나를 이끌어, 결국 그것으로 새로운 것을 만들고 있다. 나는 이것을 내 마지막 작품, 나의 예외적인 작품으로 제작하고 있다. 전체에는 속하지 않으면서도, 공통된 특질을 가지고 있는 어떤 작품이다. 예를 들면 자유의 파악saisie, 이해 같은 것이다."

분명히 그가 처한 상황의 애매함이 사르트르를 곤란하게 하고 있었지만, 그는 그런 처지에 적응하려고 애썼다. 말하자면 그 상황이 자신에게 긍정적인 측면이 있다고 스스로를 설득하는 데 성공한 것이었다.

한편 사르트르는 거의 걸을 수 없게 되었다. 왼쪽 다리에 고통을 느끼고, 장딴지, 넓적다리, 발목에 통증이 있었다. 그는 절룩거렸다. 라프렐 교수는 혈관 장애는 전혀 악화되지 않았고 단지 좌골신경 장애가 생긴 거라고 우리를 안심시켰다. 사르트르는 꼼짝 않고 15일을 집에서 보냈는데도 호전되지 않았다. 밤에는 다리 통증으로 괴로워했고, 낮에는 발이 아파서 고통스러워했다. 12월까지는 가까운 브라질 식당에 가는 데 어려움이 없었는데, 1월에는 세 번을 멈추었다가 가야 했다. 도착해서는 숨을 헐떡거리고 힘겨워했다.

사르트르와 함께 저녁 시간을 보낼 때에는 아를레트도 나처럼 그의 집에서 잤다. 그러나 토요일에 사르트르는 11시까지 완다를 만났는데 그처럼 늦은 시각에 그를 다시 보러 가는 것은 나나 아를레트나 서로 맞추기가 어려웠다. 그러자 완다가 가면 자기가 사르트르의 방 옆에서 밤을 보내러 가겠다고 미셸이 제안을 해왔다. 이렇게 정리하자 모두에게 편리했고 오랫동안 지켜졌다.

그런데 어느 일요일, 사르트르가 실비와 나와 함께 라팔레트에서 점심 식사를 할 때, 그가 조금 이상해 보였다. 완전히 잠들어버린 것이었다. 저녁 9시경에 그가 너무나 힘들어해서 응급 의사를 불렀다. 혈압이 250이었다. 주사 한 대를 맞자 140으로 떨어졌다. 다음날 사르트르는 이런 급작스러운 혈압 강하로 지쳐 있었다. 쿠르노 박사가 왔고 거기에 있던 릴리안을 따로 불러서 "그가 술을 마시지 않았습니까?"라고 물었다. 그녀는 마셨다고 말했다. 그녀는 내게 그 사실을 감히 알리지 못하고 있었지만, 사르트르는 토요일 저녁마다 미셸과 함께 위스키 반병을 마셨다고 그녀에게 털어놓았었다. 그는 나에게도 고백했다. 나는 미셸에게 전화를 걸었고, 그녀가 토요일에 사르트르의 집에 더 이상 오지 않아야 하는 이유를 설명했다. 며칠 뒤 그녀가 전화를 걸어와서는 "저는 그가 얼큰하게 취한 기분 좋은 상태에서 죽어가도록 도와주고 싶었어요. 당신이 바라는 게 바로 그것인 줄 믿었어요!"라고 말했다. 그러나 사르트르는 전혀 죽고 싶지 않았다. 그 후로 토요일 저녁 그와 헤어질 때면 나는 그에게 위스키 양을 재어서 주었고, 술병을 숨겼다. 완다가 떠난 뒤, 그는 위스키를 마셨고 잠시 담배를 피우고는 평온하게 잠자리에 들었다.

1월이 시작될 때, 우리는 실비의 집에서 즐거운 점심 파티를 가졌다. 갈리마르 출판사에서 영화 〈사르트르가 말하는 사르트르〉의 대본집이 출간되어 큰 성공을 거두었기 때문이었다. 그는 카트린느 셴느와 여성에 관련하여 인디뷰를 했는데,《르 누벨 옵세르바퇴르》1월 31일자에 게재되었다. 그리고《레 탕 모데른》편집회의에 참석해왔다. 회의는 이제 한 달에 두 번 수요일 오전에 그의 집에서 열렸고, 그는 토의에 참석했다. 그는 1977년 2월 10일자《르몽드》에 나가는 어떤 기사에 서명하는 것을 수락했는데, 늘 "좋소"라고 말하는 그의 버릇에서 비롯된 결과였다. 사실 그 글은 그와의 토론을 거쳐 비지에가 썼던 것이었다. "독일의 사회민주주의는 1945년 재조직된 이후, 유럽에서의 미제국주의의 특권적 도구 중 하나"임을 지적하면서, 그는 사회주의 투사들에게 "독일미국의 헤게모니에 맞서 싸울"것을, 유럽 건설의 어떤 특정한 흐름에 대항할 것을 요구했다. 그런데 그 글의 문체는 전혀 사르트르의 것이 아니었고, 그 자신도 사회주의자들에게 한 그 호소문에 아연 경악했다. 란츠만, 푸이용, 빅토르, 그리고 다른 사람들도 난색을 감추지 않았다.

사르트르는 멜리나에게 아테네 대학교 ─ 그녀가 근무하고 있는 곳 ─ 에서 2월 중순 강연회를 하겠다고 약속했었다. 2월 16일 수요일, 피에르 빅토르와 함께 비행기를 타고 출발했다. 그는 일주일을 머물렀다. 점심 식사는 빅토르와 하고 저녁 식사는 멜리나와 함께 하며, 머릿속으로는 강연 내용을 준비했다. "철학이란 무엇인가?"라는 주제로 22일 화요일에 강연했다. 강연장에는 천오백 명이 모였다. 원래는 팔백 명을 수용하는 공간이었다. 그는 한 시간 정도 강연했고 우레와 같은 박수갈채를 받았다. 빅토르는 좀 "쉬운" 강연 내용이라고 했지만, 대부분 학생들이 프랑스어를 잘 이해하지 못하기 때문에, 어려운 내용을 다루었어도 소용없으리라는 것을 그도 인정했다. 다음날 나는 오를리 공항으로 그들을 마중 나갔다. 승객들이 내 눈 아래로 줄지어 지나갔고 그들 중 한 사람이 내게 안심시켜주려는 목소리로 "그들도 와요."라고 말했다. 그리고 정말이지, 그들이 맨 마지막에 나왔다. 사르트르는 비행기에서 내려서 많이 걸어오느라 약간 피곤해 보였으나 이번 여행으로 즐거워하고 있었다.

3월 9일, 멜리나가 파리에 왔다. 다음날 아침 그녀는 9시가 되기도 전에 당황하며 나에게 전화를 걸어왔다. 사르트르가 그녀를 브라질 식당으로 데리고 가서 저녁 식사를 했었는데 돌아오는 길에 다리의 힘이 쭉 빠졌고, 두 번이나 넘어질 뻔했다는 것이었다. 주위 사람들이 엘리베이터까지 데려다주었는데, 그의 얼굴이 몹시 창백했고, 땀을 흘리며 숨을 헐떡거렸다고 했다. 나는 자이드만 박사[39]를 부르고, 사르트르 집으로 달려갔다. 혈압이 220이었다. 그는 술

---

39 자이드만 박사는 이 글에서 더 이상 등장하지 않을 것이다. 그는 갑작스럽게 들랑브르 가에서 심장마비로 쓰러졌다.

을 그렇게 많이 마시지 않았다고, 멜리나가 나에게 확실히 말했다. 그 점에서는 그녀가 아주 세심하게 사르트르를 감시한다는 것을 나는 알고 있었다. 더군다나 그의 정신은 아주 맑았다. 나는 오후를 그와 함께 보냈다. 쿠르노 박사가 저녁에 왔는데, 그의 다리 한쪽에 경련이 있다고 말했다. 다음날 아를레트가 나에게 전화를 해서 사르트르가 여러 번, 특히 잠 자러 침대로 가면서 쓰러졌다고 말했다.

쿠르노 박사가 다시 왔다. 사르트르의 혈압은 많이 내려 갔지만, 브루세 병원에 가서 검진을 받으라고 했다. 여느 화요일처럼 나는 그의 집에서 잤고, 아침 8시에 반에 릴리안이 우리를 데리러 왔다. 우리는 사르트르를 부축해 정원을 가로질러 엘리베이터를 타고 내려가 자동차까지 갔다. 그는 거의 걷지 못하고 있었다. 브루세 병원에서 남자 간호원이 그를 휠체어에 태워 데리고 갔다. 의료진은 그를 다음날 오후까지 병원에서 지켜보기로 결정했다. 나는 병실에 남아 있었다. 그가 여러 가지 검사를 받는 동안, 입원 수속을 밟느라 바빴다. 점심이 제공되었는데 그는 거의 다 먹었다. 혈압은 오른쪽은 좋았고, 왼쪽은 덜 좋았다. 아주 현저한 불균형이었다. 나는 잠든 사르트르 옆에서 책을 읽으면서 3시 반까지 머물렀다. 그다음으로 아를레트가 왔다.

다음날 아침 나는 병원으로 다시 왔다. 사르트르는 저녁을 먹었고, 텔레비전을 조금 보다가 잘 잤다고 했다. 그는 가슴, 다리, 손 등, X선 촬영 중이었다. 그를 침대에 다시 눕히자 우세 교수가 왔다. 그가 힘주어 말하길, 사르트르는 담배를 끊어야만 다리를 고칠 수 있을 것이라고 했다. 더 이상 담배를 피지 않으면 건강 상태를 많이 호전시킬 수 있고, 평온한 노년과 정상적인 죽음을 담보할 수 있다고 했다. 그렇지 않으면 발가락을 잘라야 하고, 다음은 발을, 그다음은 다리를 잘라야 한다고 했다. 사르트르는 마음 깊이 동요하는 것처럼 보였다. 나는 릴리안과 함께 그를 크게 힘들이지 않고 그의 집으로 데리고 왔다. 담배에 대해서는 깊이 생각해보고 싶다고 그가 말했다. 다음날 그는 멜리나와 아를레트를 보았고, 다음날에는 피에르와 미셸을 보았다. 오후가 끝날 즈음 내가 갔을 때, 걷는 게 조금 나아져 있었다. 그러나 다음날 저물녘, 그는 매일 밤 한 시간쯤 다리가 아프다고 내게 말했다.

일요일에 실비와 사르트르와 나는 우리의 친구인 토미코를 보러 베르사이유에 있는 그녀의 아름다운 집에 갔다. 야채를 다져 속을 채운 오리고기와 매우 황홀한 와인을 마셨다. 돌아오면서 실비가 취기에 올라 사르트르에게 열렬하게 사랑 고백을 했고, 사르트르는 거기에 매혹되었다. (실비는 사르트르에게 언제나 상냥하게 대하지는 않았다. 그가 아픈 사람이라는 것을 받아들이려 하지 않았던 그녀는 그의 몇몇 처신들에 짜증을 냈고, 그는 '못된 성질'이라고 부르며 그녀를 나무랐다. 그러나 그것으로 그들의 관계는 전혀 나빠지지 않았다.)

우리는 책을 읽고 이야기를 나누면서 저녁을 보냈다. 다음날 월요일 그는 담배를 끊기로 결심했다. 내가 그에게

"마지막 담배를 피운다고 생각하니 슬프지 않아요?"하고 물었다. "아니요. 사실 이 담배가, 이젠 지겨워졌소." 틀림없이 자신을 조각조각 잘게 잘라낼 거라는 생각과 담배를 결부시켰을 것이다. 다음날 그는 담배와 라이터를 내게 맡기면서 실비에게 주라고 했다. 그리고 저녁에는 담배를 끊었기 '때문에' 기분이 놀랍게도 좋다고 말했다. 완전한 금연이었는데 그는 전혀 부담스러워하지 않는 것 같았다. 친구들이 자기 앞에서 담배를 피워도, 마음이 흔들리지 않았고 그들에게 금연을 권하기까지 했다.

다음 목요일, 릴리안과 나는 그를 자동차에 태우고 가서 우세 교수에게 특진을 받게 했다. 의사는 사르트르에 대한 방대한 양의 차트를 점검했다. 그는 우선 담배를 끊은 것을 축하했고 정맥 주사들을 맞도록 처방했다. 조금이라도 경련이 일면 걷는 것을 멈추어야 한다고 했는데, 그렇지 않으면 심장에 돌발적인 사태나 뇌 경련이 일어날 위험이 있다고 했다. 그는 사르트르가 계획하고 있던 쥐나로의 짧은 여행을 그만두라고 단호하게 충고했다. 그는 나에게 두툼한 봉투를 건네주면서 쿠르노 박사에게 가져다주라고 했다. 우리는 사르트르를 그의 집에 데려다주고는, 내 집에 도착하자마자 우세 박사의 편지를 수증기로 뜯었다. 그것은 우리로서는 도무지 이해하지 못하는 것들이 자세하게 적힌 진단서였다. 릴리안은 의사인 친구에게 그것을 보여주겠다고 가지고 갔다.

다음날 릴리안이 내게 전화를 했다. 의사 친구는 그 진단서를 아주 우려스럽게 보았다고 했다. 사르트르의 다리에는 오직 30퍼센트만 혈액 순환이 되고 있다는 것이었다. "조심한다면, 몇 년 더 살 수 있다." 진단서는 이렇게 결론을 짓고 있었다. '몇' 년. 그 단어는 비극적인 의미로 나를 덮쳐왔다. 사르트르가 아주 오래 살지는 못할 거라는 것을 나는 잘 알고 있었다. 그러나 그의 종말로 인해 우리를 갈라놓는 유예기간이 너무나 불확실했기에 나에겐 그것이 멀리 있는 것으로만 여겨졌었다. 그런데 갑자기 종말이 가까워진 것이다. 5년? 7년? 어쨌든 끝이 있는, 시한부였다. 피할 수 없는 것으로, 죽음이 벌써 눈앞에 있었고, 사르트르는 죽음에 속해 있었다. 막연한 불안이 근원적인 절망으로 바뀌었다.

나는 정면으로 사태에 맞서려고 했다. 사르트르의 집으로 진단서를 다시 밀봉해서 가져갔고, 어쨌든 쿠르노 박사가 개봉한 채로 그것을 책상 위에 놓아두었다. 박사는 앞으로 15일 동안은 거의 걷지 말라고 권했다. 우리는 베니스로 떠날 예정이었는데, 공항에서 휠체어를 요청하도록 사르트르를 설득했다.

베니스에서 여느 해와 같은 방들을 잡았고 사르트르는 베니스에 다시 온 것을 너무 행복해했다. 그러나 호텔 밖으로는 거의 나가지 못했다. 우리는 그가 좋아하는 식당에 가곤 했는데, 갈 때마다 한마디로 고통스러운 원정이었다. 산마르코 광장에 가는 것조차 그에게는 힘겨웠다. 날씨가 축축하고 비가 조금 오고 있어서 카페 테라스에 앉을 수도 없었다. 하지만 날씨가 좋을 때 그란 카날 쪽으로 나 있는 호텔 테라스에서 점심 식사를 했다. 그렇지 않으면 길 건너 해리스 바의 테이블 하나에 앉았다. 우리는 호텔 바에서 샌드위치로 저녁을 먹었다. 그는 온 시간을 대부분 그의 방에서 보냈다. 나는 그에게 책을 읽어주었다. 오후에 그가 잠을 자거나 트렌지스터 라디오로 음악을 들을 때, 나는 실비와 외출을 했다. 그는 베니스를 떠날 때 그래도 그곳에 와서 머물러 있었던 것이 아주 좋았다고 내게 말했다.

돌아와서 며칠 동안, 사르트르는 멜리나를 많이 만났다. 또다시, 그는 그녀를 좋아했다. "그녀와 함께 있으면, 내가 서른다섯살처럼 느껴지오." 그가 나에게 말했다. 그들이 함께 있는 것을 여러 번 보았던 릴리안은 그가 그녀와 함께 있으면 진짜 젊어 보인다고 내게 말했다. 얼마나 다행인가. 그의 생에는 즐거움이 거의 안 남아 있지 않은가! 또다시 그는 다리 통증을 느꼈다. 어느 날 아침, 그는 일어서면서 오른쪽 발이 끔찍하게 아프다고 말했다. "내 발을 절단한다고 한 것을 알겠소." 아스피린이 그의 고통을 조금 가라앉혀 주었다. 다시 주사를 맞자 통증이 싹 가셨다. 그러나 걸을 때마다 여전히 너무나 고통스러워했다. 나와 단둘이 있을 때에만, 그는 솔직했고, 생기가 있었다. 사람들이 있을 때에는 자주 마음을 닫은 채 정신을 놓고 있었다. 보스트와 함께 한 어느 날 밤조차 그는 입을 열지 않았다. 보스트가 놀라서 내게 말했다. "어떻게 사르트르에게, 다른 누구도 아닌 그 분에게 '그런' 일이 일어난 것인지 받아들일 수 있겠어요?"

　바로 그에게 '그런' 일이 정말 일어나고야 만 것이었다. 그는 언제나, 자기 자신에게 완전한 시간 사용법을 고수해 왔다. 죽은 시간이란 있을 수 없었다. 피로, 망설임, 졸음과 싸우느라, 그는 코리드라인corydrane을 잔뜩 먹곤 했다. 선천성 동맥협착증이라는 것이 그에게 덮친 병에 영향을 줄 소지가 있었던 것이다. 그러나 말할 수 있는 것은, 그가 그 병을 피하기 위해 아무것도 하지 않았다는 것이다. 그는 자신의 '건강 자원'이 고갈되도록 탕진한 것이다. 다음과 같이 말한 것으로 보아 그 자신도 그 점을 알고 있었던 것이다. "나는 좀 일찍 죽는 게 더 좋소. 『변증법적 이성 비판』을 썼잖소." 나는 그가 그로데크Georg Walter Groddeck*의 저작으로부터 영향을 받아서 다소 무의식적으로 그런 상태를 선택해왔던 것은 아닌가 자문해보기까지 했다. 플로베르의 마지막 권을 그가 정말 쓰고 '싶어 한' 것은 아니었다. 그러나 그 당시에는 다른 계획이 없었기 때문에, 그는 더 이상 그것을 포기하고 있을 수는 없었다. 어쩔 것인가? 나는 생의 의미를 모두 잃지 않고 휴식에 들어갈 수 있었다. 하지만 사르트르는 그럴 수 없었다. 그는 사는 것을 사랑했다. 그것도 열렬히. 그러나 그것은 일을 할 수 있는 조건에서였다. 우리는 이 글을 통해, 일이 그에게는 하나의 강박관념이었다는 것을 보아왔다. 자신이 계획했던 것을 수

　＊　독일의 의사이자 정신분석가, 프로이트의 제자

행할 수 없는 무능력 앞에서, 그는 말 그대로 자극제를 과용했고, 활동을 끔찍하게 많이 늘리면서 자신의 힘을 초과해 피할 수 없는 위기에 처한 것이었다. 그가 예견하지 못한, 그에게 공포를 안겨준 결과 가운데 하나가 반실명 상태였다. 어쨌든 그는 스스로에게 휴식을 주기를 원했었고 병은 그런 그에게 유일한 돌파구였다.

내가 지금도 이러한 가정을 전적으로 믿는 것은 아니다. 이 가정은 사르트르를 자신의 운명을 마음대로 한 존재로 만드는 것이어서 너무 낙관적인 의미가 되기 때문이다. 확실한 것은, 그의 말년의 드라마는 그의 인생 전체의 결과라는 점이다. 릴케의 말을 바로 그에게 적용할 수 있다. "저마다 자기 안에 죽음을 가지고 있다. 마치 과일이 자기 안에 씨를 가지고 있듯이." 사르트르는 자신의 삶이 부르는 쇠락과 죽음을 지니고 있었다. 그렇기에 어쩌면, 그는 그토록 고요히 쇠락과 죽음을 받아들였던 것이리라.

내가 착각을 한 것이 아니었다. 이러한 평온은 이지러져 갔다. 그는 술을 마시고 싶은 생리적인 욕구를 점점 더 자주 느꼈다. 휴가 떠나기 전날, 빅토르에게 그가 어떻게 보이냐고 물은 적이 있었다. "망가져 있죠." 그가 대답했다. 사르트르는 대담이 끝날 때마다 위스키를 마시겠다고 화를 내며 요구한다고 했다.

그러는 가운데 1977년 6월 22일, 그는 72세 생일을 맞아 웃음을 보였다. 그날 그는 많은 지식인들과 더불어 레카미에 극장에서 동구권 반체제 인사들을 맞이했다. 같은 시각, 지스카르 대통령은 엘리제궁에서 브레즈네프*을 영접하고 있었다. 사르트르는 닥터 미하일 스턴 옆에 앉아 있었다. 우리, 사르트르와 나는 그를 석방시키는 데 기여를 했었다. 닥터 스턴이 그것에 대하여 뜨겁게 감사를 표했다. 사르트르는 다른 참석자들과 짤막한 대화를 나눴다.

그해에도 여느 해처럼, 사르트르는 많은 글에 서명했고, 모두《르 몽드》에 게재되었다. 1월 9일자에는 어려움을 겪고 있는《폴리티크 엡도》를 위한 호소문이, 1월 23일 자에는 모로코에서의 탄압에 항의하는 호소문이, 3월 22일자에는 자기의 군대 수첩을 반송했다는 혐의로 고발된 이반 피노를 지지하기 위한 라발 재판장 앞으로 보내는 편지가, 3월 26일자에는 나이지리아에서 일어난 어느 가수 체포 사건에 대한 항의문이, 3월 27일자에는 아르헨티나에서의 자유를 위한 호소문이, 6월 29일자에는 이탈리아에서의 탄압에 항의하는 베오그라드 회의에 보내는 탄원서가, 7월 1일자에는 브라질에서의 정치 환경 악화에 대한 항의문이 실렸다.

한편 7월 28일, 사르트르와 음악학자 뤼시엥 말송과의 대담이 발표되었다. 그는 자신의 음악 취향을 이야기했고 프랑스 뮤지크의 새로운 방향에 대하여 개탄하고 있었다. 이 채널의 책임자는 이 비판에 대하여 8월 7일과 8일 방송 프로그램에서 답변을 했다.

---

* 당시 소련 공산당 서기장

7월 초, 사르트르는 자동차로 아를레트, 퓌그, 그리고 그가 아주 호감을 보이던 퓌그의 여자 친구와 함께 쥐나로 떠났다. 관례적인 릴레이[40]를 거쳐, 그는 완다와 함께 베니스에 갔고, 거기에서 보름 동안 지냈다. 나는 그에게 전화를 자주 했는데, 건강 상태는 좋은 것 같았다. 그러나 릴리안의 의사 친구가 내렸던 "몇 년간만 산다"라는 판결로 인해 심란한 상태가 계속되고 있었다. 나는 실비와 함께 오스트리아를 여행하면서, 실비가 함께 있다는 것과 여러 풍경과 마을, 박물관들을 돌아보며 얻은 흥미가 마음의 혼란함을 극복하도록 해주었다. 그러나 저녁이 되면 좋은 모습을 보이려던 모든 노력에도 불구하고, 나는 무너지고 말았다. 사르트르 집에서 바륨 한 봉지를 가지고 왔던 나는 마음을 진정시키려는 헛된 희망에 알약들을 삼켰고 위스키도 과하게 마셨다. 그 결과 다리가 후들거렸고, 비틀비틀 걸었다. 한번은 호수에 빠질 뻔했다. 또 어느 저녁에는 호텔 로비에서 안락의자에 풀썩 주저앉으니까 여주인이 이상한 표정으로 나를 바라보았다. 다행히 아침이면, 나는 기운을 되찾았고 아름다운 날들을 보냈다.

우리는 베니스로 내려갔고 실비는 로마 광장에 자동차를 세우고 안에서 나를 기다렸다. 그러는 동안 모터보트가 나를 태우고 사르트르가 있는 호텔로 갔다. 늘 그렇듯이,

---

40 사르트르가 잘 못보게 된 이후, 릴리안이 님 공항으로 그를 마중 나갔고, 다음날 보스트가 그녀의 집에서 완다와 함께 그를 공항으로 데리고 갔고, 그렇게야 그는 이탈리아로 떠났다.

홀에서 그를 만나는 것은 충격이었다. 그의 검은 안경과 부자유스러운 걸음걸이. 하늘이 황홀하게 펼쳐졌고 우리는 실비와 함께 떠났다. 피렌체에 멈추어서 엑셀시오르 호텔에 묵었다. 테라스 있는 방들을 잡았는데 테라스에서 피렌체 전체가 보였다. 사르트르는 기쁨으로 얼굴이 환해졌고 ─ 예전에, 그렇게도 자주 그랬던 것처럼 ─ 우리는 호텔 바에서 칵테일을 마셨다.

다음날 2시경, 텅 빈 로마에 도착했다. 우리는 애석하게도 테라스가 딸린 아파트를 얻지 못했다. 어느 미국인이 그 아파트를 1년 동안 빌리고 있었던 것이다. 그러나 새 숙소도 아주 좋았다. 방 두 개가 아주 작은 응접실을 사이에 두고 나뉘어져 있었고, 냉장고가 웅웅거리는 소리를 내고 있었다. 6층에 있어서 비현실적으로 아름다운 해 질 녘의 산 피에트로 대성당의 장관을 보았다.

처음 실비와 보내고, 이어서 둘이 함께 보낸 35일 동안 나는 사르트르의 건강이 완전히 좋아진 것으로 생각했다 (다리를 제외하면 그랬다. 그는 가까스로 걸을 수 있었다). 그는 내가 읽어주는 책들(특히 소련 반체제 인사들의 저서들)에 대해 아주 핵심을 찔러 평했다. 보스트가 올가와 함께 우리를 보러 왔을 때, 그들은 사르트르에 대해 비관적으로 생각하고 있다가 그의 활기에 깜짝 놀랐다. 실비가 떠난 다음 날, 묵고 있는 호텔에서 10미터 거리의 옛 주차장 자리에 작은 카페가 문을 열었다. 우리는 매일 테라스에서 샌드위치나 오믈렛으로 점심 식사를 했다. 저녁에는 택시를 타고 갔던 레스토랑에서 돌아와 방으로 올라가기 전에 그 작은 카페에서 위스키를 한 잔씩 마시기도 했다. 그리고 대부분 우리의 약속 장소도 바로 그 카페였다.

그해 여름, 로마에서는 사람들 마음이 들끓고 있었다. 볼로냐에서 한 학생이 살해를 당했는데, 그곳 시장이 공산주의자였다. 9월 23일부터 25일까지 볼로냐에서 대규모 좌파 시위가 예고되어 있었다. 사르트르는 앞에서 내가 말했던 것처럼, 이탈리아에서의 탄압에 항의하는 호소문에 서명했었다. 그렇게 한 것이 이탈리아 언론, 특히 좌파 언론에 돌풍을 일으켰었다. 《로타 콘티누아싸움은 계속된다》는 《레 탕 모데른》와 최고의 우호관계를 맺어 왔던 이탈리아의 극좌파 신문으로 사르트르에게 이 문제에 대해 인터뷰를 요청했다. M.A. 마치오치는 사르트르에게 볼로냐 회의를 지지해줄 것을 요구했다. 로사나 로산다는 그에게 그들을 지지하지 말라고 요청했다. 그녀는 파국을 예견하고 있었다. 사르트르는 9월 19일, 앞서 말했던 작은 카페에서 《로타 콘티누아》 대표자 몇 사람을 만났다. 그들은 9월 15일 발행되는 지면에 '자유와 권력은 한 쌍이 아니다Libertà e potere non vanno in coppia'라는 제목으로 4면에 걸쳐 이 대담을 게재했다. 사르트르는 이탈리아 공산당에 관해, 역사적 타협에 관해, 바더마인호프 그룹에 관해, 동구권 반체제 인사들에 관해, 국가와 정당에 대한 지식인들의 역할에 관해, 새로운 철학자들에 관해, 마르크스주의에 관해 자신의 생각을 피력했다. 그는 이렇게 선언했다. "국가 경찰이 투쟁하는 청년에게 발포할 때마다, 나는 투쟁하는 청년 편에 설 것이다." 그는 청년들과의 연대를 확언했으나, 볼로냐에서 폭력 사태가 일어나지 않기를 바랐다. 그의 발언은 로사나 로산다를 포함한 모두를 만족시켰다.

사르트르는 사실 말을 아주 잘 했다. 우리의 대화 중에 나는 완전히 본래의 그로 돌아온 모습을 보았다. 우리는 우리의 인생, 우리의 나이, 그리고 이것저것 모든 것을 이야기했다. 물론, 그는 늙었다. 그러나 정말 그 자신 그대로였다.

사르트르의 마음은 변덕스러웠다. 더 이상 멜리나가 그를 보러 로마에 오는 것도, 약속했던 것처럼 우리가 아테네에 가는 것도 원하지 않았다. 그는 그녀와 약속했기 때문에 그녀가 파리에서 살도록 돈을 주겠지만, 더 이상 그녀를 만나지는 않을 것이라고 했다. "멜리나는 너무 계산적이오. 관심을 끌지 못할 거요. 이제 그녀는 내게 아무 의미가 없소."

우리가 돌아온 얼마 뒤 멜리나가 파리에 왔다. "나는 여전히 네게 좋아하는 감정이 있다." 사르트르가 그녀에게 말했다. "그러나 이젠 널 사랑하지 않아." 그녀는 조금 울었다. 그리고 그는 가끔 그녀를 다시 만났다.

사르트르의 주위에는 많은 여자들이 있었다. 오래 만나온 여자들과 새로 알게 된 여자들. 그는 즐거운 목소리로 내게 말했다. "내가 이렇게 많은 여자들에게 둘러싸여 있은 적이 없었소!" 그는 전혀 불행해 보이지 않았다. 그리고는 내가 그에게 캐물은 것처럼 대답했다. "그렇소, 지금 세상에는 큰 차원의 불행이 있소. 그러나 나는 불행하지 않소." 그는 그렇게나 앞을 잘 못 보는 것, 특히 사람들 얼굴을 잘 못 보는 것을 안타까워했으나, 아주 생기가 있어 보였다. 빅토르와 함께 책을 읽는 것도 흥미로워했고, 텔레비전도 재미있어했다.《레 탕 모데른》편집회의 동안, 여느 해보다 더 많이 토론에 참여했다.

사르트르는 또한 정치적인 사건, 특히 바아더의 변호사인 클라우스 크루아상 사건을 아주 주의 깊게 보았다. 7월 1일 그의 범인 인도를 반대하는 호소문에 서명했다. 그리고 10월 11일에는 '독일미국의 유럽에 반대하는 위원회'와 함께 새로운 항의문에 서명했고, 11월 18일에는 같은 위원회의 슐레이어 사건에 대한 공식 성명이 있었다. 10월 28일에는 P. 할바흐, 다니엘 게랭, 그리고 나와 함께 폴리사리오 인민 전선에 대한 무력 사용을 반대하는 경고장에 서명했다. 10월 30일에는 이란의 체제 반대 지식인들을 지지하는 전보를 보냈고, 12월 10일에는 화가 안토니오 사우라의 추방을 반대하는 호소문에 서명했다.

11월 말, 사르트르는 미국에서 출간되는 자신의 희곡집에 들어갈, 아주 잘 나온 짧은 서문을 한 시간 동안 나에게 받아쓰게 했다.

T.E.P.(파리 동부극장)는 「네크라소프Nekrasson」*를 다시 상

---

* 1956년 발표한 사르트르의 희곡

연하려고 했다. 이 작품은 파리에서 1955년 초연된 이래 공연되지 않았었다. 10월 중순, 사르트르는 조르주 베를러, 앙드레 아카르, 모리스 들라뤼와 함께 작품에 대하여 논의하였고 12월에 이 내용에 대해 견해를 밝혔다. 그는 자신의 진정한 의도는 센세이션을 일으키는 언론의 태도를 비난하는 데 있었다고 강조했다. "지금이라면 나는 의심의 여지없이 다른 얘깃거리를 선택할 것이다." 그가 말했다. "그러나 과거와 마찬가지로 나는 가짜 스캔들로 모든 작품을 조립해 내놓으면서 독자의 신뢰를 거리낌 없이 남용하는 언론을 기꺼이 공격할 것이다." 이 작품의 재상연에 동의한 것을 놓고 사람들이 자기를 비난하자, 그는 모든 작품들 — 특히 「더러운 손」을 비롯 다른 작품들 — 은 지금부터 상연 목록에 속하게 되고 그는 더 이상 상연 제작을 막을 이유가 없다고 말했다.

그건 그렇고, 나는 이번 기회에 "비앙쿠르 노동자들을 절망시키지 말라."라는 지시를 넘겼다는 사르트르에 대한 엄청난 오해들[41]을 찾아서 풀고 싶다. 그의 적대자들 생각으로는 P.C.F.(프랑스 공산당)에 대한 충성심으로 — 그는 거기에 가입하지도 않았다 — 몇몇 불편한 진실들에 대하여 그가 입을 다무는 쪽을 선택했다는 것이었다. 그는 결코 그렇게 한 적이 없었다. 그는 제일 먼저 메를로 퐁티와 함께 《레 탕 모데른》에 소련에 수용소들이 있다는 것을 알

---

41 장 뒤투르와 많은 다른 기자들이 조심스럽게 계속 제시했다.

렸었다. 그리고 그후로도 그러한 징직성은 변하지 않았다. 그 희곡을 다시 읽어보라. 발레라라는 사기꾼은 "자유를 선택한" 소련 장관 네크라소프로 가장하여, 사실 아무것도 모르는 소련에 대해 우파 언론에 폭로해서 돈을 받았다. 그러자 베로니크라는 젊은 좌파 여성은 다음과 같이 설명한다. 그가 부자들을 속이고 있다고 믿고 있지만, 사실은 그들과 같은 게임을 하고 있는 거라고. 가난한 사람들, 특히 비앙쿠르 사람들을 절망시키고 있다고. 정치에 무관심하고, 양심의 가책도 없고, 돈에 탐욕스러운 발레라라는 조롱하며 외친다. "비앙쿠르를 절망시키자!" 이 둘 중 누구도 사르트르의 대변자는 아니다.

첫 상연은 1978년 2월에 있었다. 딜랭의 제자이자 올가의 동료였던 모리스 들라뢰가 사르트르의 집으로 그를 만나러 찾아왔다. 집에는 올가, 보스트, 그리고 내가 있었다. 그는 우리를 극장으로 안내했다. 사르트르는 연출과 배우들의 연기에 동의하며 칭찬했다. 막이 내리자 우리는 배우들의 분장실로 내려갔고 거기에서 그는 베를러와 그의 연기자들에게 열렬히 만족을 표했다.

사르트르는 1967년 이집트와 이스라엘을 여행하고 난이래, 중동 문제에 특히 관심을 가졌다. 그는 사다트가 이스라엘을 방문한 것에 매우 감동을 받았다. 이집트와 이스라엘 간의 협상을 고무하기 위해 짧지만 정곡을 찌르는 글을 12월 4일과 5일자《르 몽드》에 발표했다.

실비와 사르트르, 그리고 나는 셰 도미니크에서 칠면조

요리를 먹으면서 즐겁게 한 해를 마무리했다. 사르트르는 자기의 일과 삶에 만족해하고 있었다. "어쨌든, 여행에서 돌아온 이후 좋은 시간을 보냈소." 그가 나에게 말했다.

1978년

사르트르는 젊은 여성들과 여전히 자주 만났다. 멜리나, 그리고 몇몇 다른 여성들이었다. 어느 날 그가 빅토르와 일을 너무 조금만 한다고 불평했을 때, 내가 웃으며 그에게 말했다. "젊은 여자들이 너무 많잖아요." 그러자 그가 대답했다. "그렇지만 그건 내겐 유익하오." 사실 그가 사는 맛을 알게 된 데는 그녀들 덕분인 게 많다고 생각한다. 그는 순진하게 만족감을 표명했다. "내가 지금처럼 여자들 마음에 든 적이 없었소."

　다른 상황들도 사르트르를 낙천적으로 이끌었다. 릴리안 시켈은 갈리마르에서 출간되는 앨범에 그의 많은 사진들을 모았고, 나는 사진들에 짧은 설명을 붙였다. 미셸 지카르는 잡지 《오블리크Obliques》에 그를 위해 상당한 특집을 준비하고 있었고, 그것으로 둘은 자주 함께 논의했다. 자네트 콜롱벨과 많은 젊은이들이 그에게 와서 그의 사상에 헌정하는 자신들의 연구에 대하여 이야기했다. 갈리마르 출판사는 그의 소설들을 모아서 '라 플레이야드' 판으로 출간하려고 했고, 미셸 콩타가 해설을 쓰기로 했다. 그의 '컴백'은 연장되고 있었고 그는 거기에 매우 예민했다.

그런데 그에게는 심각한 고민이 있었다. 돈 문제였다. 내가 그와 알고 살아온 이후, 그의 후한 낭비벽은 전혀 변하지 않았다. 평생 자기가 번 모든 것을 이 사람 저 사람에게 주었던 것이다. 지금도 그는 정기적으로 몇 사람에게 꽤 많은 액수를 매달 보내고 있었다. 갈리마르 출판사에서 받는 수당도 곧 바닥이 났다. 그러다보니 돈이 거의 남아 있지 않아 자기가 필요로 하는 것들의 비용을 댈 수 없었다. 내가 그에게 구두 한 켤레를 사라고 하면 이렇게 대답했다. "그럴 돈이 없소." 선물로 구두를 받는 것도 겨우 승낙했다. 그리고 그 자신도 큰 액수로 여길 빚을 출판사에 지고 있었다. 이러한 상황이 그에게는 정말 걱정거리였는데, 자신 때문이 아니라 그에게 매달려 있는 많은 사람들 때문이었다.

그는 사다트의 방문이 가져온 결과를 가까이에서 보고 싶어서 2월에 예루살렘에 갔는데, 서로 친구가 되어 있던 아를레트와 빅토르와 함께였다. 그 여행은 아주 짧았지만, 나는 그가 지치지 않을까 우려했다. 그런데 아니었다. 오를리 공항에서 그는 휠체어에 타고 비행기까지 갔다. 이스라엘에 도착하자 엘리 벤 갈이 자동차를 가지고 그를 마중나왔다. 그들 네 사람은 예루살렘 구도심 맞은편에 자리 잡은 안락한 영빈관에 묵었고, 사해死海 해변에 위치한 아류다운 호텔에서도 1박 머물렀다. 닷새 동안, 사르드르와 빅토르는 이스라엘 사람들과도 팔레스타인 사람들과도 대화를 했다. 기온은 25도 정도였고 하늘은 파랗고 찬란했다. 사르트르는 기쁨에 넘쳤다. 그는 움직이고, 알아보고, 그의 눈이 허락하는 한 그 나라를 여행하며 보기를 좋아했다. 늙는다는 것이 어떤 사람들이 말하듯 호기심을 잃어버리는 것이라면, 그는 전혀 늙지 않은 것이었다.

사르트르, 그였더라면 그렇게 짧은 조사 여행 후 르포 기사를 절대 쓰지 않았을 것이다. 하지만 빅토르는 조심성이 부족했다. "당신들, 모택동주의자들은, 늘 너무 빨리 나간단 말이오." 사르트르는 그들과 처음 만나던 시기에 가졌던 인터뷰에서 그에게 말했었다. 그런데 그는 강요에 떠밀려 그들 두 사람의 서명이 들어간 글을 《르 누벨 옵세르바퇴르》로 보내게 되었다. 보스트가 당황해서 내게 전화를 했다. "끔찍하게 형편없는 글입니다. 신문사에서 모두 기겁을 하고 있어요. 사르트르한테 그 글을 철회하라고 설득하세요!" 그렇게나 형편없다는 그 글을 읽어보고 난 뒤, 나는 사르트르에게 보스트의 요청을 전했다. "좋소." 사르트르는 무관심하게 말했다. 그러나 내가 빅토르에게 말을 했더니 화를 냈다. 그는 그 같은 모욕을 받아본 적이 없다고 했다. 그 사실을 자기에게 알리지 않았다고 나를 비난했다. 나는 사르트르가 했으리라고 생각했었다. 그런데 그는 하지 않았고, 틀림없이 무관심 때문이었을 것이었다. 나는 빅토르에게 해명했고, 적어도 표면적으로는, 좋은 관

247

계를 얼마간 유지했다. 그런데 곧 《레 탕 모데른》 편집회의가 사르트르가 참석하지 않은 채 내 집에서 열렸는데, 그 기사를 놓고 빅토르와 푸이용, 오르스트 사이에 격한 언쟁이 벌어졌다. 푸이용과 오르스트는 그 기사를 졸렬하게 생각했던 것이다. 빅토르는 그들에게 욕설을 했고, 이어서 우리가 모두 시체들이라고 선언하고는, 다시는 편집회의에 참여하지 않았다.

나는 빅토르의 반응에 아연실색했다. 사르트르와 나는, 우리가 젊었을 때 참 많은 거절을 겪었지만, 그런 것들을 모욕으로 여긴 적이 없었다. 프롤레타리아 좌파의 전 지도자였던 빅토르는 '꼬마 대장' 정신 상태를 고수하고 있었다. 그래서 모든 것이 자기 앞에서는 굽혀져야 하는 것이었다. 그는 이것에서 저것으로 확신을 쉽게 옮겼지만, 언제나 고집은 똑같이 가지고 있었다. 그는 잘 다스리지 못한 격한 흥분 속에서, 검토하는 것을 감수하지 않은 채 확신을 얻곤 했다. 그러한 확신은 그의 언변에 힘을 부여했고 어떤 사람들의 마음을 사로잡기도 했다. 그러나 글이라는 것은 어떤 비판적 태도를 요하는 것이어서 그런 그로서는 글에 문외한이었다. 누군가 그의 글 앞에서 비판적 태도를 취한다면, 그는 모욕을 느꼈을 것이었다. 그 후로 우리는 더 이상 서로 말을 걸지 않았다. 사르트르의 집에서도 나는 그와 마주치는 것을 피했다. 그것은 불쾌한 상황이었다. 그때까지 사르트르의 진정한 친구들은 나의 진정한 친구들이기도 했다. 빅토르만 유일한 예외였다. 사르트르에 대한 그의 애착이나 그에 대한 사르트르의 애착을 의심하지는 않았다. 사르트르는 그것에 대해 콩타와의 대담에서 설명했다. "내가 바라는 모든 것은, 내 일이 다른 사람들을 통해 계속되는 겁니다. 예를 들면 피에르 빅토르가 지식인인 동시에 투사라는 이 일을, 그가 완성하기를 원하는 바대로 하기를 바랍니다...그런 점에서, 그는 내가 알고 있는 모든 사람 중에서 내게 완전한 만족을 주는 유일한 사람입니다." 그는 빅토르가 가진 야망의 급진성을 높이 평가했고, 사르트르 그 자신처럼, 모든 것을 원하고 있다는 사실을 높이 평가했다. "물론, 모든 것을 성공하지는 못하오. 그러나 모든 것을 원하도록 해야 합니다." 어쩌면 사르트르가 잘못 생각하고 있었을 수도 있었으나, 그것은 그리 중요하지 않았다. 중요한 것은 바로 사르트르가 빅토르를 그렇게 보고 있었다는 것이다. 이따금 그는 빅토르가 "공동체communauté"라고 부르는 곳에 가서 저녁을 먹었다. 빅토르와 그의 아내 그리고 친구 부부가 공유하고 있는 교외의 집이었다. 사르트르는 그 저녁 모임을 좋아했다. 나는 거기에 참석하고 싶지 않았다. 그러나, 그 후부터 사르트르의 생활 일부가 나에게 닫히게 되어 유감스러웠다.

우리는 베니스에 조금 싫증이 났다. 그래서 부활절에 시골 생활을 위해 가르다* 호숫가에 위치한, 성벽으로 둘러싸인 시르미오네**라는 작고 매혹적인 마을에서 보내기

---

* 이탈리아 북부 밀라노와 베니스 사이에 있는 이탈리아에서 가장 큰 호수

로 했다. 거기에 사는 사람이 아니면, 입구에서 자동차 진입이 금지되어 있었다. 우리의 경우도 그랬다. 우리는 호숫가에 있는 호텔에 묵었다. 늘 하듯이, 나는 사르트르에게 그의 방에서 책을 읽어주었고, 일요일을 제외하고는 사람이 거의 없는 좁은 길들을 산책하는 것을 그가 좋아했기 때문에 우리는 자주 광장 바로 가까이에 있는 카페의 테라스에 가서 앉았다. 저녁 식사를 근처에 있는 작은 레스토랑들에서 했다. 실비가 자동차로 밖으로 크게 드라이브를 몇 차례 해주었다. 우리는 호숫가를 따라 달렸다. 베로나를 다시 방문했고, 다른 날에는 브레시아***도 방문했다. 파리로 돌아오는 길에, 탈투아르**** 근방에 차를 세우고, 오베르주 뒤 페르 비즈 호텔에 들렀다. 평소 사르트르는 아주 소식小食을 하고 단조롭게 식사를 하는데, 여기 저녁 식사에서는 맛 좋은 음식을 즐겼다.

여름 휴가를 길게 보내느라 떨어져 있던 동안 그는 정치적인 활동에 거의 참여하지 않았다. 그해 초에 시칠리아에서 사르트르의 가짜 정치 유언장이 발표되었었다. 필자는 무정부주의자의 해묵은 이론을 옹호하면서 그 이론을 사르트르의 것으로 돌렸다. 사르트르는 부인否認 성명을 발표했다. 6월에 그는 《르 몽드》에 글을 실어서, 68 혁명 후 10년이 지났으므로 콩방디의 체류 금지를 철회할 것을

** 가르다 호수 남쪽에 위치
*** 가르다 호수와 베로나 사이 아름다운 휴양도시
**** 프랑스 동남부 오트 사부아 지역

주장했다.* 같은 달, 그는 젊은 독일인 여성인 하이디 켐페빌처 사건에 관한 항의문에 서명했는데, 그녀는 5월 21일 파리에서 경찰의 심문 도중에 끔찍하게 불에 타 죽었다.

그러나 정말 그가 관심을 가지고 했던 활동은 빅토르와 함께 쓰고 있던 『권력과 자유』를 밀고나가는 것이었다. 그들의 대화는 녹음기에 채록되었다. 그는 미셸 지카르에게 ―《오블리크》에 실린 글에서 ― 어떻게 이 작업을 하게 되었는지 설명했다. "만약 그 책이 끝까지 완성된다면, 새로운 형식이 될 것입니다... 현존하는 두 사람이 나누는 진정한 토론이 되는 것입니다. 여기에는 각자 자신의 글에서 펼치고 있는 생각들이 있습니다. 그래서 우리가 서로에게 반대할 때에도 그것은 허구가 아니라, 진실이 됩니다. 이 책에는 대립의 순간도 있고 화합의 순간도 있습니다. 그 둘 다 중요합니다... 두 사람이 저자인 이 책은 나에게는 매우 중요합니다. 왜냐하면, 모순, 곧 삶이 이 책 '안'에 들어 있을 것이기 때문입니다. 책을 읽는 사람들은...서로 다른 관점들을 갖게 될 것입니다. 그것이야말로 나를 감동시키는 것입니다."

그리고 여름이 왔다. 여느 해처럼, 나는 로마에서 사르트르를 다시 만났다. 실비와 함께 스웨덴을 여행한 후였다. 우리는 6주 동안 아주 행복하게 로마에서 지냈다.

---

* 콩방디는 프랑스에서 독일인 부모 사이에서 태어난 독일인으로, 프랑스에서 교육을 받았는데 프랑스 국적이 아닌 이유로 독일로 추방되었다. 이후 독일에서 정치활동을 하다가 2015년 프랑스 국적을 취득했다.

파리로 돌아온 이후 그의 건강은 안정적으로 보였다. 그는 빅토르와 토론을 했고, 나는 그에게 책을 읽어주었다. 그는 언제나 많은 여성들과의 친근한 관계에서 즐거움을 느꼈다. 멜리나는 아테네로 돌아갔지만, 그녀의 자리에는 다른 여성들이 있었다. 프랑수아즈 사강이 언론에 '장 폴 사르트르에게 보내는 사랑의 편지'를 발표하고 나서, 그는 그녀와 가끔 점심 식사를 했다. 그는 그녀를 아주 좋아했다. 그는 조세 다이안과 말카 리보우스카가 나에 대해 찍은 영화 시사회에 참석했다. 그를 특집으로 한 《오블리크》가 나왔다.

10월 28일, 사르트르는 라르작 농민 대표를 만났다. 《레탕 모데른》의 여러 기사가 그들의 투쟁에 바쳐졌다. 사르트르는 몇 가지 이유에서 그 투쟁에 관심이 있었다. 국가와 벌이는 그들의 대치, 군사 개발에 맞서는 그들의 투쟁, 새로운 저항 기술의 고안, 기성 질서를 당황하게 하는 적극적인 비폭력주의. 그는 1976년 성령강림절 회합 때 그 주제들을 가지고 그들과 토론하고 싶어 했으나 건강이 허락하지 않아 참석하지 못했었다.

1978년 10월, 그들 중 몇 명이 생세브랭에서 단식 투쟁을 벌였다. 몇 사람이 사르트르에게 와서 다음날 갖게 될 기자 회견에 참석해줄 것을 요청했다. 사르트르는 수락하기에는 너무 지쳐 있었다. 그럼에도 그는 선언문을 썼고, 그것은 기자 회견 중에 기자들 앞에서 낭독되었다. "여러분은 프랑스의 방어 필요성을 믿고 있습니다. 그러나 여러

분은 군대가 나라 한가운데에 설치되고 국경에서 멀리 떨어진 곳, 거기 수천 헥타르 이상을 새로운 병기를 써서 불모지대로 만드는 것을 좋게 생각하지 않습니다. 그리고 여러분은 사람들이 살고 있는 그 땅을 다른 나라 군대가 와서 훈련하도록 빌려주는 것도 좋게 생각하지 않습니다. 여러분이 옳습니다. 너무나 평화로운 라르작을 예비 세계대전의 이상한 장소로 만드는 것은 우리 지도자들의 어리석음과 냉소주의임에 틀림없습니다."

같은 시기, 사르트르는 기요마라는 리옹의 한 배우가 자신에게 보냈던 기획에 대하여 그와 논의를 했다. 사르트르 작품들의 역사적이고 정치적인 내용을 토대로 자네트 콜롱벨Jeannette Colombel*이 연출했던 것을 하나의 작품으로 편집해서 〈미장테아트르극화〉라는 제목으로 관객에게 보여주자는 기획이었다. 그 공연은 큰 성공을 거두었다. 처음엔 리옹에서 제일 큰 두 극장에서 상연되었고, 이어서 프랑스 전역을 돌며 2년 동안 상연되었다.

---

* 리옹에서 고등학교 철학 교사를 거쳐 리옹과 파리의 대학에서 철학 강의한 철학자이자 저자로, 장 폴 사르트르와 미셸 푸코 사후 여러 저작들을 펴냈다.

1979년

사르트르는 1979년 3월《레 탕 모데른》의 주관으로 진행된 이스라엘-팔레스타인 토론회에 매우 큰 중요성을 부여했다. 빅토르도 엘리 벤 갈과 함께 했던 여행 이후 그 생각을 품어 오고 있었다. 그들은 전화를 자주 주고받았다. 우리의 오랜 이스라엘인 친구 중 한 명인 플라판이 자신이 주재했던 이스라엘-팔레스타인 토론회를《레 탕 모데른》에 게재할 것을 제안한 적이 있었다. 그는 그것을 넘기는 것에 꽤 많은 액수를 요구했는데, 그 내용은 전혀 새로운 것이 없었다. 빅토르는 파리에서 유사한 회담을 개최하는 것이 더 낫고 그 결과를《레 탕 모데른》에 게재하는 것으로 생각했던 것이다. 비용이 많이 들 것이 분명했지만, 갈리마르 출판사가 비용을 맡겠다고 약속했다. 엘리와 빅토르가 전화로 참석 희망자 명단을 작성했고, 초청장을 보냈다. 참석자 대부분이 이스라엘인들이었다.

많은 현실적인 문제들이 제기되었다. 우선 토론할 장소

가 문제였다.《레 탕 모데른》의 크기는 손바닥만 했다. 미셸 푸코가 친절하게도 자기 아파트를 빌려주겠다고 했다. 그의 아파트는 아주 밝고 넓고, 실내는 검소하면서도 단아했다. 빅토르는 리브 고슈*에 있는 작은 호텔의 방 몇 개와 이웃해 있는 식당의 특실을 예약했다. 푸코의 거실에는 책상, 의자, 녹음기가 갖춰져 있었다. 몇 가지 기술적인 문제에도 불구하고, 3월 14일 첫 번째 토론회를 개최할 수 있었다. 사르트르는 빅토르와의 합의했던 바대로 짧은 연설로 첫 세션을 열었다. 사르트르와 클레르 에셰렐리Claire Etcherelli, 그리고 나 말고는―다음날 나는 다시 가지 않았다―《레 탕 모데른》 편집진 누구도 참석하지 않았다. 모두가―나를 포함해서―빅토르의 주도를 의심스럽게 여기고 있었다.

참석자들은 자신들을 소개했다. 예루살렘에 사는 팔레스타인 사람 이브라임 다카크는 이 대화가 의미 없다고 선언했다. 이스라엘에서는 팔레스타인 사람과 이스라엘 사람이 매일 서로 대면하고 이야기를 나눈다는 사실을 사르트르는 모르고 있었는가? 다카크는 이집트 사람도 마그레브** 사람도 부르지 않았기 때문에, 이 토론회를 예루살렘에서 개최하는 것이 더 간소하고 비용도 덜 들어갔을 것이라고 했다. 엘리 벤 갈과 빅토르는 그에 대해 여기 세미나

* 센강 좌안. 학문과 지식의 중심지로 팡테옹에서 센강 쪽으로 소르본 대학지구.
** 리비아, 튀니지, 알제리, 모로코 등 아프리카 북서부 일대를 통칭한다.

에 참석한 팔레스타인 사람 몇 명은 이스라엘로 들어갈 수 없었을 것이라고 대응했다. 그러자 다카크는 이스라엘의 몇몇 팔레스타인 사람들은 파리에 올 수 없었다고 맞받았다. 그리고 그는 토론회에서 퇴장했다. 미국 콜롬비아 대학교 교수로 있는 팔레스타인 사람 에드워드 사이드와 오스트리아에서 교수로 있는 팔레스타인 사람 샤림 샤라프를 제외하고, 사실 다른 대표자들은 이스라엘에서 왔다. 거의 모두 영어로 말했고, 한두 명이 독어로 말했다. 여성 통역자들이 무보수로 일하고 있었다. 이스라엘 사람이 히브리어로 말하고 싶어 하자, 엘리 벤 갈이 통역했다. 대화들은 녹음이 되었고 아를레트가 옮겼다. 세션이 진행되는 동안, 클레르 에셰렐리와 카트린느 폰 뷜로가 마지못해, 커피와 주스를 대접했다. 공식 회의 외에 팔레스타인 사람들과 이스라엘 사람들은 빅토르가 잡아 놓은 레스토랑에서 함께 점심 식사를 했다. 그때가 되자 서로 어느 정도 긴장이 풀려 대화를 했다. 그들은 자신들이 묵는 호텔이 좀 수수한 것과 특히 사르트르가 거의 침묵하고 있는 것과 자신들이 알지 못하는 빅토르라는 사람이 중요한 비중을 차지하고 있는 것에 놀라고 있었다. 작고 금발인 랍비 한 명이 유대교 법도에 맞는 음식을 먹겠다고 요청했다. 《레 탕 모데른》과 가깝게 지내는 친구 슈무엘 트리가노가 그를 동반하여 메디시 거리에 있는 유대인 레스토랑에 갔다.

토론의 발언들은 다소 흥미로웠고 감동적이었으나, 대체로 늘 비슷한 상투적인 말들이었다. 팔레스타인 사람들은 영토를 요구했고, 이스라엘 사람들 — 모두 좌파에서 뽑힌 사람들 — 은 동의는 하지만 안전 보장을 요구했다. 어쨌든 거기에 참여한 사람들은 지식인들이어서 아무런 힘이 없었다. 그럼에도 빅토르는 좋아서 의기양양했다. "이건 국제적인 특종 기사가 될 겁니다." 그가 사르트르에게 말했다. 그러나 그는 환상에서 깨어나야 했다. 여러 가지 이유로, '지금 평화를'이라는 — 정치적으로 큰 역할을 하지 못했던 이스라엘 평화 단체의 이름 — 제목을 붙인 특집호는 10월에서야 발행이 되었고 아무런 효과도 얻지 못했다. 1980년 여름, 에드워드 사이드는 — 빅토르의 눈에는 세미나 참석자들 중에서 가장 중요한 사람이었는데 — 우리가 함께 해온 친구들에게 왜 자기를 미국에서 오게 했는지 이유를 모르겠다고 말했다. 참석 당시 세미나가 형편없어 보였는데, 그걸 기록한 것을 읽으니 더 그렇게 보였다고 했다. 그러는 와중에도 1979년 3월 사르트르는 빅토르의 낙관론을 공유했었고, 나는 내 의혹들을 그에게 말하지 않았다.

부활절 휴가가 시작될 때, 우리는 자동차로 실비와 함께 미디* 지방으로 떠났다. 비엔에서 잠을 잤고, 그곳의 푸엥 레스토랑은 실망스러웠다. 그와는 반대로, 엑스**에 도착하자 환희였다. 시내에서 1킬로미터 떨어진 호텔은 넓은

---

　*　프랑스 남부
　**　엑상프로방스

정원이 있었는데 햇빛과 소나무 향을 느낄 수 있었다. 멀리 새파란 하늘 위로 윤곽을 뚜렷하게 드러내고 있는 생트빅투아르 산의 하얀 봉우리가 보였다. 야외에 앉아 있기에는 공기가 아직 너무 쌀쌀했다. 우리는 사르트르의 방에서 책을 읽었다. 우리 셋은 자주 자동차로 드라이브를 했고 근처 어느 아름다운 장소에서 점심 식사를 했다.

파리로 돌아와서 얼마 지나지 않아 사르트르는 반미치광이 제라르 드 클레브한테 가볍게 부상을 당했다. 그는 벨기에 사람으로, 우리의 친구인 랄르망과 베르스트레텐의 보호를 받고 있는 시인이었다. 정신 요양소에 체류하는 중에 간간이 파리에 왔고, 그때마다 사르트르에게 와서 돈을 요구했다. 그 마지막 외출 동안 사르트르는 그에게 여러 번 적은 액수의 돈을 주었고 결국 이를 더 이상 받아주지 않겠다고 그에게 말했다. 그래도 클레브는 다시 찾아왔다. 아를레트와 함께 집에 있던 사르트르가 문을 열어주기를 거절했으나, 그는 안전 체인이 걸려 있는 채로 문을 반쯤 열었다. 짧게 말이 오간 뒤, 클레브가 주머니에서 칼을 꺼냈고, 체인 너머로 사르트르의 손을 찔렀다. 그리고는 닫혀 있는 문을 마구 격렬하게 쳐대는 바람에, 방탄 장치가 되어 있음에도 문이 흔들리기 시작했다. 아를레트가 경찰에 전화를 했고, 건물의 복도 여기저기에서 한참 추격이 벌어진 끝에 클레브는 붙잡혔다. 사르트르는 피를 많이 흘렸다. 엄지손가락을 찔렸지만, 다행히 힘줄은 다치지 않았다. 그 후 몇 주 동안 붕대를 감고 있어야 했다.

6월 20일, 사르트르는 '베트남을 위해 배 한 척'이라는 구호를 내건 단체의 기자 회견에 참석했다. 이 단체는 벌써 활동 개시를 성공적으로 하고 있었다. '일드뤼미에르빛의 섬'이라는 배가 풀라우비동*에 닻을 내렸고 엄청난 수의 난민들을 맞아들이고 있었던 것이다. 그리고 이제는 말레이시아와 태국에 있는 수용소들과 서방 국가들에 있는 트랜짓 수용소** 간의 공중 연계를 실행시키고자 하는 바람이 있었다. 그러기 위해서는 언론에 알려야 했다. 기자 회견이 뤼테티아 호텔 홀에서 열렸다. 글뤽스만Andre Glucksmann이 사르트르를 동반하여 갔고, 오랜만에 처음으로 레이몽 아롱Raymond Aron***과 악수를 했다. 푸코가 말을 했고, 이어서 '일드뤼미에르'에서 일을 하고 있는 쿠츠너 박사가 말했고, 이어서 사르트르가 말했다. 사르트르는 아롱의 회견이 있기 직전 자리를 떠났다. 6월 26일, 그들은 엘리제궁에 다 함께 가서 지스카르 대통령에게 '보트 피플'에 대한 구호를 강화할 것을 요구했다. 그들은 약속을 받았으나 공언空言에 불과한 것이 되어 버렸다. 사르트르는 아롱과의 이 만남에 아무런 중요성도 부여하지 않았는데 기자들은 길게 왈가왈부 늘어놓았다.[42]

---

  * 말레이시아의 섬
 ** 옮겨가기 위한 일시적 기착 수용소
*** 1905-1983. 사르트르와 같은 해에 태어났고, 고등사범학교 동기이다. 좌파를 이끌었던 사르트르와 평생 사상적 적대관계에 있었던 우파 지식인이다.

여름 바캉스는 그해에도 여전히, 운 좋게 혜택을 누린 기간이었다. 지난 봄에 엑스 여행이 너무나 좋았기 때문에 8월에 다시 그곳으로 갔다. 이번에는 테라스들이 연결되어 있는 데다가 정원으로 비어져 나와 있는 2층 방들을 얻었다. 그 테라스에서 우리는 평소대로 책을 읽거나, 이야기를 나누었다. 가끔 나는 — 택시로, 사르트르가 더 이상 걸을 수가 없어서 — 그가 언제나 참 좋아했던 쿠르 미라보*에 그와 함께 점심을 먹으러 가곤 했다. 그렇지 않으면 호텔 정원에서 점심을 먹었다. 또는 실비가 차로 우리가 좋아하는 곳으로 데려가주었다. 종종 멀리 연기가 피어오르는 것이 보였다. 산불이었다. 사르트르는 이 여행을 아주 행복해했다. 그리고 실비가 파리로 돌아가는 길에 마르티그 공항에 데려다주었을 때에도 행복해했다. 공항에서 우리는 로마로 날아갔다. 이전에 묵었던 방들을 다시 잡았는데, 그 방들은 산 피에트로 대성당의 눈부신, 아니 환상적인 순백과 마주하고 있었고, 늘 그랬듯이 평온하게 지냈다. 사르트르는 가끔 로마에 살고 있는 젊은 미국인 여성을 만났는데 그가 최근에 알게 된 사람이었다. 나는 그와 함께 알리스 슈바르처를 만났고, 카트린 리우와라는 여자 친구와 함께 거기에 머물고 있는 클로드 쿠르셰를 만났다. 쿠르셰는 사

---

42 그들은 사르트르가 우파의 입장에 접근하고 있는 것으로 전제하면서, 그것을 정치적 화해로 본다고 주장하고 있었다. 그러나 그것은 전혀 틀린 것이었다.

* 엑상프로방스 도시의 플라타너스 가로수길

르트르가 기분이 좋고 유쾌한 상태인 것을 보고는 어리둥
절해했다. 그는 사르트르를 잘 알지 못하지만, 그가 병환과
시력 상실 때문에 다소 낙담해 있을 줄 예상했다. 그런데
자기 앞에 있는 사람은 살아 있는 것을 너무나 즐거워하고
있는 것이었다. 대중 집회에 참석할 때, 사르트르는 보통
괴로운 표정을 짓고 있곤 했다. 뤼테티아 호텔에서의 만남
이후, 아롱은 "죽은 사람을 본 줄 알았습니다."라고 클로드
모리악[43]에게 요약해서 쓰기까지 했었다. 그러나 개인적으
로 그와 대화를 하는 상대들은 그의 굉장한 활력에 사로잡
히곤 했다.

사르트르는 M.A. 마치오치와의 인터뷰에 응했고 그 대
화는 《에우로페오》라는 잡지에 나갔는데, 그는 그것을 만
족스럽게 생각하지 않았다.

떠나기 조금 전, 파리에서 걸려 온 전화를 한 통 받았다.
릴리안 시겔이 골드만이 살해당했다고 알려주었다.[*] 나는
충격에 휩싸였다. 골드만은 《레 탕 모데른》 회의에 열심
히 나오고 있었고, 내가 그에 대해 가졌던 호감이 깊은 애
정으로 바뀌고 있었기 때문이었다. 나는 그의 지적인 풍자
와 유쾌함, 따뜻함을 좋아했다. 그는 생기가 넘쳤고, 엉뚱
했고, 거기에 더해서 웃겼으며, 자기만의 적대감과 우정이
한결같았다. 태연하게 쓰러져 죽었다는 것이 그의 죽음을

---

43 클로드 모리악, 『부동不動의 시간』, 4권.
* 1979년 9월 20일 파리 13구의 한 광장에서 괴한의 총격으로 사망했다.

더욱 끔찍하게 했다. 사르트르도 충격을 받았다. 그러나 모든 사태를 초연하게 감내하고 있었다.

파리로 돌아오자마자, 그래도 사르트르는 골드만의 장례식에 참석하고 싶어 했다. 클레르 에셰렐리가 자기의 작은 자동차에 우리를 태우고 영안실로 갔다. 우리는 들어가지 않고 영구차를 따라 묘지 입구까지 갔다. 사람들이 너무 모여 있어서 사르트르를 알아본 사람들이 아주 공손하게 길을 비켜서 주었음에도, 묘지를 가로질러 들어가기에는 너무 힘이 들었다. 어느 지점에 이르자 차량 통행이 금지되고 있었다. 에셰렐리는 운전석에 남았다. 사르트르와 나는 군중을 뚫고 힘겹게 길을 내갔다. 잠시 후 사르트르는 지친 기색이었다. 어느 무덤 위에 그를 잠시 앉히고 싶었는데 누구가가 의자를 가져다주었다. 사르트르는 앉았고 우리를 계속해서 빤히 쳐다보는 모르는 사람들에 둘러싸여서 거기 그렇게 잠시 멈추어 있었다. 다행히 르네 소렐이 우리를 알아보았다. 그녀의 자동차가 우리 바로 옆에 정차해 있었다. 우리는 클레르 에셰렐리에게 떠난다고 알리고 자동차에 탔다.

사르트르는 빅토르와 일을 재개했다. 나는 좀 걱정이 되어서 사흘 내내 계속해서 그에게 물었다. "일 잘 했어요?" 첫날에는 그가 "아니오. '이런 저런 문제'로 오전 내내 언쟁을 했소…"라고 대답했다. 다음날에는, "아니오. 우리는 의견이 맞지 않았소."라고 대답했다. 셋째 날에는 "마침내 우리의 의견이 일치되었소."라고 말했다. 나는 그가 많이 양보한 것은 아닌지 걱정되었다. 나는 이 대담의 흐름을 파악하고 싶었다. 그러나 대담은 녹음기에 녹음이 되었고 그것을 풀어서 타이프로 치는 것을 맡은 아를레트는 더디게 일을 했다. 여전히 계획대로 옮겨진 것은 아무것도 없다고 사르트르는 내게 말하곤 했다.

11월, 사르트르는《르 마탱Le Matin, 아침》을 위해 카트린 클레망Catherine Clement과 인터뷰를 했고, 그 신문의 편집팀과 함께 점심을 먹었다. 12월 그는 베르나르 도르에게 연극에 대한 자신의 생각을 밝혔는데, 그와의 대담은 잡지《트라바이유 테아트랄Travail théâtral, 연극작업》에 게재되었다. 사르트르는 그 대담에서 자신이 좋아하는 연출가들에 대하여 말했다. 피란델로, 브레히트, 베케트, 그리고 자신이 쓴 희곡 역사에 대해 풀어놓았다. 1980년 1월 안드레이 사하로프의 거주지 지정에 반대하여 항의했고, 모스크바 올림픽의 보이콧을 지지했다. 2월 28일, 동성애 잡지《르 게 피에Le Gai pied, 즐거운 발걸음》와 인터뷰를 했다. 그리고 카트린 클레망과 베르나르 팽고Bernard pingaud*와 함께《라르크》** 다음호에 나갈 대담을 했다.

---

* 프랑스 작가.『라르크』편집위원,《레 탕 모데른》필진
** 문학, 철학, 예술, 인문학의 위대한 현대 인물을 주제로 특집호 형태로 발행. 사르트르는 1966년 30호 특집 작가였고, 시몬 드 보부아르는 1976년 61호 특집작가였다.

1980년

2월 4일 부르세 병원*에서 새로 받은 검사 결과, 사르트르는 더 좋아지지도 나빠지지도 않았다. 그는 활동하는 것에 관심을 기울였고, 젊은 여성들과의 관계를 이어가며 기분 전환을 했다. 그 모든 것에도 불구하고, 그에게는 살아 있는 것이 기쁨이었다. 겨울의 눈부신 햇살이 그의 서재에 쏟아져 들어와 그의 얼굴을 비추던 어느 날 아침이 떠오른다. "오! 햇빛." 그는 황홀한 목소리로 외쳤다. 그와 나는 실비와 부활절 바캉스를 벨일 섬**에서 보낼 계획을 세우고 있었고, 그는 행복한 표정으로 그곳에 대해 자주 말하곤 했다. 그는 담배를 더는 피지 않을 정도로 건강 걱정을 많이 하고 있었다. 그리고 내가 알기로는 술도 소량만 마셨다. 함께 점심 식사를 할 때 주문한 샤블리 반 병을 그가

---

  * 파리 몽파르나스 남쪽에 위치
 ** 벨 일 앙 메르. 줄여서 벨일로 부른다. 프랑스 서부 부르타뉴 대서양에
    떠 있는 바위섬으로 해안과 절벽 경관이 빼어나다.

너무 천천히 마셔서 반이 거의 그대로 남아 있었다.

그런데 3월 초 어느 일요일 아침, 아를레트가 술에 흠뻑 취한 상태로 침실 바닥에 잠들어 있는 그를 발견했다. 우리는 그가 위험하다는 것을 모르는 젊은 여자친구들에게 위스키와 보드카를 가져오게 했다는 것을 알게 되었다. 그는 술병들을 상자 속이나 책들 뒤에 숨겨 놓았다. 그리고 토요일 저녁 ─ 완다가 떠나고 나면 그 혼자 보내는 유일한 밤이었다 ─ 취하도록 마신 것이었다. 아를레트와 나는 숨긴 곳들을 찾아 치웠고, 여자친구들에게 전화를 걸어 더 이상 술을 가져오지 말라고 하고는 사르트르를 호되게 질책했다. 그로 인해 즉각적인 결과가 나타나지는 않았으므로, 그러한 무절제가 그의 건강을 눈에 띄게 악화시키지는 않았다. 그러나 나는 그의 앞날이 조금 걱정되었다. 특히 술에 대한 집착이 다시 돌아온 것을 이해할 수 없었다. 왜냐하면 그런 것은 그의 뚜렷한 정신의 균형과 어울리지 않았기 때문이었다. 그는 웃으면서 내 질문을 피했다. "하지만 당신도 그렇잖소. 술 마시는 걸 좋아하잖소." 그가 내게 말했다. 어쩌면 자신의 상황이 예전보다 더 견디기 힘들었는지도 모른다. 그러면 "결국, 익숙해지기 마련이다."[44]라는 말은 진실이 아닌 것이다. 세월이란 상처를 치유하는 것이기보다는, 어쩌면 반대로 심화시킬 수 있는 것이다.

---

44 "결국, 익숙해지기 마련이다, 라고 나는 생각한다."는 사르트르의 작품 「닫힌 방」에서 가르생의 대사이다.

얼마 후, 그는 분명 그렇다고 털어놓지 않았지만, 나는 그가 《르 누벨 옵세르바퇴르》에 곧 나갈 빅토르와의 대담을 만족스럽게 받아들이고 있지 않다고 생각했다.

나는 사르트르와 베니 레비 ― 빅토르의 본명 ― 의 이 대담을 발행 예정일 8일 전쯤에야 마침내 읽어볼 수 있었다. 그것을 읽고 나는 기겁을 했다. 왜냐하면 그 대담은 사르트르가 《오블리크》에서 말했던 "복수複數의 사상"이 전혀 아니었기 때문이다. 빅토르는 전혀 자신의 견해를 직접적으로 설명하지 않고 있었다. 그는 진실이 드러날지 누구도 알지 못한다는 명목으로 검찰관 역할을 하면서, 자기의 생각을 사르트르에게 덮어 씌우고 있었다. 그의 어조, 자기가 사르트르보다 위에 있다는 거만한 우월감은 발행되기 전에 내용을 알게 된 모든 친구들의 분노를 일으켰다. 그리고 사르트르에게 고백을 강요해서 끌어낸 내용이라는 것에 나와 마찬가지로 아연실색했다. 사실, 빅토르는 사르트르가 그를 알게 된 이래 많이 변했었다. 과거의 많은 모택동주의자들처럼, 그도 신神을 향해 돌아서 있었다. 그가 유대인이었기 때문에 이스라엘의 신을 향해. 세상에 대한 그의 관점은 유신론적이고 종교적이기까지 되어 있었다. 그러한 새로운 노선이 사르트르는 싫은 기색이었다. 실비와 나와 함께 이야기하면서 그가 불만을 표출하던 어느 저녁이 생각난다. "빅토르는 도덕의 모든 기원이 모세의 율법에 있기를 절대적으로 바라고 있어요! 그러나 나는 절대 그렇게 생각하지 않소!" 그가 우리에게 말했다. 그리고 내가 이미 염려했듯이 며칠 동안 계속 빅토르와 말씨름을 하고, 언쟁에 지쳐서는 양보하는 것이었다. 빅토르는 사르트르의 고유한 사상을 풍요롭게 도와주기는커녕, 사르트르로 하여금 자신의 사상을 부인하도록 압력을 가하고 있었다. 유행에 신경을 써본 적이 없는 그였는데, 불안이 사르트르에게는 단지 유행 같은 것이었다고 어떻게 감히 주장한단 말인가? 『변증법적 이성 비판』에서 그토록 힘 있고 단단하던 형제애 개념을 어찌 그리 맥 빠지게 만들 수 있단 말인가? 나는 사르트르에게 내 실망의 정도를 감추지 않았다. 내 실망을 보고 그도 놀랐다. 그는 몇몇 비판이 있을 것으로는 예견하고 있었지만, 그렇게 거세게 반발할 줄은 몰랐던 것이다. 나는 《레 탕 모데른》의 편집진 모두 나와 같이 생각한다고 그에게 말했다. 그러나 그는 더 완고하게 그 대담을 곧바로 내보내겠다고 했다.

올리비에 토드(죽음의 납치행각 앞에서 물러서지 않았던)의 말대로 이것을 "노인 납치행각"*으로 설명할 수 있을까?

사르트르는 언제나 자신과는 반대로 사유하기를 선택해왔다. 그러나 안이함 속에 빠지기 위해 그런 것은 결코

---

* détounement은 유괴, 납치, 횡령, 탈루 등의 의미인데 한국어로 옮기기 애매하다. 영어권 번역서에는 예시를 '미성년 유괴'와 같이 사용되는 것이 관례이나 여기에서는 '노인 유괴'로 쓰였다고 옮긴이 주를 붙이고 있다. 베르나르 앙리 레비의 사르트르 평전을 한국어로 옮긴 변광배의 번역에 따라 '납치행각'으로 옮긴다.

아니었다. 빅토르가 그에게 전가시킨 그 모호함과 무기력한 철학은 사르트르에게 전혀 어울리지 않는 것이었다.[45] 왜 사르트르는 거기에 동조했을까? 결코 어떤 것에도 영향을 받지 않았던 그인데, 빅토르의 영향을 받은 것이다. 그는 이유를 지적했었다. 그러나 이것은 깊이 조사해보아야 할 문제이다. 사르트르는 언제나 미래를 향해 긴장하며 살았다. 다르게는 살 수 없었다. 그랬던 그가 현재에만 놓여 있으니, 자신을 죽은 것으로 간주하고 있었다.[46] 늙고, 육체가 위태로워지고, 반실명의 상태였던 그에게는 미래가 막혀 있었다. 그래서 그는 대용품에게 도움을 청한 것이었다. 투사이자 철학자인 빅토르는 "새로운 지식인"을 구현해 보여줄 것이었다. 새로운 지식인이란 사르트르가 꿈꾸었던 것이고 존재하도록 헌신적으로 공을 들였던 것이었다. 빅토르를 의심하는 것, 그것은 곧 후대의 심판보다 그에게 더 중요한, 그 스스로 이러한 생을 연장시키는 것을 포기하는 것이었다. 그래서 그는 그 모든 반발에도 불구하고, 빅토르를 믿기로 선택한 것이었다. 사르트르에게는 사상이 있었고, 사유를 했다. 그러나 느리게 사유했다. 그런데 빅토르는 달변이어서, 사르트르가 상황을 명확히 판단하는 데 필요한 시간을 주지 않은 채, 말로써 그

---

45 사르트르 사후, 레이몽 아롱은 빅토르와의 텔레비전 대담에서 이 부분을 매우 잘 지적했다.

46 그가 절망에 빠져 있을 때면, 스스로 '산 송장'이라고 말하곤 하던 것을 우리는 알고 있었다.

의 정신을 쏙 빼놓은 것이었다. 결국 내 생각에 매우 중요했던 사실은, 사르트르는 읽을 수가, 자신이 쓴 글을 읽을 수가 없었다는 사실이다. 나는 내 눈으로 직접 해독하지 않은 글을 판단할 수가 없다. 사르트르도 나와 같았다. 그런데 그는 귀로 듣는 것만으로 검토를 한 것이었다. 그는 콩타와의 대담[47]에서 말했다. "자기 눈으로 보면서 텍스트를 읽을 때에는 계속해서 염두에 두는 그런 비판적인 성찰의 요소가 있는데 문제는, 큰 소리로 책을 읽는 동안에는 그렇게 명확하지 않다는 겁니다." 한편, 빅토르는 아를레트의 지원을 받았다. 아를레트는 사르트르의 철학적 업적들에 대하여 전혀 알지 못했고 빅토르의 새로운 경향에 호의적이었다. 그들은 함께 히브리어도 배웠다. 이러한 동조 앞에서 사르트르는 물러설 만한 공간이 없었다. 오직 혼자 읽고 깊이 생각하는 고독한 독서만이 허용하는 거리를 둘 수 없었던 것이다. 그래서 그는 항복했다. 대담이 발표되고, 모든 사르트르 연구자들과 심지어 그의 모든 친구들이 나와 함께 경악하고 있다는 것을 알았을 때 그는 놀랐고 괴로워했다.

3월 19일 수요일, 그 문제에 대해서는 거론하지 않은 채, 우리는 보스트와 함께 즐겁게 저녁 시간을 보냈다. 잠자리에 들기 전에 사르트르가 내게 물었다. "오늘 아침, 《레 탕 모데른》에서 그 인터뷰에 대해 뭐라고들 하지 않

---

47 『70세의 자화상』

았소?" 그래서 내가 아니라고 대답했다. 그건 사실이었나. 그는 좀 실망한 듯 보였다. 그는 그 정도로 지지자들이 있기를 바랐던 것이다. 다음날 아침 9시에 그를 깨우러 갔다. 평소 내가 그의 방에 들어가면, 그는 여전히 잠에 취해 있었다. 그런데 그날은, 숨을 헐떡거리며 말도 거의 못하는 상태로 침대 끝에 앉아 있었다. 이미 한 번 아를레트와 있을 때, 그런 일이 있었다. '연기증嚥氣症'이라고 부르는 증세였는데, 그때는 아주 잠시 일어났었다. 그날은 아침 5시부터 증상이 계속되고 있었는데, 그는 내 방까지 기어와서 문을 두드릴 힘이 없었던 것이었다. 나는 겁이 났고, 전화를 하고 싶었으나 전화가 끊겨 있었다. 퓌그가 요금을 내지 않은 채 고지서를 방치했기 때문이었다. 나는 급히 옷을 입고 관리인한테 가서 지척에 살고 있는 한 의사에게 전화를 했고 곧 의사가 왔다. 그는 사르트르를 보자마자 옆집에 가서 구급차를 불렀고, 5분 만에 도착했다. 사르트르의 피를 뽑고, 주사를 놓고, 거의 한 시간 동안 치료를 했다. 그리고는 바퀴가 달린 들것에 그를 눕히고는 긴 복도를 따라서 갔다. 그는 의사가 머리 위로 들고 있는 산소호흡기로 숨을 쉬고 있었다. 그들은 들것에 실린 그를 엘리베이터에 밀어 넣었고 아파트 입구 문에 대기 중이던 앰뷸런스까지 끌고 갔다. 아직 그를 어느 병원으로 데리고 갈지 알지 못했기 때문에, 관리인에게 전화를 주겠다고 했다. 나는 사르트르의 집으로 다시 올라가 세수를 했다. 이제 유능한 사람들 손에 맡겨졌으니, 발작이 신속히 멈출 것이라고 생각했다. 나는 점심을 함께 먹기로 했던 덴과 장 푸이용과의 약속을 취소하지 않았다. 그들을 만나러 나가면서 아파트 문을 닫을 때, 그 문이 내 앞에서 다시는 열리지 않으리라는 것을, 나는 상상하지 못했다.

저녁 식사 후 택시를 타고 브루세 병원으로 갈 때 — 나는 그때 사르트르가 있는 곳이 어디인지 알았다 — 나는 푸이용에게 함께 가달라고, 그리고 기다려달라고 부탁했다. "좀 두려워요." 내가 그에게 말했다. 나는 사르트르를 보았다. 그는 여전히 중환자실에 있었고 정상적으로 호흡을 하고 있었다. 그는 기분이 괜찮다고 내게 말했다. 나는 오래 머물지 않았다. 그가 반수半睡 상태였고 푸이용을 기다리게 하고 싶지 않았기 때문이었다.

다음날 오후 의사들은 그의 폐에 수종水腫이 있고 그것 때문에 열이 오르고 있지만 곧 없어질 것이라고 했다. 그는 넓고 환한 방에 입원해 있었고 자신이 교외에 있는 것으로 생각했다. 열 때문에 헛소리를 하고 있었다. 그 아침, 그는 아를레트에게 말했다. "너도 마찬가지야 너도 죽어, 아를레트. 화장당하니까, 기분이 어땠니? 자, 결국 이렇게 우린 이제 둘 다 죽은 사람들이야."[48] 나에게는, 파리 근교에 있는 자신의 비서 집으로 점심 먹으러 갔다 왔다고 말

---

48 아를레트는 유대인이었고 란츠만은 유대인 학살과 그 화장 가마들을 다룬 자신의 영화 이야기를 우리에게 자주했다. 그리고 그 존재를 부인하는 포리송의 주장들에 대해서도 우리는 이야기를 나누곤 했다. 한편, 사르트르는 화장되기를 원했었다.

했다. 그는 빅토르도 퓌그도 그렇게 부른 적이 없었다. 항상 그들의 이름을 불렀다. 내가 놀라는 표정을 짓자, 그는 의사가 아주 상냥하게 자신을 데려다주고 다시 데려오는 차편을 마련해주었다고 설명했다. 아주 야릇하고 기분 좋은 교외를 지나갔었다고 했다. 꿈을 꾸고 있었던 것은 아닌지 내가 물었다. 그는 아니라고, 화난 표정으로 나에게 대답했다. 그래서 나는 계속하지 않았다.

그다음 며칠간은 열이 떨어졌고, 헛소리도 멈추었다. 그에게 발작이 왔던 것은 동맥 기능이 떨어져 폐 세척이 안되어서였다고 의사들이 말했다. 하지만 지금은 폐의 혈액 순환이 정상을 되찾고 있다고 했다. 우리는 곧 벨일로 떠날 생각을 했고, 사르트르는 즐거워했다. "그래요. 거기에 가면 좋을 거요. 그 모든 것에 대하여 더 이상 생각하지 않고."(그 모든 것, 그것은 그 인터뷰와 그것이 일으킨 파문이었다.) 한 번에 한 사람만 면회가 허용되었기 때문에 아를레트는 아침에 병원에 갔고, 나는 오후에 갔다. 나는 그가 밤을 어떻게 보냈는지 알아보기 위해 10시경에 전화를 했고, 병원 사람들은 늘 "아주 잘 보냈습니다."라고 답변을 했다. 그는 잠을 잘 잤다. 점심 식사 후에도 조금 잤다. 우리는 소소한 이야기들을 나누었다. 식사를 할 때와 내가 그를 보러 갔을 때 그는 안락의자에 앉아 있었다. 그렇지 않을 때에는, 대부분 누워 있었다. 그는 야위었고, 약해 보였으나, 정신 상태는 아주 좋았다. 병원을 떠나고 싶어 했지만, 처한 상황을 감내할 만큼 많이 지쳐 있었다. 아를레트가 그의 저녁 식사를 도와주러 6시쯤 다시 오곤 했는데, 몇 번은 빅토르에게 잠시 동안 자리를 넘겨주기도 했다.

나는 우세 교수에게 그가 언제 퇴원할 수 있는지 물었다. 그는 나에게 망설이며 말했다. "뭐라고 해야 할지...사르트르는 아주 불안정한 상태입니다. 아주 불안정해요." 그리고는, 이삼 일 후, 그는 사르트르가 다시 중환자실로 내려가야 한다고 말했다. 그래야만 모든 돌발적인 사태를 막도록 24시간 내내 그를 지켜볼 수 있다는 것이었다. 사르트르는 거기에 있는 것을 좋아하지 않았다. 실비가 그를 보러 왔을 때 그가 그녀에게 말을 하는데, 마치 피서하러 가서 호텔에 묵고 있는 것 같은 말투였다. "여긴 정말 안좋아. 곧 떠나게 된다니 다행이야. 작은 섬으로 간다는 생각만으로도 기분이 좋아지는 걸."

사실, 벨일에 가는 것은 더 이상 문제가 아니었다. 나는 예약했던 방들을 취소했다. 의사는 사르트르가 다시 발작할 경우를 염두에 두고, 가까이 두고 지켜보기를 원했다. 그들은 처음 병실보다 더 크고 환한 곳으로 그를 옮겼다. 그러자 그가 내게 말했다. "여긴 좋소. 이제 나는 내 집에서 아주 가깝게 있으니까 말이오." 그는 처음에는 아직도 파리 근교의 병원으로 후송되었다고 막연하게 믿고 있었다. 그는 점점 더 쇠진해 보였다. 욕창이 생기기 시작했고, 방광 기능이 나빠졌다. 그래서 도뇨導尿를 해야 했고, 일어설 때 — 이제 그건 아주 드문 일이지만 — 뒤에 작은 플라스틱 자루를 끌며 걸었다. 나는 보스트나 란츠만 같은 문

274

병객이 오면 들어오게 하느라 병실을 나가곤 했다. 대기실에 앉아 기다리고 있었다. 거기에서 나는 우세 교수와 다른 의사가 자기들끼리 이야기하며 "요독증尿毒症"이라는 단어를 발음하는 것을 들었다. 나는 사르트르가 가망이 없다는 것을 깨달았다. 요독증이라는 것이 끔찍한 고통을 불러온다는 것을 알고 있었다. 나는 흐느껴 울며 우세 교수 품 안에 왈칵 몸을 던졌다. "그가 죽는 것을 알지 못하게 해주세요. 불안을 갖지 않게, 고통당하지 않게 해준다고 약속해주세요!" "약속하겠습니다, 부인." 그가 심각하게 내게 말했다. 잠시 뒤 내가 사르트르의 방으로 다시 갔는데, 우세 교수가 나를 불렀다. 복도에서 그가 나에게 말했다. "제가 부인께 헛된 약속을 하지 않았다는 것을 알아주시기 바랍니다. 저는 약속을 지키겠습니다."

곧 이어 의사들은 신장에 혈액이 더 이상 공급되지 않아서 신장이 더 이상 작동하지 않는다고 설명했다. 사르트르는 아직 소변을 볼 수는 있었으나, 요소尿素를 빼내지는 못했다. 신장 한 쪽을 구하기 위해서는 수술을 해야 했지만 그가 견딜 수 없을 것이라고 했다. 그렇게 되면 뇌에서 혈액이 제대로 순환되지 못할 것이고, 그것은 치매를 불러올 것이라고 했다. 그가 평온하게 죽게 두는 것 외에 다른 해결책이 없었다.

치료가 계속되는 며칠 동안, 그는 고통스러워하지 않았다. "좀 기분 나쁜 때가 한 번은 있소. 아침에, 몸에 난 욕창들을 치료할 때. 하지만 그때뿐이오." 그가 내게 말했다.

이 '욕창들'은 보기에 끔찍했다(그러나 다행히, 욕창들은 그의 눈에 띄지 않았다). 혈액 순환이 안 되자 괴저壞疽가 그의 살을 덮치고 있었던 것이었다.

그는 잠을 많이 잤다. 그러나 여전히 나에게 또렷하게 말을 했다. 잠깐은, 그가 자신이 낫기를 기대하고 있다고 생각할 때도 있었다. 그의 병세가 마지막에 이른 순간에 푸이용이 그를 보러 왔는데, 사르트르가 그에게 물 한 잔 달라고 하면서 즐겁게 말했다. "다음엔 함께 마십시다. 그땐 내 집에서 위스키로."⁴⁹ 그러나 다음날 그는 내게 말했다. "그런데 장례비용은 어떻게 하겠소?" 나는 물론, 그 말에 항의하면서 입원비로 화제를 바꿨다. 의료보험에서 부담할 것이라고 안심시켰다. 그러나 나는 그가 자신이 가망이 없다는 것을 알고 있고 그 사실에 놀라지 않고 있다는 것을 알았다. 그는 오직 지난 마지막 몇 년간 자신을 괴롭힌 걱정을 다시 하고 있을 뿐이었다. 돈이 부족하다는 것. 그는 고집부리지 않았고, 자신의 건강에 대하여 나에게 묻지도 않았다. 다음날, 눈을 감은 채 그가 내 손목을 잡고 말했다. "난 당신을 많이 사랑하오. 나의 카스토르." 4월 14일 내가 갔을 때, 그는 잠들어 있었다. 그가 깨어났고 눈을 뜨지 않은 채 내게 몇 마디 했다. 그리고는 입을 내게 내밀었다. 나는 그의 입에 키스하고, 볼에 키스했다. 그는 다시 잠들었

---

49 조르주 미셸의 글은 대체로 정확하지만, 이 말이 사르트르의 마지막 말이라고 생각하는 것은 잘못이다.

다. 그 말, 그 몸짓은 그에게는 없었던 엉뚱한 것이었는데, 분명 자신의 죽음을 예감한 데서 나온 것이었다.

몇 달 뒤, 내가 만나고 싶어 했던 우세 교수가 사르트르가 이런 질문을 하곤 했다고 내게 말했다. "이 모든 것은 어디에서 끝나는 걸까요? 나에게 무슨 일이 일어날까요?" 그러나 그를 불안하게 했던 것은 죽음이 아니었다. 그의 뇌였다. 죽음을, 그는 분명 죽음을 예상하고 있었지만, 불안은 없었다. 우세 교수는, 그가 '체념'하고 있었다고 내게 말했다가, 아니 오히려, '당당'했다고 고쳐 말했다. 틀림없이 그에게 놓아주었던 진통제가 그렇게 마음을 진정시키는 데 도움을 주었을 것이었다. 그러나 ― 반실명 상태가 된 초기를 제외하고는 ― 그는 언제나 자기에게 닥쳐온 것을 겸허히 감당해왔었다. 그는 자신의 걱정거리ennuis로 인하여 남들에게 걱정을 끼치고 싶어 하지 않았다. 도저히 피할 수 없는 운명에 맞서는 반항은 그에게는 헛된 것이었다. 그는 콩타에게 말했었다.[50] "이렇게 되었으니 나도 어쩔 수 없는 일이오. 그렇다고 가슴 아파할 이유도 없소." 그는 아직도 열렬하게 삶을 사랑하고 있었다. 그러나 죽음에 대한 생각은, 비록 80세까지 그것의 도래를 미루어 놓았지만, 그에게 친숙했다. 그는 떠벌리지 않고, 자신을 둘러싸고 있는 우정과 애정을 느끼며 "해야 할 일을 했어."라고 자신의 과거에 만족해하며 죽음이 다가오는 것을 받

---

50 『70세의 자화상』

아들였다.

우세 교수는 사르트르가 겪었던 육체의 고통과 괴로움들이 그의 상태에 어떠한 영향도 끼치지 않았다고 나에게 확실하게 말했다. 격렬한 감정적 충격은 순간적으로 해로운 결과를 초래할 위험이 있었겠지만, 근심과 불쾌감은 시간이 지남에 따라 약화되어서, 문제가 되고 있는 것 그러니까 혈관계에는 아무런 손상을 주지 않았다고 했다. 그는 그 상태가 머지않아 반드시 더 나빠졌을 것이라고 덧붙였다. 최대 2년간 뇌는 치명적인 타격을 입었을 것이고, 사르트르는 본래의 그 자신이 아니었을 것이라고 했다.

4월 15일 아침, 내가 늘 하던 대로 사르트르가 잘 잤는지 물었을 때 간호원이 대답했다. "네, 그런데..." 나는 곧바로 달려갔다. 그는 숨소리를 크게 내쉬면서 잠들어 있었다. 혼수상태에 빠져 있는 것이 분명했다. 전날 저녁부터 그런 상태가 계속되고 있었다. 몇 시간 동안 나는 그를 지켜보며 있었다. 6시경, 아를레트에게 자리를 내주고 무슨 일이 일어나면 내게 전화하라고 했다. 9시, 전화벨이 울렸다. 그녀가 내게 말했다. "숨이 멎었어요." 나는 실비와 함께 갔다. 그는 늘 같은 그의 모습 그대로였다. 그러나 더 이상 숨을 쉬지 않고 있었다.

실비가 란츠만, 보스트, 푸이용, 오르스트에게 알렸고, 그들이 달려왔다. 병원에서는 새벽 5시까지 우리가 병실에 있도록 허용했다. 나는 실비에게 위스키를 가져다달라고 부탁했고, 우리는 위스키를 마시면서 사르트르의 마지막 날들에 대하여, 그보다 오랜 옛날에 대하여, 그리고 준비해야 할 일들에 대하여 이야기를 했다. 사르트르는 페르 라셰즈 묘지의 어머니와 의부 사이에 묻히고 싶지 않다고 나에게 자주 말하곤 했었다. 그는 화장을 원했었다. 우리는 그를 우선 임시로 몽파르나스 묘지에 안치하고, 거기에서 화장을 위해 페르 라셰즈 묘지로 옮기기로 결정했다. 그리고 그의 유해는 몽파르나스 묘지의 묘에 최종 안치될 것이었다. 우리가 밤을 새는 동안, 기자들이 병동을 에워싸고 있었다. 란츠만과 보스트가 그들에게 가달라고 요청했다. 그들은 몸을 숨긴 채 지키고 있었다. 그러나 들어오는 데는 성공하지 못했다. 그가 입원할 때에도 그들은 사진을 찍으려고 했었다. 그들 중 두 명이 남자 간호사로 위장해 몰래 병실로 들어오려고 했었지만, 병원에서 그들을 쫓아냈다. 간호사들이 우리를 보호하기 위해 블라인드를 내리고 입구에 휘장을 쳐주었다. 그런데도 사진 한 장이, 옆 건물 지붕에서 찍은 것이 틀림없는 사르트르가 잠든 모습으로,《마치 Paris Match》*에 실렸다.

나는 잠깐 동안 사르트르와 단 둘이 있고 싶다고 부탁했다. 시트 아래 그의 옆에 누워 있고 싶었다. 간호사가 나를 말렸다. "안됩니다. 조심하셔야 해요… 괴저예요." 그때서야 나는 그의 욕창이 어떤 것인지 실체를 깨달았다. 나는 시트 위에 누웠고 잠깐 잠들었다. 5시에 간호사들이 왔

---

* 뉴스, 사진, 르포 주간지

다. 그들은 사르트르의 시신 위에 시트 한 장과 커버 같은 것을 덮고 그를 데리고 갔다.

나는 란츠만의 집에서 그날 밤을 보냈고, 수요일 밤도 거기에서 보냈다. 다음 며칠은 실비의 집에서 지냈는데 울려대는 전화와 신문기자들을 피해 있기에는 내 집보다 거기가 더 나았다. 낮에는 알자스에서 온 내 여동생과 친구들을 만났다. 나는 신문들과 전보들도 보았다. 전보들이 곧바로 쇄도했다. 란츠만, 보스트, 실비는 모든 의례와 절차를 맡아서 했다. 매장은 처음에는 금요일로 정했다가, 더 많은 사람들이 참석하도록 토요일로 정했다. 지스카르 데스탱은 사르트르가 국장을 원하지 않았다는 것을 알고 있지만 영결식 비용을 부담하겠다고 알려왔다. 우리는 거절했다. 그는 사르트르의 유해 앞에서 묵념을 하러 꼭 오고 싶다고 했다.

금요일, 나는 보스트와 함께 점심을 먹었는데 땅 속에 묻기 전에 사르트르를 다시 보고 싶었다. 우리는 병원 강당에 갔다. 관 속에 있는 사르트르가 옮겨져 왔는데, 오페라 극장에 갈 때 입도록 실비가 그에게 사주었던 옷을 입고 있고 있었다. 내 집에 있던 그의 유일한 옷이었다. 실비는 다른 옷을 찾으러 그의 집에 올라가고 싶지 않았던 것이다. 그는, 모든 고인故人들처럼, 고요했고, 대부분의 그들처럼 표정이 없었다.

토요일 아침, 우리는 강당에 모였다. 사르트르가 거기에 얼굴을 드러내놓고 있었다. 아름다운 옷을 입고 있는 그는 빳빳했고 차가웠다. 내 부탁으로 그의 사진을 몇 장 찍었다. 한참 시간이 흐른 뒤에, 사람들이 사르트르의 얼굴 위로 시트를 다시 덮고는 관을 닫은 다음 운반했다.

나는 실비, 내 동생, 아를레트와 함께 영구차에 올라탔다. 우리 앞에는 화려한 꽃다발과 장례 화관으로 덮인 자동차 한 대가 있었다. 미니버스 같은 차 한 대가 나이 든 친구들이나 오래 걸을 수 없는 사람들을 수송하고 있었다. 엄청난 군중이 뒤따랐다. 약 5만 명 정도였고 대부분이 젊은이들이었다. 사람들이 영구차의 창 유리를 두드려댔다. 대부분이 사진기자들이었는데, 그들은 내 사진을 찍기 위해 유리에 카메라 렌즈를 들이대고 있었다. 《레 탕 모데른》 동료들이 자동차 뒤에서 바리게이트를 만들었고, 사방에서 모르는 사람들이 자발적으로 서로 손을 잡아 인간 사슬을 만들었다. 모두 함께 행렬을 하는 내내 군중은 질서를 지켰고 열렬했다. "마지막 68 시위군요." 란츠만이 말했다. 그러나 나는 아무것도 보이지 않았다. 바륨으로 약간 마취 상태였고, 쓰러지지 않으려는 의지력으로 굳어 있었다. 이것이 바로 정확하게 사르트르가 원하던 장례인데, 자신은 알지 못하리라고 속으로 말했다. 내가 영구차에서 내렸을 때, 관은 이미 무덤 속에 놓여 있었다. 의자를 하나 가져다 달라고 부탁했고, 머릿속이 텅 빈 채, 묘구덩이 끝에 앉아 있었다. 묘지의 담 위와 무덤들 위에 올라가 있는 사람들, 어수선하게 들끓고 있는 인파들이 보였다. 나는 자동차로 돌아가기 위해 일어섰다. 자동차는 단

281

지 10미터 거리였는데, 사람들이 너무 많아서 숨이 막힐 것 같았다. 묘지에서 제각각 돌아오는 친구들과 함께 란츠만의 집에 다시 갔다. 나는 잠시 쉬었다. 그리고 우리는 서로가 떠나고 싶어 하지 않았기 때문에 함께 제이예 식당에 가서, 거기 별실에서 저녁을 먹었다. 그리고 아무것도 기억나지 않는다. 내가 술을 많이 마셨고, 사람들이 거의 나를 등에 지고 계단을 내려가야 했었던 것 같다. 조르주 미셸이 나를 집으로 바래다 주었다.

다음날부터 사흘 동안 실비의 집에서 지냈다. 수요일 아침, 페르 라셰즈에서 화장火葬이 있었다. 거기에 가기에는 나는 너무 지쳐 있었다. 잠을 잤는데 — 어떻게 그런 건지 모르지만 — 침대에서 떨어져 카페트 위에 앉은 채로 있었다. 실비와 란츠만이 화장에서 돌아와 나를 보았을 때, 나는 헛소리를 하고 있었다고 했다. 그들은 나를 입원시켰다. 나는 폐울혈*이었고, 2주일 후 완쾌되었다.

사르트르의 유해는 몽파르나스 묘지로 옮겨졌다. 매일, 모르는 사람들이 그의 묘에 작고 싱싱한 꽃다발을 가져다 놓는다.

사실 내가 제기하지 않았던 질문이 하나 있다. 어쩌면 독자가 이 질문을 제기할지도 모른다. 나는 사르트르에게 그의 죽음이 임박했다는 것을 알려야 했을까? 그가 쇠약하고, 아무 기력 없이 병원에 있을 때, 나는 상태의 심각성

---

* 폐에 염증이 생긴 것으로 호흡곤란, 심한 기침, 혈담이 동반된다.

을 그에게 숨길 생각만 했었다. 그리고 그 전에는? 그는 암에 걸리거나 다른 불치의 병에 걸렸을 경우, '알고' 싶다고 늘 내게 말했었다. 그러나 그의 경우는 애매했다. 그는 '위험한 상태'에 있었다. 그런데 그는 자신이 원했던 것처럼 10년을 더 버틸 수 있었을까? 아니면 지금부터 1, 2년 내에 모든 것이 끝나버렸을까? 아무도 그것을 알지 못했다. 그가 취할 어떤 방법도 없었고, 더 잘 치료받을 수도 없었을 것이다. 그리고 그는 삶을 사랑하고 있었다. 자신의 실명과 불구를 받아들이는 것이 그에게는 너무 어려운 일이었다. 그를 짓누르고 있던 위협은, 그가 그것을 더 정확하게 알았더라면, 그의 마지막 몇 해를 우울하게 만들기만 했을 것이다. 어쨌든 나도 그처럼 두려움과 희망 사이에서 표류하고 있었던 것이다. 나의 침묵은 우리를 갈라놓지 않았다.

그의 죽음이 우리를 갈라놓고 있다. 나의 죽음이 우리를 결합시키지 못할 것이다. 그렇게 된 것이다. 우리의 생生이 그토록 오랫동안 일치할 수 있었다는 것만으로도 이미 아름답다.

작고 싱싱한 꽃이 날마다

— 스물세 개의 단상으로 전하는 번역 노트

함정임

파리 파리에 가면 늘 그들을 찾아가곤 한다. 청춘 시절의 첫 발걸음으로부터 어느덧 삼십 년이 되고 있다. 내일 당장 파리행 비행기에 오른다면, 나는 또 그들을 찾아갈 것이다. 그들은 살아서도 죽어서도 파리 사람들이다. 파리에는 그들 이름을 딴 광장이 있고 그녀 이름을 딴 다리도 있다. 그들은 나에게 누구인가, 아니 무엇인가. 무엇이길래 이 책, 50여 년의 동행 중 마지막 십 년 여정이 그 누구도 아닌 나에게 맡겨진 것일까.

몽파르나스 묘지 Jean Paul Sartre 1905-1980. Simone de Beauvoir 1908-1986 그들은 같은 하늘 아래, 같은 묘석 아래, 함께 있다. 그것만이 진실이고, 그것만이 내게는 중요하다. 그들 항아리 속 유해는 서로 오고 가지 못한다. 그러나 그들이 거기 있고, 내가 살아 있는 한, 나는 그들에게 간다. 세상이 거기 있고, 문학이 거기 있는 것처럼, 그리하여 내가 있고, 내가 살아가는 것처럼.

사르트르, 그리고 보부아르 처음에 사르트르가 있었다. 그리고 보부아르가 나타났다. 사르트르는 1980년대 한국 대학의 불문과 전공 수업 시간에 중요하게 다루어졌다. 나는 강의실에서 그의 소설(『구토』), 희곡(『더러운 손』), 철학(『실존주의는 휴머니즘이다』)을 두루, 깊이 만났다. 그러나 전공 시간이나 전공서에서 보부아르를 제대로 익힌 기억은 없다. 학교 밖, 산울림 소극장에서 그녀의 『위기의 여자』를 연극으로 보았다. 여성학이 대학에 개설된 첫해에 수강했다. 보부아르에 대한 관심은 사르트르에게만큼 크지 않았다. 그럼에도 내 삶에는 그녀의 책들이 한 권씩 놓여 갔다. 그리고 20세기에서 21세기로 이행되는 어느 시점부터 사르트르의 책보다 많아졌다.

카스토르 Castor 사르트르가 보부아르를 부르는 애칭이다. 카스토르라는 이름은 보부아르의 고등사범학교 동창인 르네 마외가 처음으로 부른 것으로 알려져 있다. 늘 부지런하게 일하는 비버(프랑스어로는 카스토르)의 속성에 빗대어 줄기차게 공부하고 쓰고 행동하는 그녀를 지칭한 것이다. 사르트르는 첫 소설 『구토』를 '카스토르에게' 헌정했다. 그리고 죽기 전에 그녀를 부른 마지막 호칭도 카스토르였다. "난 당신을 많이 사랑하오. 나의 카스토르."

사르트르 나는 사르트르를 1980년대의 어두운 강의실에서 조금 배웠고, 광장에서 자주 읽었다. 나는 내 생애 사르트르를 두 번 만난 셈인데, 강의실에서 처음 그를 가르쳐준 스승은 실존주의 전공자 최성민 선생이었다. 『벽』, 『파리떼』, 『구토』 같은 실존주의 소설이었다. 그리고 김현의 『현대비평사』를 통해 김치수 선생으로부터 그의 실존주의 문학 비평을 배웠다. 졸업 직후, 한국문학사 속에서의 그의 실체를 일깨워준 것은 문학사가 김윤식 선생이었다. 김윤식의 육성에 가까운 글을 읽으며 나는 사르트르의 존재감을 깨달았고, 사르트르의 육신이 묻힌 몽파르나스 묘지에 이르러서는 나를 그곳에 데려다 놓은 김윤식의 글을 그리워했다. 그는 "외국의 최신 이론을 접할 때마다 사르트르는 어떻게 생각할까"라고 스스로 묻곤 했다고 고백했다. 양차 대전 사이에 형성된 사르트르의 실존주의 사상은 한국의 근현대사의 굴곡마다 억압적인 상황과 맞물려 지식인의 역할이 대두되면서 한국문학에 관념상의 지주로 큰 힘을 발휘했다.

계약 결혼 사르트르와 보부아르의 이름을 일반인에게까지 각인시킨 것은 그들의 독특한 관계를 규정한 이 말이다. 이 책에서는 이 부분에 대한 언급이 따로 없다. 이 관계야말로 가장 개성적인 두 사람이 50여 년의 동반자적 삶을 함께 이끌면서 서로의 다름을 투쟁하듯 일치시켜 공생했기 때문이다. 바로 이러한 전사前史를 품고 있는 이 책에서 주목해서 읽어야 하는 부분은 두 사람의 대화체이다. 프랑스어에서는 가족이나 친구, 서로 안면을 익힌 사람들 사이에는 친근함의 표시로 반말tutoiement을 사용한다. 그러나 이들은 죽을 때까지 서로 경어를 사용했다. 글은 단어들의 집합이 아니다. 글에는 작가의 인간에 대한 태도가 스며들어 있다. 작가가 자신을 어떻게 여기는지, 작가가 주변인 나아가 세상 사람들에게 어떤 태도를 가지고 있는지, 차가운지 따뜻한지 냉소적인지, 글을 읽으면서 느낄 수 있다. 1929년 고등사범학교에서 서로 알게 된 뒤 둘은 연인 관계로 발전했다. 서로를 알아보면서 죽을 때까지 서로를 떠나지 않으리라는 것을 직감했다. 그것을 가능하게 해주는 것이 글쓰기였고 문학이었다. 둘은 지식을 쌓고 연마하는 데 최적의 동료였고, 대화 상대자였다. 졸업 후 사르트르는 북쪽 끝 영불해협의 항구도시 르 아브르의 고등학교로, 보부아르는 남쪽 끝 지중해의 항구 도시 마르세이유의 고등학교로 발령을 받아 헤어졌다. 생이별의 고통이었다. 그는 청혼했고 그녀는 받아들이지 않았다. 그녀는 결혼도 아이도 거부한 채, 부부로 살기를 원했다. 둘은 계약 결혼이라는 독특한 관계를 고안해냈다. 몇 가지 원칙이 있었다. 둘의 사랑을 필연으로 전제하고 우연한 사랑도 인정하는 관계, 모든 것을 숨김없이 서로에게 말하는 투명한 관계, 경제적 독립채산제. 그런데 여기에서 제대로 보아야 하는 것이 그들이 사용한 계약 결혼이라는 용어이다. 한국어로는 '계약'으로 번역된 'monganatique'에 대한 해석 부분이다. 이들은 자신들의 결혼을 mariage monganatique라고 불렀다. 이는 통상적인 '계약cotrat'mariage avec contrat, mariage sous contrat 과는 전혀 다른 개념이다. 서로의 구속이 없는 자유 결혼 mariage sans contrainte과도 다른 것이다. mariage monganatique 의 직역은 귀천상혼貴賤相婚, 강혼降婚, 왕족·귀족이 신분이 낮은 여자와 하는 결혼이다. (변광배, 『제2의 성 여성학 백과사전』, 살림, 2007.) 이 기이한 용어를 둘러싸고 연구가 계속되고 있는데, 그들의 삶이 증명해온 바에 따르면 그 결혼 관계는 엄격한 상호 평등 위에서 맺어졌고, 그것을 50여 년 지속한 결과로 보면 '절대적 상호 동맹 관계'였다고 할 수 있다. 새로움은 모험이 따르기 마련이다. 둘의 관계에서 각자의 우연한 사랑을 인정하기란 약속이나 맹세를 뛰어넘는 다른 차원의 문제이다. 둘은 관계의 여러 경우를 거쳐 결국 서로를 떠나지 않았다. 어떤 경우, 어떤 자리에서도 그의 옆자리는 언제나 그녀가 앉았다. 50여 년 동고동락한 그들의 삶은 인간관계, 인간 이해에 대한 새로운 도전과 확장이다.

카페, 일상 파리는 세계 카페의 수도이다. 최초의 카페 르 프로코프가 1686년 문을 연 이래, 거리마다 개성적인 카페들이 문을 열고 있다. 문학예술가들과 철학가들이 즐겨 찾았던 카페들은 크게 두 지역, 6구 생제르멩 데 프레와 14구 몽파르나스에 형성되어 있다. 생제르멩 데 프레의 카페 되마고 앞은 '장 폴 사르트르와 시몬 드 보부아르 광장'이 되어 있다. 카페 되마고와 나란히 카페 플로르가 있다. 보부아르가 즐겨 찾던 곳이다. 사르트르 생애 후반기인 이 책에서는 라 쿠폴, 르 돔 등의 몽파르나스 카페들이 근거지로 등장한다. 두 사람은 라스파이유 대로에 있는 각자의 아파트에서 살면서 매일 이 카페들에서 만나 식사하고 지인들을 만났다.

그는 라스파이유 대로에 있는, 작고 소박한 아파트 11층에서 살고 있었다. 건너편이 몽파르나스 공동묘지였고, 아주 가까이에 내 집이 있었다. 그는 이런 환경을 좋아했다. 그는 반복적인 생활을 이어나갔다. 그는 오랜 여자친구들인 완다 K., 미셸 비앙 그리고 그의 양녀 아를레트 엘카임을 정기적으로 만났다. 사르트르는 매주 이틀을 아를레트네 집에서 잤다. 다른 날 저녁은, 내 집에 와서 보냈다. 우리는 대화하고, 음악을 들었다. (중략) 나는 부동산 중개인들이 "로지아(외랑)가 있는 화가의 아틀리에"라고 부르는 곳에서 살았다. 낮 동안에는 천장이 높은 큰 방에서 보냈다. 내부에 계단이 있어 침실로 연결되었고, 침실은 발코니를 통해 욕실과 연결되어 있었다. 사르트르는 위에 있는 침실에서 잤고, 아침에 나와 차를 마시기 위해 내려왔다. 때로 그의 여자 친구들 가운데 릴리안 시겔이 그를 찾아왔고, 그와 함께 그의 집 근처에 있는 작은 카페로 커피를 마시러 가곤 했다. (중략) 그는 실비가 우리와 함께 보내는 토요일 밤들

을 특히 좋아했고, 우리 셋이 라 쿠폴에서 만나는 일요일 점심 식사 시간을 아주 좋아했다. -29쪽

〈레 탕 모데른〉과 매체 '현대'라는 뜻의 잡지로 1945년 사르트르가 창간했다. 보부아르의 집에서 편집회의와 토론을 정기적으로 열었다. 철학자이자 사상가, 극작가이자 소설가, 평론가인 그들에게는 그들의 글을 발표할 매체가 필수적이었다. 사르트르는 평생 잡지와 신문 창간과 기획, 편집, 주간을 맡아 왔고, 전 세계 언론 매체에 기고하고 인터뷰를 했다. 이 시기에 좌파 신문사 리베라시옹의 설립과 신문 〈리베라시옹〉 창간에 관여했다.

지식인, 앙가주망 사르트르는 평생 지식인에 대하여 반성적, 전복적 성찰의 태도로 일관하며, '실천적 지식 기술자'라는 새로운 지식인 개념을 제시했다. 행동하는 지식인으로 당대 첨예한 사안마다 거리로 달려 나가 민중들 속에서 메가폰을 들고 함께 행진하며 투쟁했다. 작가의 사회 참여, 행동하는 지식인의 정치 참여를 의미하는 앙가주망engagement은 그로부터 비롯되었다. 그에게는 전 세계에서 성명서, 호소문, 항의문들이 답지했고, 그는 직접 작성하거나 서명하는 것을 마다하지 않았다.

양녀들 사르트르에게는 양녀 아를레트 엘카임, 보부아르에게는 실비 르 봉이 있다. 실비 르 봉은 17세 때 51세의

보부아르에게 편지를 보내어 만난 뒤, 보부아르가 세상을 떠나기까지 20년간 관계를 지속하며 가장 중요한 상대자가 되었다. 아를레트는 일주일에 두 번 사르트르의 집에 가서 보냈고, 남프랑스 쥐나 여행을 사르트르와 함께 했다. 베니 레비가 비서로 고용하는 것을 처음에는 반대했으나, 나중에는 친구로 발전했고, 연대적인 태도를 보였다. 실비는 보부아르의 삶과 글, 대화 상대의 자리를 독점했다. 철학자로서 보부아르 저작의 책임 편집자가 되었다. 자동차를 운전해 보부아르와 여행을 떠났고, 중간에 사르트르가 합류해서 셋이 함께 지냈다. 보부아르 사후 상속녀로서 실비 르 봉 보부아르가 되었다.

술, 담배, 그리고 젊은 여성들 의사는 사르트르의 건강을 해친 주범으로 술, 담배를 꼽고 있다. 보부아르는 여기에 젊은 여성들을 추가했다. 사르트르는 하루에 봐야르 담배 두 갑을 피웠다. 그리고 결정적으로 의식불명 상태로 입원하기까지 그는 서가 책들 사이에 위스키를 숨겨놓고 몰래 마실 정도로 술을 좋아했다. 그는 생의 활기와 즐거움을 위해 늘 새로운 젊은 여성과 교류했고, 그의 주변에는 언제나 젊은 여성들이 있었다. 프랑수아즈 사강은 "사르트르에게 보내는 사랑의 편지"를 언론에 기고한 뒤, 사르트르와 정기적으로 식사하는 상대가 되었다.

장애들 – 육체, 정신, 돈 사르트르 생애 마지막 십 년 간 그를 괴롭힌 것은 육체적인 것과 정신적인 것, 그리고 금전적인 것으로 나누어 볼 수 있다. 그는 눈, 이齒, 다리, 뇌혈관 문제가 빈발했고, 보는 것과 말하는 것, 걷는 것에 장애를 겪었다. 시력 악화와 부분 마비로 의식이 명료하지 않았고, 가사 상태에 빠져 지적인 명철함이 흐려지곤 했다. 이러한 후반기의 육체적 정신적인 장애와는 별도로 그에게는 늘 돈 문제가 닥쳐 있었다. 그는 두 명의 비서를 고용했고, 매달 몇 명에게는 일정한 생활비를 지원해주었다. 그는 원고료와 저작권 인세, 강연 수입이 상당했음에도 그에게 기식하는 사람들이 많아서 구두를 사기 어려울 정도로 경제적으로 곤경에 처했다. 의식을 잃어 병원 구급차를 부를 때에는 전화 요금을 내지 않아 끊긴 상태였다. 그는 죽음에 임박한 순간에서조차 보부아르에게 돈 걱정, 자신의 장례비 걱정을 했다.

다음날, 그는 내게 말했다. "그런데 장례비용은 어떻게 하겠소?" 나는 물론, 그 말에 항의하면서 입원비로 화제를 바꿨다. 의료보험에서 부담할 것이라고 안심시켰다. 그러나 나는 그가 가망이 없다는 것을 알고 있고 그 사실에 놀라지 않고 있다는 것을 알았다. 그는 오직 지난 마지막 몇 년 간 자신을 괴롭힌 걱정을 다시 하고 있을 뿐이었다. 돈이 부족하다는 것. 그는 고집부리지 않았고, 자신의 건강에 대하여 나에게 묻지도 않았다. -276쪽

실명 失明 읽기와 쓰기가 생명인 지식인, 작가에게 실명이란 사형 선고와 같다. 작가의 문장, 작가의 존재를 입증해주는 스타일(문체)의 박탈, 작가라는 직업의 완전한 파괴. 반 실명 단계 초기에 대담 형식으로 진행된 『70세의 자화상』에서 그는 작가의 존재에 대하여, 문학의 의미에 대하여 환기하고 있다.

사르트르는 거의 모든 면에서 자신의 전 생애를 돌아보았고, 현재의 자신에 대해 가지고 있는 모호한 감정과 자신과 세계와의 관계를 드러내보였다. 콩타가 그에게 물었다. "잘 지내십니까?" 그러자 사르트르가 대답했다. "잘 지낸다고 말하기는 어렵소. 그렇다고 잘 못 지낸다고 말하고 싶지는 않고... 작가로서의 내 직업은 완전히 망가졌으니... 어떤 의미에서는 내 존재 이유가 박탈된 셈이오. 그러니까 나는 작가였는데 이제는 더 이상 작가가 아닌 것이오. 그러면 내가 아주 낙담해 있어야 하는데, 아직 이해가 안 가는 어떤 이유 때문에, 꽤 괜찮게 느끼고 있다고나 할까. 내가 잃어버린 것을 생각하면서 결코 슬퍼하거나 우울해하는 때는 없소... 상황이 이렇게 되었는데 그리고 내가 어쩔 수가 없으니, 애석해할 이유가 없는 거요. 내게도 고통스러웠던 순간들이 있었지...지금, 내가 할 수 있는 전부는 오직 지금의 나로 적응하는 것이오. 이제 내가 하도록 허락되지 않는 것은... 스타일文體, 그러니까 어떤 사상이나 현실을 제시하는 문학적인 방식이라고 합시다." -192쪽 여기에서 나아가 이 책은 사르트르가 실명에 이르기까지 그를 둘러싸고 어떤 일이 벌어지는지를 보여준다. 실명 상태에 이르자 사르트르는 대담을 활용하는데, 이때 등장한 것이 베니 레비이다. 보부아르는 사르트르의 비서이자 대담자인 유대인 좌파 베니 레비의 실체와 행적을 그녀의 입장에서 상세하게 밝히고 있다. 사르트르는 읽고 쓰기와 사유 행위가 어려워지자 대담자와의 대화를 통해 복수複數 저자라는 새로운 형태를 감행한다. 베니 레비는 사르트르에게 책을 읽어 주던 보부아르의 역할을 대체하고, 사르트르는 그가 읽어주고 들려주고 이끄는 대화 행위, 듣는 행위를 통해 『권력과 자유』라는 결과물을 내놓는다. 사르트르로부터 출간 전 검열관의 역할을 부여받았던 보부아르를 배제한 채 진행된 이 작업이 공개되었을 때 보부아르와 〈레 탕 모데른〉 동지들이 충격에 휩싸일 정도로 논란을 불러일으킨다. 사르트르의 평전을 쓴 철학자 베르나르 앙리 레비는 평전의 에필로그로 '장님이 된 철학자'를 써서 실명에서 비롯된 세간의 의문(레비와의 대담에서 밝힌 사르트르의 말과 생각이 과연 그의 것인지, 레비의 조작인지)에 대하여 보부아르 측과 레비 측 입장을 모두 전달하며 후세의 판결에 맡기고 있다.

플로베르, 『집안의 천치』 사르트르가 실명 직전까지 매달린 저작은 귀스타브 플로베르 평전 『집안의 천치』이다. 부르주아 소설가 플로베르 연구는 민중적으로 연대해온 좌파 모택동주의자들의 항의를 받았다. 그는 플로베르의 실증적인 자료를 통해 한 인간의 실존을 증명해 보이고자 했다. 그는 "그 어떤 역사적 순간 혹은 그 어떤 사회 정치적 맥락 속에서도, 인간 이해를 바탕으로 한다", 플로베르 연구도 바로 그 "인간 이해"를 본질로 한다고 밝혔다. 보부아르 측에서, 그의 철학적, 사상적 근간인 『존재와 무』, 『변증법적 이성 비판』의 사유 체계를 전복시킨 배후자로 지목한 베니 레비를 비서로 고용한 본래의 목적은 바로 『집안의 천치』 제4권을 쓰기 위해서였다.

동반자에서 보호자로 1970-1980 이 책은 사르트르 생애 75년 중 마지막 10년을 보부아르가 연도 별로 정리한 것이다. 사르트르와 공유한 사실을 중심으로 기술이 되고 있고, 사안마다 객관적으로 전달하려는 태도를 취하고 있다. 여기에서 주목할 것은 그와 그녀의 51년 동안의 동반자적인 관계가 피보호자와 보호자의 관계로 전환되고 있는 상황이다. 누군가의 보호자가 된다는 것, 그것도 죽음에 가까이 있는 사랑하는 사람을 보호해야 하는 존재가 된다는 것은 형언할 수 없이 슬프고 가혹한 일이다. 술과 담배로 사르트르의 건강에 이상이 오기 시작하면서 그녀는 사르트르가 죽을 수 있다는 엄연한 사실에 세상이 기울어지는 듯한 불안과 고통을 겪는다. 이 책은, 사르트르와 보부아르라는 고유명을 지우고, 오랜 세월 삶을 함께했던 분신과도 같은 사람을 떠나보내는 보호자의 간병기로도 읽을 수 있다. 충격과 불안, 절망을 당사자(환자)에게 내색하지 않으면서 시한부 삶을 최대한 누리며 마무리하도록 보살펴주는 것이 보호자의 역할이다. 사르트르는 자신의 가계 수명을 환산하여 85세까지 살 수 있을 것이라고 예상했다. 보호자가 고통스럽게 겪는 딜레마는 당사자가 죽음에 임박한 것을 알리는 것, 알린다면 언제 알려야 하는 것에 있다. 알려서 나아지는 것 무엇인가. 알리는 것만이 예의이고 도리인가. 그는 떠났다. 죽음의 당사자인 그 자신은 아무 것도 모른 채. 선의로 알리지 않는 것을 선택하는 순간, 그에 따른 책임과 번민은 남는다. 사르트르 보호자 보부아르도 예외는 아니었다. 그녀는 이 글의 말미에 알릴 때를 기다리다가 끝내 침묵하고 말았던, 침묵의 사정과 진실을 밝히고 있다.

사실 내가 제기하지 않았던 질문이 하나 있다. 어쩌면 독자가 이 질문을 제기할지도 모른다. 나는 사르트르에게 그의 죽음이 임박했다는 것을 알려야 했을까? 그가 쇠약하고, 아무 기력 없이 병원에 있을 때, 나는 그의 상태의 심각성을 그에게 숨길 생각만 했었다. 그리고 그 전에는? 그는 암에 걸리거나 다른 불치의 병에 걸렸을 경우, '알고' 싶다고, 늘 내게 말했었다. 그러나 그의 경우는 애매했다. 그는 "위험한 상태"에 있었다. 그런데 그는 자신이 원했던 것처럼 10년을 더 버틸 수 있었을까? 아니면 지금부터 1, 2년 내에 모든 것이 끝나버렸을까? 아무도 그것을 알지 못했다. 그가 취할 어떤 방법도 없었고, 그가 더 잘 치료받을 수도 없었을 것이다. 그리고 그는 삶을 사랑하고 있었다. 자신의 실명失明과 불구不具를 받아들이는 것이 그에게는 너무 어려운 일이었다. 그를 짓누르고 있던 위협은, 그가 그것을 더 정확하게 알았더라면, 그의 마지막 몇 해를 쓸데없이 우울하게 만들기만 했을 것이다. 어쨌든, 나도 그처럼 두려움과 희망 사이에서 표류하고 있었던 것이었다. 나의 침묵은 우리를 갈라놓지 않았다. -283쪽

보호자들 보부아르가 병원 예약부터 수속, 의사들과의 상담 등 많은 부분 사르트르를 돌봤지만, 그녀의 양녀 실비, 그의 양녀 엘카임, 그의 여자친구 릴리안 시겔 등이 요일별로 분담해서 그의 집에 와 보살폈다. 릴리안이 다른 사람들에게 의지하는 것이 너무 불편하지 않냐고 묻자, 사르트르는 오히려 보살핌을 받는 것이 사랑받는다고 느껴져 기분 좋다고 말한다.

여행 이 책은 사르트르의 십년간 작가, 철학자, 사상가로서의 '활동 영역'과 삶으로서의 '여행 영역'으로 나누어 볼 수 있다. 후자의 경우, 사르트르와 보부아르의 여행기로 읽어도 좋을 만큼 현장적이다. 그들은 부활절 기간과 여름, 겨울 여행을 떠난다. 여행 노선과 숙소 예약은 보부아르가 진행하고, 여행지는 주로 남프랑스 생폴드방스, 카뉴 쉬르메르, 엑상프로방스, 아비뇽, 레 보 드 프로방스, 쥐나

등지와 이탈리아 로마, 베네치아, 제노바, 베로나, 카프리 등지이다. 그들이 머물렀던 숙소, 레스토랑, 카페 등은 현재에도 대부분 문을 열고 있다. 내가 대부분 가 본 곳들이었는데, 이 책을 번역하는 동안 나는 공교롭게도 엑상프로방스, 생폴드방스, 카뉴쉬르메르, 망통, 제노바 등 그들이 여행했던 도시들에 있었다. 그들의 현장, 그들이 머물렀던 숙소, 미술관, 길들에서 그들의 흔적을 찾아보기도 했다. 사르트르는 여행 초반에는 양녀 엘카임과 쥐나에서 보내거나 여자 친구 완다와 베네치아에서 보내고, 이후 대부분은 보부아르와 합류하여 그녀의 양녀 실비와 함께 이탈리아 로마, 베니스에서 보냈다. 마지막 2년의 여정에는 남이탈리아 카프리 섬과 그리스 본토와 크레타 부속 섬들을 돌아보았다. 1980년 부활절 여행으로 보부아르는 대서양의 벨일 섬에 숙소를 잡았다. 그러나 이 여행은 사르트르가 4월 15일 눈을 감음으로써 불발이 되고 만다. 그는 죽음이 임박해올 때까지 이 섬으로의 여행을 꿈꾸었다. 그들의 마지막 여행지는 엑상프로방스이다. 부활절에 왔다가 너무 좋아서 여름 바캉스에 다시 온 것이었다. 사르트르는 아주 행복해했다. 그리고 그것으로 그의 긴 여행은 끝이 났다. 사실, 이 시기 사르트르의 건강은 그가 자유롭게 여행을 다닐 수 있는 상황이 아니었다. 그러나 놀랍게도 그들은 바캉스를 포기하지 않고 여러 단계의 불편을 공유하며 떠나고 끝까지 함께한다. 사르트르는 휠체어를 타고 비행기에 닿고, 비행기에 내려서 다시 휠체어를 타고 이동한다. 파리에서 몇 명이 그의 집을 드나들며 보살핌을 분담하듯이, 그의 여행을 위해 몇 명이 공항과 역에 배치되어 그를 마중하고 배웅한다. 파리에서 쥐나로, 쥐나에서 베네치아로, 그리고 로마로. 그들은 파리에서처럼 모여서 책을 읽고, 대화를 하고, 음악을 듣고, 산책을 한다. 그리고 햇빛이 좋은 노천 의자에 앉아 행복을 느낀다. 여행에 대한 그들의 신념은 거동을 완전히 하지 못할 때까지 계속되어야 하는 삶임을 보여준다.

듣기로 읽기 그들은 각자 글의 첫 독자이자 상호 편집자 역할을 했다. 사르트르는 보부아르를 자기 책의 '검열관', '인쇄허가자'라고 불렀다. 1974년 경부터 사르트르가 책 읽기에 어려움을 겪으면서, 보부아르는 그에게 그날의 신문, 잡지, 책을 읽어 준다. 이러한 책 읽어 주기는 여행지에서도 중요한 일과로 계속된다. 1979년 베니 레비를 전문 비서로 채용하면서 그녀의 책 읽어 주기는 베니가 맡는다. 이러한 책 읽어 주기를 비롯 사르트르와의 모든 작업을 레비가 이끌면서 평생 사르트르가 견지했던 신념과 어긋나거나 반하는 글이 발표된다.

매우 중요했던 사실은, 사르트르는 읽을 수가, 자신이 쓴 글을 읽을 수가 없었다는 것이다. 나는 내 눈으로 직접 해독하지 않은 글을 판단할 수가 없다. 사르트르도 나와 같았다. 그는 귀로 듣는 것만으로 검토를 한 것이었다. (중략)

"문제는, 자기 눈으로 보면서 텍스트를 읽을 때에는 계속 해서 염두에 두는 그런 비판적인 성찰의 요소가 있는데, 큰 소리로 책을 읽는 동안에는, 그렇게 명확하지 않다는 겁니 다."—270쪽

삶에 대한 사랑 사르트르는 삶을 열렬히 사랑했다. 살아 있 는 것. 그에게는 일이 곧 삶이고, 살아 있는 것이었다. 그는 강박적으로 일을 벌이고, 일을 했다. 일이 막힐 때 자극제 를 과용하면서 자신을 끌어올렸다. 자극제는 그의 뇌에 부 분적인 마비를 가져오면서 위기를 초래했다. 보부아르는 그의 말년의 드라마는 그가 살아온 인생 전체의 결과라고 여기고, 그의 삶에 쇠락과 죽음이 이미 자리잡고 있었음을 환기하면서 릴케의 말을 인용한다. "저마다 자기 안에 죽 음을 가지고 있다. 마치 과일이 자기 안에 씨를 가지고 있 듯이."

유언 遺言 "다음엔 함께 마십시다. 그땐 내 집에서 위스키 로." 이 말은 조르주 미셸이 전한 사르트르의 마지막 말이 다. 사르트르는 푸이용에게 물 한 잔 달라고 하면서 이 말 을 했다고 전한다. 그러나 보부아르는 사실이 아니라고 쓰 고 있다.

다음날, 눈을 감은 채, 그가 내 손목을 잡고 말했다. "난 당 신을 많이 사랑하오. 나의 카스토르." 4월 14일, 내가 왔을

때, 그는 잠들어 있었다. 그가 깨어났고 눈을 뜨지 않은 채 내게 몇 마디 했다. 그리고는 그가 입을 내게 내밀었다. 나는 그의 입에 키스하고, 볼에 키스했다. 그는 다시 잠들었다. 그 말, 그 몸짓은 그에게는 없었던 엉뚱한 것이었는데, 분명 자신의 죽음을 예감한 데서 나온 것이었다. -277쪽

작별의 의식 이 책의 원제는 La cérémonie des adieux이다. 두 단어의 조합이다. 그런데 두 단어 각자 함의하는 바가 의미심장하다. 우선 예식 또는 의식으로 번역되는 cérémonie에 대하여. 이 단어는 단발성 행위를 가리키지 않는다. 하나의 예식에는 처음 중간 끝의 형식이 있고, 그에 따른 시간의 흐름이 필요하다. 작별 또는 이별이라는 뜻의 adieux에 대하여. 이 단어는 보통 생활에서 만났다가 헤어질 때 사용하는 말이 아니다. 연인 관계의 끝이든, 생사의 갈림길이든 영원히 헤어질 때 사용하는 표현이다. 일상적으로 헤어질 때 인사말은 aurevoir(안녕, 또 만나요)이다. 그런데 사르트르는 어느 날 집 근처 식당에서 보부아르와 점심 식사를 마치고 헤어지면서 aurevoir가 아닌 adieux라고 말했다. 1971년 여름이었다. 둘은 각자의 여행지로 떠날 참이었다. 그로서는 가볍게 나온 말이었으나 그녀의 뇌리에는 깊이 박혔다.

그와 라 쿠폴에서 점심을 먹었고, 실비가 4시에 나를 데리러 오기로 했다. 나는 3분 전에 자리에서 일어섰다. 그가 형

언할 수 없는 표정으로 웃으며 내게 말했다. "자, 이것이 바로 작별 예식이로군!" 나는 아무 대답도 못하고 그의 어깨에 손을 얹었다. 그 미소, 그 말이 오랫동안 나를 따라다녔다. 나는 '작별'이라는 말에 몇 년 후에 내가 맞이하게 될 최대의 의미를 부여했다. 그러나 그때 그 말을 할 사람은 오직 나였다. -56쪽

이 책이 처음 한국어판으로 출간된 것은 1982년 1월이다. 두 곳에서 경쟁적으로 번역 출간했는데, 하나는 두레 출판사에서 전성자 번역으로 1월에 출간했고, 다른 하나는 이상주 번역으로 2월에 중앙일보사에서 출간했다. 당시 한국은 국제 저작권 협약UCC에 가입되어 있지 않아서, 동시 번역 출판이 가능했던 것으로 보인다. 이상주 번역본에는 옮긴이의 말 대신 김현의 〈마지막 이별의 모포〉라는 해설이 붙어 있다. 보름 만에 2쇄를 찍을 정도로 이 책은 한국에서도 주목을 받았다. 모포라는 말이 뜬금없는데, 사르트르의 시신을 덮은 흰색 천drap, 시트이 모포couverture, 毛布로 번역되어서, 김현의 해설 제목도 '마지막 이별의 모포'가 되었다. 그는 모포를 사르트르와 보부아르를 영원히 갈라놓는 물질적 실체로 보았다. 모포는 이불의 한 종류이고 시체를 덮고 감싸는 것은 시트이다. 종잇장 같이 얇고 흰 시트와 이불의 한 종류인 모포는 미세한 간극이 있다. 김현도 김윤식도 사르트르에게 극진했다. 그들은 각자의 글로 사르트르에 대한 추모의 예의를 다했다. 보부아르의 이 책이

그토록 빠르게 번역된 것도 그런 맥락에서 읽을 수 있다. 종잇장 같이 흰 시트를 사이에 두고 살을 맞대고 있는 두 사람. 그것은 삶도 죽음도 아닌, 영원의 영역이 되었다.

나는 잠깐 동안 사르트르와 단 둘이 있고 싶다고 부탁했다. 시트 아래 그의 옆에 누워 있고 싶었다. 간호사가 나를 말렸다. "안 됩니다. 조심하셔야 해요... 괴저예요." 그때서야 나는 그의 욕창이 진정 어떤 것인지 실체를 깨달았다. 나는 시트 위에 누웠고 잠깐 잠들었다. 5시에, 간호사들이 왔다. 그들은 사르트르의 몸 위에 시트 한 장과 커버 같은 것을 덮고 그를 데리고 갔다. -279쪽

작고 싱싱한 꽃이 날마다 사르트르는 장례식날 몽파르나스 묘지에 안장되었다가 이틀 뒤 페르 라셰즈 묘지로 옮겨져 화장이 된 뒤, 유해가 항아리에 담겨 이곳에 영원히 안치되었다. 사르트르는 보부아르보다 먼저 죽는다는 것을 상정하고, 자신의 장례식 모습을 미리 밝혔다. 그는 젊은 모택동주의자들이 자신의 마지막 길을 배웅해주기를 바랐다.

엄청난 군중이 뒤따랐다. 약 5만 명 정도였고, 대부분이 젊은이들이었다. (중략) 모두 함께, 행렬을 하는 내내, 군중은 질서를 지켰고 열렬했다. "마지막 68 시위군요." 란츠만이 말했다. 그러나 나는 아무것도 보이지 않았다. 나는 바륨으로 약간 마취 상태였고, 쓰러지지 않으려고 온 힘을 모

으고 있느라 굳어 있었다. 이것이 바로 정확하게 사르트르가 원하던 장례인데, 자신은 알지 못하리라고 속으로 말했다. 내가 영구차에서 내렸을 때, 관은 이미 무덤 속에 놓여 있었다. 나는 의자를 하나 가져다 달라고 부탁했고, 머릿속이 텅 빈 채, 묘구덩이 끝에 앉아 있었다. -281쪽

사르트르는 떠났고, 보부아르는 남았다. 51년을 함께 해온 영혼의 반쪽이 얼음처럼 차가운 주검으로 눈앞에 잠시 나타나 있다가 땅속으로 사라질 때 보부아르는 다리에 힘이 빠져 서 있을 수가 없었다. 그것은 누군가의 장례라는 육체적인 동시에 엄청난 정신적 에너지가 필요한 그 순간, 그 며칠이 아니라, 십 년에 걸쳐 여러 차례 가상 장례의 순간에 직면하면서 다져진 보호자로서의 의식이 해체되는 것과 같지 않았을까. 묘 구덩이 끝에 앉아 있는 보부아르의 영상이 뇌리에 박혀 오랫동안 떠나지 않았다. 보부아르는 사르트르가 죽으면 곧바로 따라 죽는다고 입버릇처럼 말하곤 했다. 그러나 그럴 수 없는 것이 현실이다. 남은 사람은 떠난 사람의 생애 마지막을 돌보고, 떠난 뒤의 일을 수습한다. 그러기 위해서는 세 가지, 체력과 정신력, 그리고 오랜 세월 존경과 애정으로 다져진 연대감이 필요하다. 장례식을 치른 뒤 보부아르는 탈진 상태여서 그의 화장식에는 참석하지 못했다. 폐울혈로 입원했다가 2주 후 퇴원하고 찾아간 사르트르의 묘에서 그녀의 눈을 사로잡은 것은 작고 싱싱한 꽃들이었다.

304

사르트르의 유해는 몽파르나스 묘지로 옮겨졌다. 매일, 모르는 사람들이 그의 묘에 작고 싱싱한 꽃다발을 가져다 놓는다. -282쪽

이 책은 과거형으로 서술되어 있다. 그러나 마지막 순간에 그녀는 사르트르의 죽음을 현재형으로, 아니 미래형으로 쓰고 있다. 매일 미지의 독자들이 그를 오늘로 불러내듯이. 자연스럽게 내일로 이어지듯이. 아름다움처럼.

그의 죽음이 우리를 갈라놓고 있다. 나의 죽음이 우리를 결합시키지 못할 것이다. 그렇게 된 것이다. 우리의 생生이 그토록 오랫동안 일치할 수 있었다는 것만으로도 이미 아름답다. -283쪽

번역 후기 작가는 글로 말하는 존재이다. 단어와 부호들, 그리고 행간과 여백이 모두 작가의 도구, 의미체이다. 이 책은 사르트르의 마지막 십 년에 대한 증언의 성격이 강하다. 매우 긴박하게, 다소 거칠게 진행되고 있다. 전체적으로 평소 그녀의 거침없이 빠르게 구사하는 화법이 연상될 정도로 문장 조성이 구어체에 가까운 특징을 보인다. 긴박한 현장감을 전달하는 의도로 보이지만, 쉼표가 잦고, 문장이 도치되어 있으며, 대화를 단락 안에 뭉뚱그려 놓은 데다가, 시제도 불균질해서, 철학자이자 소설가 보부아르의 정제된 문체(에크리튀르)를 기대하고 읽기에는 무리가

있다. 이 책을 우리말로 옮기는 데에는 크게 두 가지 난관
이 있었다. 하나는 거칠고 격정적인 글의 흐름을 전달하는
데 있었고, 다른 하나는 20세기 프랑스에서 가장 영향력
있는 두 사람의 생애 후반기 증언에 빠르게 등장하고 사라
지는 고유명(인물, 사건, 개념, 매체)들의 출몰에 있었다.
오랜 세월 그들과 함께하고, 그들의 저작을 우리말로 옮기
고 분석해준 사르트르와 보부아르 연구자들과 프랑스 현
지 사이트 아카이브와 다큐멘터리 영상, 미국판과 한국판
이 길잡이가 되어 주었다. 1981년 이 책의 출간과 동시에
한국에 소개한 한국판의 경우, 당시 반공 이데올로기가 첨
예하던 상황에서 검열 때문이었는지 삭제된 부분들이 있
고, 현지 답사가 원활하지 않았던 시기여서 고유명들이 불
분명한 경우들이 있다. 이번 번역에서는 바로잡았고, 일일
이 찾아 옮긴이의 주를 작성했다. 나의 작업에 의미를 둔
다면, 그런 경미한 정도라고 할 수 있다. 있을 수밖에 없는
오역에 대한 번민과 예민함으로 오래 붙들고 있었다. 미흡
하고 서툰 결과물이지만 이제는 독자와 만날 시간이다. 오
래 기다려준 편집자와 독자에게 감사와 사랑의 마음을 전
한다.

이 책의 번역 원서로는 Simone de Beauvoir, La Céré-
monie des adieux, suivi de "Entretiens avec Jean-Paul Sar-
tre(Août-Septembre 1974), Éditions Gallimard, 1981/Folio, 2015.
을 사용했다. 참고한 미국판과 한국판은 다음과 같다. Sim-

one de Beauvoir, Adieux A Farewell to Sartre, Translated by Patrick O'brian, Pantheon Books, New York, 2013. 시몬느 드 보봐르, 『작별의 예식』, 전성자 옮김, 두레, 1981.1. 『이별의 儀式』, 이상주 옮김, 중앙일보사, 1982.2. 그리고 참고한 사르트르와 보부아르의 저서들과 다큐 영상들은 다음과 같다.

Simone de Beauvoir, Le deuxième sexe, tome 1 : Les faits et les mythes, 1986. Folio. 시몬 드 보부아르, 『제2의 성』, 이희영 옮김, 동서문화사, 2017. 『레 망다랭』, 이송이 옮김, 현암사, 2020.; 장 폴 사르트르, 『구토』, 방곤 옮김, 민음사, 1999. 『더러운 손』, 최성민 옮김, 서문당, 1996. 『자유의 길』, 최석기 옮김, 고려원, 1996. 『닫힌 방 악마와 선신』, 지영래 옮김, 민음사, 2013. 『벽』, 김희영 옮김, 문학과지성사, 2005. 『문학이란 무엇인가』, 정명환 옮김, 민음사, 1998. 『말』, 정명환 옮김, 민음사, 2008. 『지식인을 위한 변명』, 박정태 옮김, 이학사, 2007.; L'existentialisme est un humanisme, 신아사, 1986.; 베르나르 앙리 레비, 『사르트르 평전』, 변광배 옮김, 을유문화사, 2009.; 김윤식, 『환각을 찾아서』, 세계사, 1992.; 김현, 『프랑스 비평사 현대편』, 문학과지성사, 1986.; 변광배, 『제2의 성 여성학 백과사전』, 살림, 2007. En 1967, Jean-Paul Sartre et Simone de Beauvoir se racontent a la television.., RCI; Simone de Beauvoir, l'avanture d'etre soi, Public Senat; Simone de Beauvoir la feministe 1908-1986, France Culture; Simone de Beau-

voir(1908-1986)-Une vie, une oevre, France Culture, 2008. 이
외에도 일일이 밝힐 수 없는 많은 자료와 영상들이 있다.